KB274262

北海氷宮

북해빙궁

무조 新무협 판타지 소설

북해빙궁 3

무조 新무협 판타지 소설

초판 1쇄 찍은 날 § 2006년 11월 17일
초판 1쇄 펴낸 날 § 2006년 11월 27일

지은이 § 무조
펴낸이 § 서경석

편집장 § 문혜영
편집책임 § 최하나
편집 § 문정흠

펴낸곳 § 도서출판 청어람
등록번호 § 제1081-1-89호
등록일자 § 1999. 5. 31
어람번호 § 제2-1062호

주소 § 경기도 부천시 원미구 심곡1동 350-1 남성B/D 3F (우) 420-011
전화 § 032-656-4452 팩스 § 032-656-4453
http://www.chungeoram.com
E-mail § eoram99@chollian.net

ⓒ 무조, 2006

ISBN 89-251-0372-9 04810
ISBN 89-251-0369-9 (세트)

무조 新무협 판타지 소설

Fantastic Oriental Heroes

북해빙궁

3

빙옥조

도서출판 청어람

목차

강풍의 예고

1

낯선 땅. 낯선 풍경.

비록 처음 발을 디디는 곳은 아니었지만 단우인에게는 생소하기만 했다.

눈과 얼음으로 뒤덮인 하얀 섬 위에서 이십 년을 보내는 동안 중원에 나온 것은 고작 두 번에 불과했다. 두 번 모두 열두 살 이전의 일이니 실로 오랜만에 찾아온 셈이다.

푸른색으로 뒤덮인 중원은 공기 또한 달랐다. 폐부 깊숙이 들이마시는 초봄의 따뜻한 공기는 기나긴 여정의 피로를 날려 버릴 만큼 상쾌했다.

한 가지 아쉬운 점이 있다면 이 장 가까이만 다가가도 살갗

을 저밀 듯 살기를 내뿜고 있는 단태붕이 지척에 있다는 것이
었다.

단태붕의 나이 이제 스물한 살.

그는 귀령전주의 유리빙천검을 완벽히 소화해 냈다. 성검
문의 쾌검 절기도 고스란히 이어받았다.

나이에 비해 그 성취가 대단했다. 무공에 대한 집념이 거의
광적인 수준이었지만 타고난 재능도 한몫을 해 이제는 또래
의 무인들은 물론 삼전 무인들도 함부로 볼 수 없는 경지에
이르렀다.

자신의 무공 실력에 추호의 의심조차 하지 않던 단태붕이
변한 것은 삼 년 전, 단여랑과의 결전이 있었던 그 시기부터
였다.

오로지 궁주에게만 전수된다는 빙백신공. 단태붕 자신이
익힐 것이라 확신하던 그 빙백신공을 다른 이를 통해 당했다
는 충격은 그를 폐인의 길로 인도했다.

그러나 단태붕은 어리석지 않았다. 풍파에 못 이겨 다 쓰러
져 가던 나무가 기적적으로 회생했다.

아쉬웠다. 차라리 그대로 쓰러져 버렸다면 단우인에게는
더욱 좋은 기회였을 텐데.

"광대한 중원의 땅덩어리는 일평생 다녀도 다 돌아보지 못
한다고 하지?"

단우인은 자신을 바라보고 있는 단태붕의 시선을 의식했

지만 고개를 돌리지 않고 산 아래만 내려다봤다.

"통탄할 노릇이로다. 전생에 무슨 죄를 지었기에 그리도 큰 업을 지고 있는가. 지나가는 이 하나 없어 쓸쓸하기만 한데, 백웅(白熊) 한 쌍은 말없이 서로를 바라만 보는구나. 영원히 멈추지 않는 비가 둘을 갈라놓았으니, 그들의 사랑이 참으로 안타깝기만 하구나."

단태붕은 여유롭게 뒷짐을 지곤 시조를 읊는 듯 허공을 향해 중얼거렸다. 하지만 그것을 다 읊고 난 뒤, 그의 얼굴에 비치던 편안함이 싹 사라졌다. 대신 한쪽 입술이 기묘하게 뒤틀려 위로 올라갔다.

"미친 늙은이."

그의 욕설이 누구를 향하는지 알고 있는 단우인은 흠칫했다. 아무리 정이 없기로서니 자신의 조부에게 미친 늙은이라니. 때려죽일 불효자가 내뱉는 말과 다를 게 무어가 있는가.

"시어 하나에 새 한 마리라?"

단태붕의 비소는 점점 짙어졌다.

"이럴 때를 위해서 두뇌가 필요하다는 것이었군."

단우인은 그제야 단태붕에게 고개를 돌렸다. 속내를 알 수 없는 눈동자 한 쌍이 단태붕에게 향했다.

지난 삼 년간 단태붕만 변화가 있던 것은 아니었다.

단우인에게도 많은 변화가 있었다.

단태붕이 무공 수련에만 주력했다면 단우인은 자신의 내

면을 다스리는 훈련을 거듭했다.

무공 실력은 북해빙궁의 보통 무인들에게도 못 미치는 수준이나 단우인은 뛰어난 머리를 지녔다. 그러나 아무리 두뇌가 발달했다 하더라도 범 앞에서 허튼 수작을 부렸다가는 낭패.

위급한 상황에 처할 때도 절대로 흔들리지 않는 평정심이 필요했다. 속마음을 숨기며 자신이 하고자 하는 말을 내뱉을 용기 또한 그가 지녀야 할 하나의 무기였다.

"시어는 풀어내야 할 수수께끼. 빙옥조의 위치를 알리는 암시… 이딴 소리는 내뱉지 않길 바란다."

단태붕의 눈은 여전히 살기로 번뜩였고, 단우인은 그의 살기를 담담하게 받아들였다.

사람이 누구나 몸에서 저절로 뿜어내는 기운이 있다면, 단태붕의 살기 역시 그런 자연스러운 현상 중에 하나였다. 그가 살기를 거두는 모습을 본 적이 없기에 내린 결론이었다.

"형 말대로 위치를 알리는 암시가 맞아. 다만 그 장소에 꼭 필요한 것은 물이지. '영원히 멈추지 않는 비'. 이것은 끊임없이 흐르는 물을 비유한 것이야. 끊임없이 흐르는 물, 강이나 바다 혹은 산이겠지."

빙옥조가 시작됨과 동시에 태상궁주가 내어준 시어.

단우인은 옳게 해석했다.

가만히 생각해 보면 그다지 어려운 수수께끼는 아니다. 하지만 단태붕은 그마저도 생각하지 않는다. 다만 그에겐 빙옥조의 정확한 위치를 알려줄 단우인의 머리가 필요할 뿐이다.

"강이나 바다 혹은 산이라? 하하! 이 넓은 대륙에 강과 바다와 산이 어디 한둘인가? 넌 좀 더 엄밀히 말하는 자세를 가져야 해, 모사 단우인."

"여기까지야. 나머지 문구들은 좀 더 생각해 봐야 알 수 있어."

"거짓말을 잘도 나불거리는구나."

단우인은 무심한 눈으로 허공을 응시했다.

예전의 단우인 같았더라면 이마에서 식은땀이 흘러내렸으리라. 하지만 지금은 아니다.

수수께끼를 완전히 풀어냈다고 해도 단태붕에게는 말할 수 없다. 말하는 순간 모사로서의 값어치는 끝이 난다. 다시 말해 단태붕에게 단우인은 쓸모가 없어지고 조용히 처리하려 할 게다.

단우인은 뻔뻔해질 필요가 있었다. 빙옥조의 정확한 위치를 알기 전까지 단태붕은 단우인을 절대 해칠 수 없을 테니까.

원래대로라면 지금쯤 단태붕과 단우인은 따로 움직였어야 한다. 그 둘은 서로 경쟁의 위치에서 행동했어야 옳다.

북해 안에서는 어땠을지 모르나, 중원으로 빙옥조를 찾기 위해 나온 이상 모두에게 기회는 동등하게 주어진다.

그러나 위치가 조작되었다.

단태붕은 단우인을 곁에 두었다. 삼 년 전, 단우인이 빙궁에서 단태붕에게 모사가 되어주겠노라 약속을 했기 때문이다.

다른 이유도 있다.

지혜로 따지자면 빙옥조의 위치를 제일 먼저 찾아낼 확률이 높은 사람은 단우인이다. 단태붕이 아무리 무력으로 그를 제압할 수 있다고 해도 먼저 빙옥조를 찾아내는 사람이 궁주의 자격이 주어지는 기회를 갖게 된다.

단태붕은 단우인이 얌전히 모사가 되어주겠다는 말을 곧이곧대로 믿지 않는다. 총명하지 못하면 의심을 많이 하게 되는 이치와 같다.

단우인은 아직은 쓸모있는 사냥개에 불과하다. 그 사냥개가 무용지물로 바뀌게 될 때, 그때 버려도 늦지 않다. 하지만 이건 어디까지나 단태붕의 생각일 뿐이었다.

뱃속에 구렁이 한 마리를 넣어둔 단우인은 단태붕의 계획대로 쉽게 당할 상대가 아니었다.

"그래, 아직 시간은 많지. 후후! 시간은 많아."

단태붕은 웃었다.

웃음 속에는 짜증이 섞여 있었다. 그 짜증의 원인이 단여랑이라는 것을 단우인은 알고 있었다.

삼 년 동안이나 행방불명되었던 단여랑이 이제 와 빙옥조에 가담하게 되었다고 한다.

단여랑의 존재만 없었어도 지금처럼 단태붕의 신경이 곤두세워져 있을 리도 없다.

적을 알고 나를 알면 백전백승이라.

지난 삼 년간 단여랑이 어디에서 무엇을 하고 지냈는지 알 수가 없으니 단태붕이 불안해하는 건 당연했다.

단여랑의 빙백신공에게 당한 사건은 단태붕에게 아직도 커다란 앙금이 되어 마음속 깊숙이 박혀 있었다. 제아무리 뛰어난 무공과 자신감도 그 앙금을 메워놓지는 못했다.

단여랑의 갑작스런 등장은 단태붕에게 짜증을 안겨주었지만 단우인에게는 희소식이었다.

단우인과 단태붕 두 사람만이 빙옥조를 하게 된다면 단태붕이 궁주가 될 가능성이 높다. 아니, 빙옥조가 시작되지도 않았을 게고, 단태붕은 유일한 경쟁자인 단우인을 쥐도 새도 모르게 없앴을 게다.

단여랑은 단우인의 생명을 구했다. 단태붕이 단여랑을 경계하기 위해선 단우인의 머리가 필요했으니까.

"나를 얻었으니 형이 선택할 것이 있어."

"선택? 선택이란 말 좋지. 다만 그 선택에 있어 지저분한 부속물들이 따라오지 않는다면 말이야. 그래, 내가 무얼 선택해야 하는지 말해봐."

"빙옥조, 아니면 단여랑."

단우인의 단도직입적인 말에 단태붕은 코웃음을 쳤다.

"네가 말한 그 의미를 내가 해석해 보도록 하지. 빙옥조를 먼저 찾을 생각이냐, 아니면 단여랑을 먼저 찾아 처리한 후에 느긋하게 빙옥조를 찾을 생각이냐."

"맞아. 물론 형이 무엇을 선택해도 내가 형을 위해 움직인다는 것은 불변의 법칙."

"후후! 넌 가끔씩 쓸데없는 말을 해서 신뢰도를 떨어뜨리곤 하지. 그래, 내가 어떠한 선택을 할 것 같으냐?"

단우인은 질문을 기다렸다는 듯이 바로 입을 열었다.

"빙옥조를 선택하겠지."

단태붕은 성격상 답답한 것을 참아내기 힘들어한다. 그는 속전속결을 원한다. 겉으로 보자면 빙옥조가 우선이다. 물론 겉으로만 보자면…….

단여랑이 개입된다면 달라진다. 빙옥조냐, 단여랑이냐.

단태붕은 단여랑을 먼저 찾길 바랄 게다. 찾아서 직접 눈으로 단여랑의 상태를 보고 짓누르려 할 게 분명하다. 빨리 마음의 앙금을 메우고 느긋하게 빙옥조를 찾길 바라리라. 그게 그의 진실된 속마음이다.

그러나 단우인은 단태붕의 자존심을 애써 건드릴 필요가 없었다. 단태붕은 단여랑 따윈 안중에도 없다는 듯 대범하게 행동할 것이니.

"이제 조금씩 나에 대해서 알아가는 것 같군. 뻔한 답을 미리 알고 있다면 다시는 그런 쓸데기 없는 질문을 삼가라. 목숨을 고이 보존하고 싶다면.”

“주의하지.”

“좋아. 그렇다면 이번엔 네가 선택할 기회를 주도록 하마.”

단태붕은 고개를 뒤로 쓰윽 돌렸다.

그들의 뒤에는 많은 사람들이 있었다. 완연한 봄인 데도 불구하고 두꺼운 털옷으로 무장한 무인들. 중원에 들어왔어도 자신들이 북해빙궁의 무인임을 숨기지 않는 자들.

누런 털모자를 꾹 눌러쓴 사십여 명의 사람들은 빙령전과 귀령전의 무인들이었다.

“저들을 보니 마치 물과 기름이 한데 뭉쳐 있는 것 같잖아?”

단우인은 단태붕의 고개가 그들에게 돌아갔을 때, 이미 그가 무슨 이야기를 꺼낼지 짐작하고 있었다.

“북해빙궁 안에서는 모두 같은 가족이지만 지금은 상황이 다르지. 빙옥조 시기가 끝날 때까지는 같은 하늘을 이고 살 수 없는 철전지 원수와 다를 바가 없어. 솔직히 내 눈에도 거슬리는 건 사실이군. 자, 이제는 네가 선택할 차례다.”

단우인은 이런 일이 생길 줄 미리 알았기에 한 점의 망설임도 없이 대답했다.

“빙령전을 물리도록 하지.”

"말귀를 잘 알아듣는군. 가능하면 내 눈에 띄지 않게 물려라. 갈 곳이 마땅치 않다면 빙궁으로 다시 돌아가는 것도 그리 나쁘진 않겠어."

단태붕은 만족스러워했다.

그는 단우인이 필요한 것이지 빙령전이 필요한 것은 아니었다. 오히려 빙령전은 눈엣가시다. 그들이 단우인을 추종한다는 사실을 알고서도 따라오도록 내버려 둘 수는 없었다.

앞길을 가는 데 거치적거리거나, 찜찜한 기분이 들도록 하는 지저분한 것들에 대한 처리는 빨리하면 할수록 좋았다.

"단우인, 네 능력을 보겠다. 삼 년에서 무기한으로 바뀌었지만 나에겐 촌각의 시간이라도 허비할 여유 따윈 없다. 빙옥조의 위치를 알아내. '가능한' 이란 말은 나에겐 안 통해. 무조건이다, 무조건."

단우인은 천천히 고개를 돌려 단태붕을 직시했다.

"빙옥조를 찾는 사람은 오직 나뿐이다. 내가 찾지 못하면 단우인, 단여랑, 너희도 찾지 못해. 만에 하나 내 손안에 빙옥조가 들어오지 못하게 된다면, 너희 역시 마찬가지로 빙옥조를 가질 수 없다, 절대! 명심하도록!"

단태붕의 두 눈은 투지로 활활 타올랐다.

단태붕과 단우인을 비롯하여 사십여 명의 북해빙궁 무인들이 사라지고 난 자리에 두 명의 인영이 하늘에서 떨어지듯 내려섰다.

한 사람은 눈부시도록 하얀 도포를 입어 마치 신선을 연상케 하는 노인이었고, 다른 사람은 멀리서 바라보기만 해도 구토가 치밀어 오를 듯한 지저분한 차림의 걸개였다.

"살기가 너무 짙으니……."

땅에 착지한 흰 도포의 노인은 가슴까지 내려오는 하얀 수염을 손으로 쓸어내렸다. 수염이 움직일 때마다 언뜻언뜻 보이는 가슴의 태극 문양이 꽤나 인상적이었다.

그가 차분하게 제자리에 서 있는 반면, 작은 키의 늙은 거지는 무언가 냄새라도 맡는 듯 킁킁거리며 주위를 맴돌았다.

"무슨 냄새가 난다고 그리 싸돌아 다니노."

도포의 노인, 적하난선(赤霞暖仙)의 음성은 지극히도 평온했다.

"내가 또 냄새 하나는 기가 막히게 잘 맡지. 특히 더러운 냄새 말이야. 낄낄낄!"

거지는 적하난선의 곁으로 되돌아왔다.

허리춤에 매달린 일곱 개의 매듭, 개방의 아홉 장로 중 하나인 취신개(醉神丐)가 거지의 신분이었다.

"어디서 구린내가 난다고 했더니만, 겨울도 다 지나갔는데 무식하게 두꺼운 털옷이나 좀 벗을 것이지."

"나는 아무런 냄새도 나지 않았네만."

“꼭 겉으로 나오는 냄새만 냄새라고 할 순 없지. 풍기는 기운이 그렇다는 소리야.”

취신개는 잔뜩 구겨진 얼굴로 북해빙궁 무인들이 내려간 방향을 바라봤다.

“북해빙궁의 빙옥조가 시작되었다고 하더니만 사실이었군.”

“궁주가 죽고 태상은 노쇠했으니 빨리 차기 궁주를 뽑을 생각이겠지. 그런데 왜 하필 중원에서 난리들이야? 저네 땅에서나 북 치고 장구 치고 할 일이지.”

“전통이라 하니 어쩔 수가 있나.”

“전통은 개뿔 얼어 죽을 전통. 개나 물어가라고 해. 중원을 더럽히는 일이 있다면 구파일방 역시 가만히 있지 않을 게야.”

취신개는 불만스러웠다.

북해빙궁이 차기 궁주를 뽑기 위한 빙옥조를 시작했다는 사실은 구파일방의 귀에도 들어갔다.

세외 세력인 북해빙궁이 남의 땅에서 활개를 치고 돌아다닌다는 것은 말도 안 되는 소리다. 작은 문파라면 몰라도 북해빙궁처럼 거대한 세력일수록 더 더욱.

빙옥조와 중원 무림은 별개다.

북해빙궁은 빙옥조를 시작하기 전에 구파일방에 동의를 구했다. 하지만 빙옥조가 끝날 때까지 중원 무림은 긴장을 해야만 한다.

언제 어느 때 무슨 일이 벌어질지 모르는 게 사람 사는 일. 무인들의 인생은 더욱 그러하다. 한 치 앞도 예견할 수 없는데 조그마한 오해라도 불러일으킨다면 자칫 크게 번져 나갈 수도 있다는 게 우려되었다.

취신개가 짜증스러워하는 것도 다 그런 이유다.

전통은 사장될 수 없다는 것이 모든 문파들의 이론. 빙옥조를 수락한 것은 북해빙왕의 업적을 보아서였지, 북해빙궁 자체를 위함은 아니었다.

"중원 무림이 개입될 수 없다는 건 기정사실. 저들 또한 그 점을 잘 알고 있을 터이니 그리 걱정하지 말게나."

"빙옥조를 걱정하는 게 아냐. 내가 걱정하는 건 사대궁이라는 거지. 놈들의 움직임이 심상치 않아."

적하난선은 고개를 돌려 골똘히 생각에 잠긴 취신개를 바라봤다.

"청성산(靑城山) 골방에 처박혀 있던 자네는 모를 수도 있겠군. 대략 삼 년 전의 일이었지, 아마도? 낄낄낄!"

"북해빙궁을 제외한 다른 삼궁이 중원에 모습을 드러냈다는 말인가?"

적하난선은 백미를 치켜 올렸다.

사대궁도 교류는 있는 법. 중원에 모습을 드러내는 게 이상한 일은 아니었다. 그러나 취신개의 말은 그들이 목적을 위해 움직였다는 소리나 다름없었다.

청성파(靑城派) 원로의 신분으로 한 달 전까지만 해도 도에만 정진하던 적하난선으로선 금시초문이었다.

"저들이 아무리 날고 기어봤자 개방의 이목을 벗어나기는 힘들지. 혈궁이 나타났다 사라졌고, 남해태양궁의 염양제 늙은이가 곤륜에 일 년간 머물렀었어."

"곤륜산이라… 허허! 예전 곤륜산에 음한곡이 있다던 소문이 들렸건만 염양제와 무관하진 않은가 보이."

"곤륜파는 쉬쉬했지. 어쨌거나 좋은 일은 아니니까. 무료한 삶을 원하는 자들이야. 염양제의 일을 구파일방에 알리지 않은 걸 보면 모르나?"

"곤륜파가 참으로 난처했겠구려."

"덕분에 곤륜오성이 속깨나 썩었지. 행여나 구파일방이 나서면 어쩌나 불안하기도 했을 거야. 그들은 원래 구파일방이라는 모임 자체도 곱게 보지 않잖아. 괜히 소란스러워질 테니까."

"그런 일이 있었구먼. 한데 음한곡에 들어갔다는 염양제는 어찌 되었는고?"

"멀쩡하게 살아 나왔지."

"호오! 멀쩡하게 살아 나왔다?"

"그는 그곳에서 아무런 기연도 가지지 못했어. 오히려 이상한 건 그를 따라 들어갔던 한 청년이 음한곡에서 삼 년 만에 모습을 나타냈다는 것이야."

적하난선의 두 눈이 반짝였다.

그도 음한곡에 대한 이야기를 들어 그곳이 어떠한 곳인지 대충은 알고 있었다. 지고한 내공을 가진 무인들이라 하더라도 몇 시진을 버티지 못한다는 음한곡. 만년한빙굴을 불사케 하는 장소라는 것을.

"청년이라? 그가 누군고?"

취신개는 눈을 가느다랗게 뜨고 웃었다. 주독에 걸려 항상 빨갛게 물들어 있는 그의 코가 유난히도 씰룩거렸다.

"북해빙궁의 소궁주라 하더군."

"으음!"

북해빙궁의 소궁주는 모두 세 명으로 알고 있다. 적하난선 이 조금 전에 본 두 명의 청년도 역시 빙궁의 소궁주들. 취신 개가 말한 청년은 나머지 소궁주임이 분명했다.

"곤륜파의 불문율이 깨어진 모양인가 보이."

음한곡에서 나왔다는 소궁주도 고작해야 약관을 넘겼을 터. 취신개의 말로 미루어 보아 그 소궁주의 무위가 곤륜오성 중 하나를 능가한다는 소리가 된다. 정녕 놀라울 따름이었다.

"그 정도 이야기했으면 당연한 것 아니겠어? 세상에 눈을 좀 뜨고 살아보라고. 이거야 원, 미개인과 대화를 나누고 있 는 것 같으니. 쯧쯧!"

"그래서 그 청년은 지금 어디에 있는고?"

"낸들 알 게 뭐야. 빙옥조인지 뭐시긴지를 찾으러 다니고 있겠지. 아까 그 냄새나는 놈들처럼 말이야."

"하면 우리는 누구를 지켜봐야 하는 겐가?"

"글쎄, 누구를 따라다녀야 할까? 한데 뭉쳐 다니진 않을 것이니."

중원은 빙옥조를 찾으러 나온 북해빙궁의 소궁주들을 지켜보아야 할 눈이 필요했다. 으레 그 일은 대대로 빠른 발과 정보력을 가진 개방이 맡았고, 이번 감시의 책임은 취신개가 지게 되었다.

단태붕, 단우인, 단여랑이 어디 어느 곳을 가더라도 중원을 벗어나지 않는 한 개방의 감시망을 피하진 못한다. 중원 어디에도 개방도들의 발길이 닿지 않는 곳은 없으니까.

그리고 책임을 맡은 취신개는 마침 한 달 전 폐관수련을 마치고 나온 절친한 지기인 적하난선을 동행인으로 삼았다.

"우리 내기할까?"

"……?"

"살기가 가득한 녀석과 능구렁이 같은 녀석, 그리고 음한곡에서 살아나온 녀석. 그중에 누가 먼저 빙옥조를 찾아내는가 말이야."

취신개의 얼굴은 호기심으로 가득했다. 무료한 일상을 보내다가 재미난 놀잇감이라도 찾은 듯 몹시 흥미로워하는 눈치였다.

"난 말야, 솔직히 말하자면 저 두 녀석은 관심없어. 딱 보면 모르겠나? 살기가 짙은 놈은 그릇이 작아 보여. 다른 한 놈은 효웅이라면 몰라도 영웅의 재목은 아니지. 하지만 음한곡에서 살아 나온 녀석… 어떠한 녀석인지 무척이나 궁금해."

"해서, 자네는 마지막 청년이 빙옥조를 찾을 것이라 생각하는 모양이로군."

취신개는 허리춤에 매달린 호리병을 풀어 그 안에 담긴 독한 술을 벌컥벌컥 들이켰다.

입에 묻은 액체를 소매로 쓱 문지른 그가 재차 입을 열었다.

"자네도 한번 골라봐. 남은 두 녀석이 있으니까. 내기는, 어디 보자… 그게 좋겠군."

취신개는 손가락으로 적하난선의 허리에 매어져 있는 태극 문양으로 수놓아진 검을 가리켰다.

"내가 이기면 적하검을 나에게 넘겨. 낄낄!"

"만약 자네가 지면?"

"흐음! 내, 거나하게 술 한잔 사지."

"거지가 무슨 돈이 있다고."

"고고한 척하는 도사들보단 많지. 아암! 많고말고."

적하난선은 잠시 고민하는 듯했다. 그러나 그의 결정은 생각보다 빨랐다.

"도를 정진하는 사람이 어찌 내기 같은 것을 할꼬."

"이거 재미없게 왜 이래?"

"난 그저 장문인의 허가 아래 자네를 따라나섰음이니, 그 저 저들을 지켜보는 선에서 그치겠네."

"적하검을 빼앗길까 봐 두려우신가?"

"어찌 도인 된 체면으로 거지에게 술을 얻어 마시겠는가."

"별의별 핑계를 다 대시는구먼. 좋아, 그렇다면 내가 양보 하지. 이왕이면 그릇이 작은 녀석보다 효웅이 낫겠지? 자네 는 음한곡에서 나온 녀석에게 한번 걸어보라고."

"그리하도록 하겠네."

취신개는 얼굴색 하나 변하지 않고 금세 마음을 바꾸는 적 하난선을 황당한 얼굴로 한참이나 바라봤다.

2

달마저 구름에 가려진 어두운 밤이었다.

청해성 고덕산(高德山) 아래는 초저녁부터 인적이 끊겼다. 주위는 쥐 죽은 듯 조용했다.

막부동은 한 그루의 커다란 노송 밑에서 조용히 숨을 내쉬 었다.

이른 봄, 유독 쌀쌀한 밤바람이 볼을 때렸다.

'벌써 오 일째……'

기다리는 단여랑은 오늘도 끝내 나타나지 않았다.

단여랑이 곤륜산에 머물고 있다는 것을 아는 사람은 극소
수에 지나지 않았다. 지혜원주 홍자경과 막부동, 그리고 모든
정보를 통찰하고 있는 밀당의 머리들.

단여랑이 지난 삼 년간 곤륜산 음한곡에서 지냈다는 사실
을 처음 알았을 때, 막부동에게는 두 가지 감정이 교차했다.

하나는 단여랑이 좀 더 나은 무공을 갈구하기 위해 음한곡
에 들어갔다는 데에 따른 대견함이었고, 다른 하나는 그가 무
사히 되돌아 나올지에 대한 걱정이었다.

단여랑을 못 믿는 것은 아니지만 그가 북해빙궁을 떠날 때
만 해도 아무것도 모르는 어린아이를 홀로 세상 밖에 내보내
는 것 같은 기분이 들어 그다지 마음이 편치 못했다.

빙옥조가 시작되어 들뜬 마음으로 청해성까지 한달음에
달려왔다. 고덕산에 도착했을 때만 해도 단여랑을 만나게 될
생각에 기대감이 부풀어 올랐다.

그러나 하루가 지나고 이틀이 지나면서 그 기대감은 점점
불안감으로 변해갔다. 그렇게 닷새를 넘자 걱정스러운 마음
은 더욱 가중되어만 갔다.

'혹시 무슨 일이라도 생긴 게 아닌가? 어쩌자고 곤륜오성
같은 사람들과 부딪쳐서는…….'

하오문도인 요수에게 단여랑의 소식을 마지막으로 들은
것은 단여랑이 음한곡에 있었을 때의 일이니 어쩌면… 아직
도 그곳에서 빠져나오지 못했는지도 모른다.

'아니야. 절대!'

불길한 예감에 휩싸이던 막부동은 세차게 고개를 저었다.

무슨 일이 생겼을 리가 없다. 단여랑이 어떤 아이인데!

홍자경의 태음양화 실험에서도 꿋꿋이 살아남고, 보리마군의 빙백신공도 전수받지 않았던가. 그깟 음한곡 따위가 단여랑을 어찌할 수는 없다.

단여랑은 무사할 게다. 아니, 무사해야만 한다.

한시가 촉박하다. 빙옥조를 찾기 위해 벌써부터 혈안이 되어 있는 단태붕과 단우인. 궁주의 자리를 절대 그들에게 넘겨줄 수는 없다.

막부동은 이번 일에 자신의 모든 것을 걸었다.

북해빙궁을 향한 절대적인 충성심과 유령전, 그리고 그 자신의 목숨까지도.

강한 궁주를 원한다고 했는가?

강한 궁주는 절대 혼자선 될 수 없다. 단여랑에게는 지금 한 사람이라도 그를 도울 수 있는 자가 필요하고, 막부동은 자신의 힘이 닿는 한 그를 도울 것이라 다짐했다.

'오늘 밤까지만 기다리자. 그래도 나타나지 않으면 직접 곤륜으로 간다.'

초조한 마음을 달래며 막부동이 노송 아래를 벗어나려는 순간이었다.

부스럭!

‘……!’

막부동은 바닥에 몸을 바싹 밀착시켰다. 가느다랗게 뜬 눈은 사방을 예의 주시했다. 두 귀를 활짝 열자 고요한 적막 가운데 풀벌레 울음소리만이 들려왔다.

막부동의 신경은 조그마한 소리에도 민감하게 작용했다.

그럴 수밖에 없었다. 오십여 명이나 되는 유령전을 단 한 명도 거느리지 않고 혈혈단신으로 북해를 벗어나 중원에 도달하자 누군가가 막부동의 뒤를 밟기 시작했다.

따라붙은 자들은 모두가 같은 기운을 흘려냈다. 예리하면서도 날카로운 기운 안에는 강철이라도 단번에 베어낼 것 같은 강인함이 담겼다.

누구인지는 어렴풋이 짐작할 수 있다. 막부동에겐 그리 낯선 기운은 아니었다.

쾌검을 구사하는 자들에게서 흔히 엿볼 수 있는 기운이지만 쾌검과 동시에 패도적인 무를 갖췄을 때야 나타나는 특이한 기운. 과거 손속이 잔인하기 짝이 없는 쾌검 하나로 단기간에 신흥 세력으로선 독보적인 위치에 오른 그들.

막부동은 성검문을 잊을 수 없었다.

단태봉의 외가, 능가연이 태어나 자란 그곳.

‘목적은 내가 아니지. 나는 단지 길 안내를 맡은 도구에 지나지 않는 것임을…….’

그들의 목적은 막부동이 아닌 단여랑이다.

막부동은 털옷을 벗고 중원의 보통 무인들이나 입는 평범한 무복을 입었다. 유령전을 대동하지 않은 까닭은 어떤 식으로든 위협을 받게 될 태상궁주를 보호하기 위해서였지만, 성검문이나 혹은 월영문의 추적에서도 빠져나오기가 수월했기 때문이다.

'성검문은 약점이 하나 있지. 바로 정보력. 신흥이기에 아직 정보를 다룰 능력이 되어 있지 않아. 하지만 그것도 밀당이 개입하기 전까지지.'

지나가는 말처럼 홍자경이 내뱉던 말을 다시 상기시켰다.

변장을 하고 행로를 바꾸고……. 더 이상 성검문의 추적은 없었다.

하지만 막부동은 단여랑을 만나는 순간까지도 긴장을 놓을 수가 없었다. 성검문을 따돌려도 밀당이 개입되면 문제가 심각해진다. 게다가 만약 월영문까지 합세하게 된다면 그보다 더 골치 아픈 일은 없을 게고.

'날이 밝으면 다시 올라오지.'

주위에 아무도 없음을 확인한 막부동은 고덕산 초입 쪽으로 휘적휘적 걸어갔다.

일반인보다 배는 커다란 덩치는 뭇사람들의 이목을 사로잡기에 충분했다. 막부동이 객잔의 문을 밀쳤을 때만 해도 그랬다.

고덕산 아래에도 유명한 몇몇 무관들이 자리하고 있다. 자연 몇 안 되는 객잔은 그들이 벗과 나누는 술잔으로 유희를 즐기는 곳이었다.

객잔을 가득 메운 사내들의 시선이 막부동에게로 향했다. 그리고 금세 고개를 다시 원위치로 가져갔다.

무기를 지니지 않았음에도 불구하고 그들은 막부동에게서 무인의 기도가 뿜어져 나오고 있다는 사실을 몸소 느끼는 모양이었다.

빈자리를 찾기 위해 고개를 돌리던 막부동은 심장이 덜컥 내려앉는 기분이 들었다.

한구석에서 아무런 말도 없이 술을 들이키는 네 사내를 본 직후였다. 그들은 막부동의 등장에도 고개조차 돌리지 않았다.

'으음! 성검문……'

막부동의 눈가가 미미하게 떨렸다. 허리춤에 달려 있는 얇은 검이 그들이 성검문도라는 증거를 더했다.

성검문도가 이곳에 나타난 것은 정말 우연일까.

"혼자 오셨습니까?"

점소이가 쪼르르 다가왔다. 그제야 막부동은 네 사내에게서 시선을 거뒀다.

"자리가 있는가?"

"이리로 오시지요."

막부동은 점소이를 따라 걸음을 옮겼다.

그는 한 발자국을 내딛을 때마다 수없이 많은 생각을 하여야 했다.

성검문이 어떻게 예까지 찾아왔는가. 찾아올 수 있다 처도 이리 앞에 모습을 드러낸 이유는 무엇인가. 지금이라도 등을 돌려 객잔을 벗어날까? 아니다. 놈들은 이미 막부동이 누구인지 알고 있다.

'오 일을 기다렸다. 하나 그 시일 때문에 직접 나타난 것은 아닐 터. 단여랑에서 목적이 나로 바뀌었나? 왜? …헛! 서, 설마!'

순간 전신에 소름이 쫙 끼쳤다.

성검문의 목표가 막부동으로 바뀌게 된 이유는 딱 하나다. 단여랑이 죽었을 때.

또한 단여랑이 죽었다 하더라도 다 끝나는 것은 아니다. 그의 수족이나 다름없는 막부동과 유령전도 제거해야만 훗날이 평탄할 게다.

'단여랑에게…… 절대 그럴 리가 없다.'

막부동은 매서운 눈으로 네 명의 사내를 쏘아보며 자리에 앉았다.

"뭘로 가져다 드릴깝쇼?"

"술 한 병과 간단한 걸로 아무거나."

막부동은 여전히 그들에게서 눈을 떼지 않았다.

“술은 어떤 것을 원하시는지요?”

점소이가 재차 질문을 던진 순간, 네 명의 사내가 자리에서 벌떡 일어났다. 동시에 막부동은 양손에 공력을 주입시켰다. 그러나 그들의 움직임은 단지 막부동의 우려로만 끝이 났다.

사내들은 술값을 치른 뒤 객잔의 문을 통해 밖으로 유유히 빠져나갔다.

‘목적은 내가 아니던가? 밖으로 나오라는 소리군. 미안하지만 너희들과 놀아줄 시간 따윈 없다. 직접 곤륜으로 가 단여랑의 생존 여부를 알아내야겠어.’

막부동의 쌍수에서 하얀 연기가 스멀스멀 피어오르는 모습을 본 점소이의 얼굴이 하얗게 질렸다.

“저, 저, 소, 손님… 수, 술은 무엇으로……?”

“이보게.”

“예, 옛?!”

“이 객잔에 뒷문이 있는가?”

사사삭!

옷깃이 풀잎에 스치는 소리는 바로 지척에서 들려왔다.

조용히 미행하는 것이 아니었다. 미행이야 얼마든지 기척을 감출 수 있는 법. 이렇게 드러낸다는 것은 쫓기는 자에게 경각심을 주기 위해서, 혹은 싸움의 시작을 알리는 수단이기도 했다.

막부동 역시 숨죽이며 도망가고픈 마음은 없었다.

그가 신형을 우뚝 멈추는 순간 사방에서 예기가 휘몰아쳤
다.

타앗—!

막부동은 순간을 놓치지 않고 허공으로 몸을 띄웠다.

네 명의 사내는 그와 함께 몸을 띄우는 우를 범하지 않았
다. 막부동이 땅에 착지할 것을 대비하여 검을 휘두르는 행동
또한 하지 않았다.

대신 야조 한 마리가 하늘을 날아가듯 그들의 머리 위로 허
공을 계단 밟듯 걷고 있는 막부동을 조용히 추격할 따름이었
다.

그들에겐 북해빙궁의 무인들처럼 하늘을 걸어다니는 재주
따윈 없었으니까.

한풍신비로 허공을 밟아가던 막부동은 문득 이자들에게서
자신을 죽일 마음이 없다는 사실을 알게 되었다.

그를 죽이자 마음먹는다면 못 죽일 것도 없다. 한풍신비의
최대 약점이라면 공기를 얼렸던 얼음이 너무 빨리 소멸된다
는 점. 흐름을 저지한다면 웬만한 무인들은 백이면 백 모두
땅바닥으로 추락하리라.

막부동은 용천혈로 내뿜던 진기를 거둬들였다.

그의 신형이 하늘에서 뚝 멈추며 마치 다리에 철추를 매달
아 놓은 것처럼 빠르고 곧게 땅으로 착지했다.

성검문도 네 명은 사방에서 막부동을 둘러쌌다.

"성검문이 이곳엔 어쩐 일이오!"

걸걸하고 우렁찬 음성이 네 사내의 귓전을 때렸다.

참으로 애매한 관계다.

한쪽은 북해빙궁 출신, 한쪽은 성검문 출신. 세력과 역사로 따지자면 커다란 바위 하나와 육안으로 구별할 수 있을까 말까한 모래알 하나.

무공 실력은 두말할 것도 없었다.

네 명 모두 막부동과는 비슷한 연배. 하지만 겉으로 뿜어져 나오는 기도부터가 달랐다. 마치 대호 한 마리의 주위를 네 마리의 승냥이가 어슬렁거리는 것과 같았다.

그럼에도 비슷한 위치라 말할 수 있는 것은 사돈의 관계라는 점. 능가연만 아니었어도 이들이 막부동의 그림자조차 밟을 수나 있었겠는가.

사내 하나가 앞으로 나섰다.

"초면에 실례가 많았습니다. 성검문 비사대주(飛獅隊主) 당종(黨宗)이라 합니다."

옅은 눈썹에 끝이 아래로 축 처진 눈매와 눈동자 아래의 흰자가 유독 두드러지게 보이는 눈. 꽤나 예리하고 잔인하면서도 도전적인 성격이 엿보였다.

'비사대?'

막부동은 잠시 어리둥절했다.

성검문의 주춧돌은 네 개의 각(閣)이 차지한다. 그것은 다시 세 개의 단(團)으로 나누어지고, 그 단은 다시 다섯 개의 대(隊)로 나누어진다.

사내가 말한 비사대라 함은 문 외부의 일을 포괄하는 뇌전각(雷電閣) 자검단(孜劍團)에 속한 작은 집단이다.

막부동이 의아하게 생각한 이유가 그것이다. 비사대의 실력을 잘 알고 있는바, 자신에게 무모한 도전을 할 리가 없었다.

"난 성검문와 볼일이 없소만, 무슨 일로 날 찾아왔소?"

"잠시 저희와 함께 가주셔야겠습니다."

"뭐요?"

"위험한 일은 아닙니다. 잠시 저희와 함께하시는 편이 좋으실 겁니다."

"무슨 이유로 그러시오?"

"단여랑, 그자가 나타날 때까지입니다."

막부동은 한쪽 눈썹을 치커 올렸다.

단여랑이 나타날 때까지라? 단여랑이 죽은 것은 아니었구나.

막부동은 놀란 가슴을 쓸어내렸다.

그러나 선자불래(善者不來)라. 이들이 나타난 목적은 결코 좋은 것이 아닐 게다.

"전주를 어렵게 찾아냈습니다. 이곳으로 오신 지 닷새째,

약조한 날임이 틀림없을지언데 그자는 나타나지 않더군요.”

“마치 단여랑의 행적을 낱낱이 알고 있다는 말로 들리는
군.”

“열흘 전, 곤륜오성 중 하나와 실력을 겨뤘으니 닷새 전이
라면 이곳에 나타나고도 남을 시간이지요.”

“……!”

막부동은 미간을 좁혔다.

무슨 소리인가? 저 대주가 작은 입으로 종알종알거리는 소
리는 대체 무엇이란 말인가.

나 혼자만 알고 있는 비밀이라 생각했는데 타인은 그 비밀
의 속사정까지 알고 있다는 말투가 아닌가.

‘어떻게 그걸…….’

막부동의 머릿속은 의문으로 가득했다.

홍자경의 생각은 틀렸다.

신흥 문파? 약세한 정보력? 아니다. 성검문은 단여랑의 행
적을 알고 있었다. 어떻게 이런 일이 있을 수 있는가.

‘아! 밀당!’

불현듯 밀당이라는 두 글자가 뇌리를 스쳐 지나갔다.

‘밀당이 개입되기 전까지…….’

홍자경의 생각은 옳았다. 밀당이 개입되었다.

단여랑이 곤륜에 있었다는 사실을 성검문이 알아냈을 리
없다.

“밀당주가 그러던가?”

막부동의 말투는 어느새 하대로 바뀌어 있었다. 자신은 밀당주와 어깨를 나란히 하는 사람. 비사대주에게까지 말을 높일 필요는 없었다.

비사대주는 대답 대신 미간을 찡긋 올릴 뿐이었다.

‘역시…….’

몇 가지 사실을 알았다.

단여랑이 곤륜오성의 장벽을 넘었다는 것. 그것도 열흘 전에. 두 번째는 이들이나 밀당조차도 흔적을 찾아낼 수 없게끔 단여랑이 감쪽같이 사라졌다는 것.

‘녀석, 어디 있느냐…….’

“그래서 날 이용해 단여랑을 유인해 내겠다는 말인가?”

“전주와 그의 관계가 돈독하다는 것쯤은 모두가 아는 사실입니다.”

“후후! 그렇다면 잘못 알았군. 녀석은 동정 따윈 하지 않아. 오히려 냉정하다는 말이 더 잘 어울리겠지.”

“그렇습니까? 그렇다면 많이 변했나 보군요. 여화산에서 다 죽어가던 남해태양궁의 여식까지 살려낸 것을 보면.”

“……!”

아, 아! 밀당!

굳이 사대궁에 대한 일까지 성검문에 보고를 해야 한단 말인가!

"할 말이 없게 만드는군. 그래서 나보고 협조 좀 해달라?"

"물론 전주의 털끝 하나 다치지 않음을 약속드리지요."

"하! 하하하!"

"……."

"날 너무 과소평가하는 건가? 아님 내가 누군지 아직도 모르고 있는 건가?"

"북해빙궁의 유령전주를 모르는 성검문도도 있습니까?"

"그렇다면 내 성격이 어떤지도 아주 잘 알고 있겠군."

"생각지 못한 것은 아닙니다. 전주가 원하든 원하지 않든 저희는 전주를 모셔오라는 엄명을 받았을 뿐."

억지로라도 끌고 가겠다는 소리였다.

막부동의 코에서 실바람이 새어 나왔다.

감히 비사대 따위가 북해빙궁 삼전 중 하나인 유령전주를 상대하겠다는 의미인가? 그것도 단 네 명이서? 바보인가 아니면 오만에 휩싸인 것인가.

모른다. 비사대는 모를 게다. 유령전 무인들이 일당백임을 모르기 때문에 지껄인 소리일 게다.

순순히 따라가느냐, 마느냐.

막부동은 온몸에서 수증기를 피워내는 걸 대답으로 대신했다.

성검문 무인들은 곧 예를 취했다.

합공. 그러나 기수식(起手式)조차 취하지 않았다. 그들은 발검(拔劍)과 동시에 공격을 끝내는 무공, 쾌검을 지녔다.

막부동은 만면에 여유로운 웃음을 드러냈다. 반면 몸에서는 모골까지 송연하게 만드는 살기를 뚝뚝 흘려냈다. 싸움 전, 기세로 상대를 압도시키는 그의 버릇이 고스란히 묻어 나왔다.

성검문도들의 얼굴에 당혹함이 서리는 게 눈에 보였다. 그렇게 자신만만하게 굴더니 숨이 막히고, 솜털까지 곤두서는 느낌을 받을 게다.

이거다. 성검문과 북해빙궁이 다른 점. 호랑이와 승냥이의 차이를 이제야 알겠는가?

타닥!

가장 왼쪽에 서 있던 자가 움직였다. 조여오는 숨통을 참지 못한 움직임이 분명했다.

채챙―!

발검과 동시에 터져 나오는 빛무리.

휘이이익!

막부동은 왼발로 땅을 박차고 팽이처럼 빠른 속도로 몸을 돌렸다.

회선각에 어우러진 그의 쌍수에 맺혔던 응어리가 터져 나가기 일보 직전이었다. 그런데,

치이익!

무인의 검은 속검으로 끝나지 않았다. 좌측 위에서 우측 아

래로 그어지던 검이 아주 천천히 위로 들어올려지고 있었다. 검신에 흰 서리를 가득 담은 채.

'……!'

막부동은 보았다. 그리고 알았다.

무인이 펼친 무공은 성검문의 쾌검이 아닌 북해빙궁의 극음빙한공이라는 사실을!

콰아앙!

아무런 방비도 하지 않고 단지 검을 들어올리기만 한 무인은 막부동이 떨쳐 낸 장력을 이기지 못하고 삼 장이나 날아가 나무에 처박혔다.

"너희가 어떻게 극음빙한공을!"

막부동은 겉으로 분노를 표출했다.

그러는 사이, 또 다른 한 무인이 공격을 시도했다.

전혀 의미없는 공격. 그들은 이제 막 걸음마를 뗀 어린아이가 부모에게 자신의 성과를 보여주는 것처럼 막부동의 앞에서 극음빙한공을 시전했다.

파바바방!

두 번째 무인이 떨어져 나가고, 세 번째 무인마저 떨어져 나갔다.

막부동은 손속에 사정을 두지 않았다.

성검문 무인 세 명은 즉사.

처음부터 상대가 되지 않는 싸움이었다. 섶을 지고 불속으로 뛰어드는 미련한 행동이었다.

막부동은 회선각을 멈추고 한쪽 구석에 서 있는 비사대주를 무섭게 노려보았다.

'무언가? 이 더러운 늪에 빠져든 기분은?

비사대주의 얼굴엔 그 어떤 공포도 담겨 있지 않았다. 물 위에 둥둥 뜬 기름처럼 퇴색되어 흰자위에 떠 있는 검은 눈동자에선 사이한 기운까지 읽혀졌다.

비사대주는 검을 뽑았다. 그리고 그의 검에서도 다른 세 명의 무인들과 다름없이 하얀 서리가 맺히기 시작했다.

"감히 북해의 무공을!"

막부동은 화가 머리 꼭대기까지 치밀었다. 아무리 사돈이라고 하나 외부인이 극음빙한공을 사용한다는 사실을 용납할 수가 없었다.

막부동은 그를 향해 뚜벅뚜벅 걸었다. 비사대주를 향해 매서운 일장을 날리려는 찰나,

"크으으!"

비사대주가 몸을 부르르 떨더니 여태껏 볼 수 없었던 눈빛을 자아냈다. 그것은 전혀 예상치 못한 일이 일어났을 때 혹은 진정한 공포를 맛보았을 때의 눈빛이었다.

결국 비사대주는 막부동 앞에서 썩은 고목이 무너지듯 풀썩 쓰러졌다.

비사대주가 있던 자리, 막부동은 한 사람이 서 있는 것을

보았다. 죽립을 깊게 눌러쓴……

　“……?”

　“오래 기다렸지?”

　익숙한 음성이었다. 그리고 그가 그토록 기다려 왔던 음
성.

　이윽고 죽립이 살짝 위로 들려지며 그 안에 감추어져 있던
얼굴이 드러났다.

　“오랜만이야, 전주.”

　“단여랑!”

第二章
움직이는 사람들

1

"음! 일말의 온정도 배어 있지 않은 아주 잔인한 손속이네. 예나 지금이나 매정한 것은 변함이 없군."

단여랑은 사방에 널브러진 성검문도들의 시신을 보며 중얼거렸다.

막부동은 단여랑에게서 시선을 떼지 못했다.

고작 삼 년일 뿐인데 삼십 년을 떨어져 있다 재회한 사람 같았다. 물론 아무런 변화가 없었다면 시간 따위의 의미는 없었을 테지만 막부동이 보기엔 단여랑은 확실히 달라져 있었다.

외향? 글쎄, 삼 년 전보다 조금 더 키가 크고 살이 빠졌다는 정도?

얼굴은 그대로였다. 반짝거리는 눈동자와 장난기 가득한 표정. 피부색도 그대로였다.

그렇다면 대체 무엇이 변한 걸까.

'분위기다. 내뿜는 기도가 달라졌어.'

삼 년 전, 단여랑이 빙궁을 나서기 전까진 그도 단태붕과 별반 다를 바 없는 후기지수에 불과했다. 태음양화와 빙백신공을 익혔어도 왠지 맞지 않는 헐렁한 옷을 걸친 것 같은 기분이 들었달까.

지금 단여랑이 내뿜는 기운은 중원의 절정고수에 버금간다. 아니다. 단여랑의 나이 고작 스무 살. 그 정도의 실력을 가지고 있다면 밖으로 드러내고파 하는 게 그 나이 또래 무인들의 공통점이다. 그러나 단여랑에게는 그런 혈기조차 비춰지지 않는다.

마치 감당할 수 없는 커다란 짐을 머리 위로 잔뜩 들어올리면서 전혀 힘든 태를 내지 않는 것과 같은……

심계가 깊어졌다고밖에 생각할 수 없다. 예전의 단여랑 같았더라면 보자마자 투덜거렸을 테지.

무공? 무공은 아직 잘 모르겠다. 이렇다라고 단정하기엔 단여랑의 기운이 너무 애매하다.

"표정이 왜 그래? 내가 너무 늦게 와서 화가 난 거야? 사람 좀 미안하게 만들지 마. 나도 충분히 반성하고 있다고."

천천히 주위를 맴돌던 단여랑이 막부동에게 다가왔다.

막부동은 조금 놀랐다. 맑고 투명한 향기가 단여랑으로부터 훅 하고 불어왔다.

"그런데… 전주, 애인은 만들었어?"

그러나 말투와 성격은 예전과 한 치도 다르지 않은 단여랑이었다.

타닥! 타닥!

작은 불씨가 사방으로 튀었다.

토끼는 노릇노릇 잘도 타 들어갔다. 벌써부터 구수한 냄새가 풍겨 입 안 가득 군침이 고이게 했다.

단여랑은 긴 나뭇가지로 잿더미를 쑤셨다.

"왜 이렇게 늦었냐?"

막부동은 불가에 쭈그리고 앉아 단여랑에게 말을 건넸다.

"놀라게 했다면 미안. 청해성 지리를 잘 몰라서……."

단여랑은 말끝을 흐렸다.

기실 그가 고덕산에 도착한 것은 닷새 전. 그러나 막부동 앞에 나서지 못했다.

성검문이 막부동의 일거수일투족을 감시하는 동안 단여랑은 성검문도의 동향을 주시했다. 막부동은 성검문도들의 존재를 닷새 후인 오늘에서야 알았다.

막부동은 몰랐고, 단여랑은 알아버린 것.

단여랑은 그에게 솔직하게 이야기할 수 없었다.

그는 노릇하게 구워진 토끼 고기를 반으로 나눠 막부동에게 건넸다.

"지혜원주는 잘 계셔?"

"잘 계신다."

"……."

막부동은 단여랑의 질문을 기다렸다.

그 역시도 단여랑에게 물어보고 싶은 게 산더미 같지만 묵묵히 지켜보기만 했다.

무거운 침묵이 흘렀다.

들려오는 것이라고는 마른 나뭇가지가 타닥거리며 타 들어가는 소리뿐.

"우리, 원래 이렇게 할 말이 없었나?"

단여랑이 말했다.

할 말이 없는 게 아니다. 두 사람 모두 어디서부터 말을 꺼내야 할지 몰라 정리를 해야만 했다.

"이상하구나."

"뭐가?"

"태상궁주의 안위라던가. 내가 홀로 중원에 나온 이유라던가. 궁금하지 않나?"

"말해주고 싶은 거야, 아니면 내가 궁금해하길 바라는 거야?"

“어느 쪽에서건.”

“후후! 조부의 안위는 그리 좋지 못하시군. 그렇지 않고서야 유령전 무인들이 하다못해 열 명이라도 나오지 않을 리가 없지.”

“어쩌면 사람이 없는 게 움직이기엔 더 유리할지도 모른다.”

“나도 같은 생각이야. 굳이 싸울 목적이 아니라면 많은 인원은 필요없겠지. 하지만 만약이라는 게 있잖아. 성검문, 월영문, 귀령전, 빙령전이 한꺼번에 덤빈다면 어떻게 해야 하지?”

말과 달리 단여랑의 얼굴엔 미소가 가득했다. 마치 자신의 일이 아니라는 양, 남의 일 대하듯 하는 말투.

“그건 내 몫이다. 내가 어떻게든 막아보마.”

“전주의 무공이 높다는 것은 인정해. 하지만 불사신은 아니잖아?”

“……”

“이거 하나는 알려줄게. 월영문과 빙령전은 지금 내게 공격할 의사가 없어. 아니, 하지 못해. 내가 죽으면 쓸모가 없어지는 단우인 역시 단태붕이 가만두지 않을 테니까. 단태붕에게 있어 단우인은 날 견제하기 위한 방패막이에 불과해.”

단여랑은 다른 쪽으로도 생각해 보았다.

단우인이 단태붕에게서 벗어나는 유일한 길은 단우인이

직접 빙옥조를 찾았을 때다. 하지만 그러려면 뒷감당을 할 수 있는 무공이 뒷받침되어야만 한다.

무공… 단우인 쪽의 무공이라.

빙령전과 귀령전이 싸우면 어떻게 될까.

빙령전은 권, 장, 지법의 고수들이 모인 집단. 귀령전은 검을 비롯한 무기를 다루는 집단. 근본적인 마음가짐부터가 다른 무공. 누가 더 낫다고 딱히 꼬집어 말할 수 없었다.

실력 면에서 본다면야 생사의 갈림길을 수없이 넘나들며 악에 바쳐 무공을 수련한 유령전이 훨씬 월등하다 할 수 있다.

그렇다면 성검문과 월영문, 두 문파도 비교할 수 없는 전혀 다른 성질을 지녔다.

검사 위주의 성검문과 살수 위주의 월영문.

빠르기를 검에 실어 펼치는 쾌공과 오로지 사람을 죽이기 위해 사용하는 살공.

성검문도 무시할 수 없는 세력으로 자리매김해 가고 있지만 월영문 또한 살수 문파라고 해서 얕보는 자는 없었다.

하면, 단우인은 과연 어떠한 방법으로 단태붕에게 맞서 대응하려 하는가.

'힘든 상대는 겉으로 모든 걸 드러내는 자가 아냐. 속으로 꽁꽁 감추어두었다가 한번에 터뜨리는 자. 단태붕은 무공은 뛰어나지만 단순하고, 단우인… 얌전한 고양이라 간과할 뻔

했다. 주의가 필요하겠어.'

단여랑은 보일 듯 말 듯 희미하게 웃었다.

"그나저나 성검문이 극음빙한공을 익혔다?"

"두 눈으로 똑똑히 보았다. 검에 빙의(氷衣)를 입힐 수 있는 것은 바로 극음빙한공뿐이지."

"능가연, 그 여자의 짓이군. 감히 북해무공을 외부로 빼돌리다니, 대단한 배짱인걸?"

"우선 이자가 깨어나면 물어야 할 것 같다."

막부동은 한쪽에 시체처럼 누워 있는 비사대주를 발로 툭툭 건드렸다.

"혼혈을 짚었어. 혼절에서 풀려난다 하더라도 아마 자진할 거야."

"……?"

"이자들은 성검문을 위해 죽어야 했던 사람들. 성검문이 이렇게까지 하다니 정말 잔인하군."

막부동은 무슨 의미인지 몰라 인상을 찌푸렸다.

"저 비사대주라고 밝힌 자, 어쩌면 비사대주가 아닌, 그보다 조금 더 높은 자일지도 몰라. 다만 성검문에 위협을 받거나 혜택을 받았겠지."

"무슨 소리냐?"

"전주, 이자들이 정말 나를 유인하기 위해 전주를 데려가려 한 거라 생각해?"

"분명 그랬었다. 밀당이 개입되었지만 곤륜산에서 빠져나온 널 찾지는 못했지. 그래서 널 끌어들이려는 목적으로 날 데려가려 했고, 난 거부…… 엇!"

모닥불을 가만히 응시하던 막부동의 동공이 크게 부풀어 올랐다.

"왜? 무슨 이상한 점이라도 발견했나?"

"이자들은… 이자들은 날 제압해서 데려갈 만한 실력이 아니었다."

막부동은 넋 나간 사람처럼 중얼거렸다.

그가 기억할 수 있는 것은 성검문도 네 명이 보여주었던 극음빙한공.

"목적은 날 데려감이 아닌, 극음빙한공을 보여주기 위함이었군."

"맞아. 하지만 그들이 왜 전주에게 극음빙한공을 보여주려고 했던 걸까? '우리도 북해 무공을 익혔다' 라는 걸 알리기 위해서?"

단여랑의 말에도 일리는 있었다. 하지만 단지 그것뿐이라고 하기엔 이유가 부족했다.

"누구의 머리에서 나왔는지는 알 만하군. 이건 그냥 내 생각일 뿐이니 과장해서 듣지 말도록 해. 놈들은 내 행적을 알아내지 못했어. 그래서 전주를 찾은 건 맞아. 하지만 목적은 내가 아니고 전주였지. 전주의 그 정의감 투철하고 호탕한 성격을 잘 알고 있는 자가 꾸민 일이야. 성검문이 극음빙한공을 익혔다. 내가 없다면 전주는 어떻게 할 거야?”

‘빙옥조와 너만 아니었다면 썩어버린 북해에 더는 미련이 없었을 터.’

“성검문 따위는 유령전만으로도 하루아침에 초토화시킬 수 있다.”

막부동은 솔직하게 대답했다.

“그래, 초토화시켰다 생각하고 이제 나를 대입시켜 봐. 그 다음 상황은 어떻게 돌아갈 것 같아?”

성검문이 빙궁의 사돈이라고는 하나 중원의 무림문파다.

빙옥조 기간에는 절대로, 무슨 일이 있어도 중원 무림문파와는 문제를 일으켜선 안 된다. 사소한 시비 하나도 너그러이 웃으면서 넘길 수 있는 겸양이 필요하다.

문제가 번질 경우, 중원 무인들은 가만히 있지 않을 게다. 북해빙궁이 세외 세력으로 입지를 탄탄히 굳히고 있지만 중원은 엄연히 남의 땅. 최악의 경우 구파일방과의 사이가 나빠질 우려가 있다.

“으음!”

막부동은 작은 신음을 흘렸다.

성검문이 노린 것은 바로 그것.

“그냥 내가 생각한 것이니까 너무 마음 쓰지는 마.”

그러나 단여랑의 생각이 사실과 가깝다는 것을 부정할 순 없었다.

"이게 모두 단우인의 머리에서 나온 계획인가?"

"아니. 말했잖아, 단우인 쪽은 날 건드리지 못한다고. 모두 능가연, 그 여자가 꾸민 일이야."

단여랑의 눈에 시린 한광이 떠올랐다가 사라졌다. 너무 순식간에 일어난 일이라 곁에 있던 막부동조차 눈치 챌 수 없었다.

툭!

막부동은 단여랑에게 서신 하나를 건넸다. 단여랑은 그것을 펼쳐 큰 소리로 읽었다.

"통탄할 노릇이로다. 전생에 무슨 죄를 지었기에 그리도 큰 업을 지고 있는가. 지나가는 이 하나 없어 쓸쓸하기만 한데, 백웅(白熊) 한 쌍은 말없이 서로를 바라만 보는구나. 영원히 멈추지 않는 비가 둘을 갈라놓았으니, 그들의 사랑이 참으로 안타깝기만 하구나."

단여랑은 서신을 접고 막부동에게 물었다.

"지혜원주는 아무 말씀 없으셨고?"

막부동은 고개를 가로저었다.

"섬서성에서 시작된다는 말밖에는."

"쪼잔한 영감님 같으니라고. 내 힘으로 직접 찾아가라는 건가? 어딘지 살짝 귀띔이라도 해주면 오죽 좋을까."

단여랑은 서신을 모닥불 위로 던졌다.

얇은 종이는 나뭇가지들과 어우러져 불길에 휩싸여 금세 재로 화했다.

"영원히 멈추지 않는 비라……. 비는 위에서 아래를 향해 떨어지지. 굳이 비가 아니더라도 그런 기분을 느낀 적은 있어. 해성폭에서 수영을 할 때 말이야. 해성폭은 비였어. 머리부터 발끝까지 전신을 관통하는 거센 비. 영원히 멈추지 않는."

"……."

"백웅 한 쌍은 영원히 멈추지 않는 비를 사이에 두고 서로를 마주 보는 형국, 큰 바위를 말하겠지. 결국 답은 폭포. 그런데 중원에 폭포가 한둘이야?"

"밀당부주의 도움을 받을 수 있다면……."

"밀당은 필요없어."

"……?"

"밀당이 쉽게 찾아낼 장소였다면 지혜원주가 아무런 말씀을 하지 않을 리 없으니까."

단여랑은 자리에서 일어섰다.

그의 손에 들린 토끼 고기는 절반도 채 먹지 않은 상태로 남았다. 막부동의 토끼 고기도 마찬가지였다. 그러나 막부동도 단여랑을 따라 일어섰다.

"피해 다닐 필요는 없어. 난 잘못한 게 없으니까. 웃기지 않아? 피해야 할 사람은 능가연과 야현이야. 단태붕과 단우인이라고. 하하! 그 둘이 있는 곳으로 가야겠어. 삼 년 만에 삼 형제가 조우하는 것도 그리 나쁘지는 않겠지.”

“저놈은 어떻게 처리할 게냐?”

막부동은 비사대주를 가리켰다.

“죽이지 않아도 죽은 목숨. 명이 다하도록 내버려 둬. 나머지 세 명의 시신은 치우고 가야 해. 전주의 무공은 쓸 만하긴 한데, 흔적이 많이 남거든.”

막부동은 성검문도들의 시신을 수습하기 위해 걸음을 떼었다.

“그런데 그 옷 말이야……”

단여랑은 막부동이 입고 있는 무복을 뚫어지게 바라봤다. 몇 년 동안 한 가지 무복만 보아왔던 단여랑에게 막부동의 평범한 무복은 좀처럼 적응을 할 수가 없었다.

“중원의 무복이다. 얇아서 그런지 입지 않은 듯 가볍고, 움직이기에도 별 무리가 없더구나.”

“아니, 그게 아니라 전주가 입으니까 꼭……”

“꼭?”

“음… 머슴 같아.”

2

삐익—!

푸드득!

창공을 날던 전서구(傳書鳩) 한 마리가 목표를 발견하곤 다가와 날갯짓을 거뒀다.

단우인은 비둘기의 다리에 매달린 전통을 떼어냈다.

단우인 전(前).

단여랑 건(件).

청해성 고덕산에서 막부동과 조우한 후 섬서로 향하고 있음. 성검문 개입. 월영문의 보호 요망.

빙옥조 건(件).

첫 번째 밀령(密令). 북(北).

—빙(氷).

'북이라…….'

주어진 시어로만 빙옥조를 찾는 것은 무리다.

빙궁에서는 열흘에 한 번씩 밀령을 내놓는다. 밀당으로부터 북(北)이라는 첫 번째 밀령이 떨어졌다.

빙옥조가 시작되는 장소는 섬서성.

빙옥조가 영물이긴 하나 추위에 길들여진 생물. 중원의 가장 추운 북쪽 방면에 있을 가능성이 다분했다.

앞으로 열흘 뒤엔 또 다른 밀령이 나온다. 그걸로 빙옥조를 찾아야만 한다.

빨리 찾는 방법이 없지는 않다.

북해에서 중원으로 빙옥조를 옮긴 이가 누구인지 찾는다면 장소를 밝혀내는 것은 시간문제. 아직은 느긋이 보고를 기다려야 할 때다.

'아직은 무리인가?'

단우인은 전서를 품 안에 갈무리했다.

시간이 지나갈수록 빙옥조의 위치는 뚜렷해진다.

밀당은 벌써부터 움직였다. 그들의 정보는 구 할 이상이 정확하다. 빙옥조를 옮긴 이를 밝혀내면 빙옥조를 찾는 시간은 단축된다.

'단여랑은 이곳으로 향하고…….'

이 역시 예상했던 일이다.

단여랑에게는 눈과 귀를 대신할 사람들이 없다. 그는 분명 자신과 단태붕을 만나러 올 게다.

중요한 것은 그때까지만 단여랑에게 아무런 일도 없어야 할 것. 월영문의 도움이 필요하다.

단우인은 품에서 새로운 전서를 꺼내 전통에 집어넣었다. 그리고 비둘기를 하늘로 힘차게 날렸다.

"북쪽?"

단태붕은 단우인의 보고에 시큰둥한 반응을 보였다.

"네가 생각했던 장소는?"

“섬서성 또는 산서성.”

“그것도 밀당의 정보인가? 아니면 네 머릿속에서 나온 것?”

“밀당의 정보력이야 중원에서도 인정한 것. 의심할 여지는 없지.”

“천하의 단우인도 밀당에 의지를 하다니… 그럴 거면 모사 따윈 필요없잖아?”

단태붕은 서탁에 놓인 전서를 들어 단우인에게 던졌다.

펼칠 필요는 없었다. 단태붕에게 도착한 전서에도 북이라는 밀령이 적혀 있을 게다.

“둘 중 하나를 찍으라면?”

“산서성.”

“이유는?”

“빙옥조의 동의를 구했다 하더라도 중원은 엄연히 남의 땅. 눈치를 보지 않고 찾으려면 산서성만큼 좋은 곳은 없지. 중원에서도 유일하게 구파일방, 오대세가의 입김이 작용하지 않으니까.”

단태붕의 눈에 의혹의 빛이 떠올랐다.

‘아직은 날 믿고 있어.’

“계산된 것인가?”

“직감이야.”

“후후! 야수의 본능과도 같다는 말. 직감이라…….”

단태붕은 두 눈을 감았다.

무거운 정적이 맴돌았다. 단우인의 말에 일리가 있기에 그도 섣불리 다른 말을 내뱉지 못하고 있는 게 분명하다.

단우인은 단태붕이 눈을 감은 짧은 시간이 억겁의 세월처럼 느껴졌다. 그러나 기다렸다.

"빙옥조를 본 적이 있나?"

단태붕의 입에선 예상치 못한 물음이 튀어나왔다.

단우인은 쉬이 대답하지 못했다.

빙옥조는 북해빙궁의 영물. 실제로 본 사람이 과연 몇이나 될까.

어릴 적 어미 손에 이끌려 조부의 집무실에 들른 적이 있었다. 그때 단우인은 한쪽 벽면을 모두 메운 벽화를 보게 되었다.

눈이 부시도록 새하얀 깃털, 머리에 우뚝 솟아난 벼슬. 길고 아래로 구부러진 부리는 떡 벌어져 새가 아닌, 마치 호랑이가 포효하는 듯한 착각을 불러일으켰다. 공작처럼 커다란 날개를 활짝 펼치고 있는 빙옥조 한 쌍은 금방이라도 벽에서 튀어나올 듯했다.

그러나 눈길을 끌었던 건 그들의 발아래 짓뭉개져 있는 작은 새 한 마리. 발톱에 긁혔는지 몸이 갈기갈기 찢기고 누런 뇌수를 흘려내고 있던 그 작은 새의 모습은 어린 단우인에게 잔인한 장면으로 기억에 남았다.

“저 작은 새는 뭐죠?”

궁금증이 치밀어 어미에게 물었다.

“빙옥조란다.”

“같은 종족을 저렇게 죽이나요?”

“이미 굶어 죽은 빙옥조야. 남은 한 쌍의 빙옥조가 저 죽은 빙옥조를 먹은 후 새로운 털을 갖게 되는 거지.”

단우인이 기억하고 있는 빙옥조의 모습은 신비스럽기보다 공포에 가까웠다.

“본 적 없어. 하지만 곧 보게 되겠지.”

빙옥조가 끝나게 되면 알게 되리라. 발밑에 깔린 작은 새 한 마리가 누가 될지는…….

“단우인, 네 예리한 직감은 무시하도록 하지. 지금은 직감이 중요한 때가 아니라는 걸 넌 누구보다 잘 알고 있을 테니까.”

단태붕은 애초부터 정확한 장소가 밝혀질 때까지 움직이지 않을 작정이었다. 경계만 넘으면 산서 땅인데 무엇을 미루고 있는 것인가.

그는 귀찮은 것을 싫어한다. 그렇지만 기다림도 싫어한다.

밀령 하나하나가 나올 때까지 어찌 기다리고만 앉아 있을까. 빙옥조를 옮겨놓은 자를 찾는 것은 어쩌면 단태붕이 선수를 칠지도 모를 일이었다.

"더 알아내. 알아내지 못할 경우엔 네 머릿속에 있는 생각들까지 모두 동원하라는 말이다. 알겠나?"

단우인은 눈꺼풀을 아래로 까는 것으로 대답을 대신했다.

"더 볼일이 없으면 이만 나가보도록."

단우인은 자신을 수하처럼 부리는 단태붕이 괘씸했지만 겉으로 감정을 드러내진 않았다. 대신 몸을 돌리는 순간 그를 한 번 노려보는 것은 잊지 않았다.

단우인이 거처에서 나간 후, 단태붕은 의자에 깊숙이 몸을 묻었다.

"귀령전주."

"부르셨습니까?"

귀령전주 유사야가 단태붕의 뒤에서 모습을 드러냈다.

"성검문에선 아무런 소식이 없나?"

단태붕은 서슴없이 하대를 했다.

따지자면 귀령전주는 스승, 단태붕은 그의 진전을 물려받았으니 제자의 관계다.

하나 단태붕은 능가연의 자식, 또 궁주에 오를 몸.

하늘같은 스승이 졸지에 제자의 수하가 되어버렸다. 하지만 귀령전주는 불평 한마디 내뱉지 않고 그를 따랐다.

"단여랑의 종적은 진즉에 알아냈습니다. 막부동과 함께 이쪽을 향해 오고 있다는 보고입니다."

“그래?”

“미리 접근한 성검문도가 있었으나 모두 막부동의 손에서 처리되었습니다.”

“어머니가 먼저 일을 시작하셨군.”

단태붕은 재미있다는 듯 웃었다. 하지만 그 웃음도 잠깐, 고개를 돌려 귀령전주를 바라보는 그의 얼굴에는 무언가 망설임이 담겨 있었다.

말을 할까 말까 여러 번 망설인 끝에 단태붕의 입이 열렸다.

“단여랑은…….”

귀령전주는 단태붕의 속마음을 훤히 꿰뚫었다.

그가 단여랑에 대해 묻고 있다. 어떻게 변했는지, 얼마만큼 성장했는지…….

“거짓을 원하십니까, 진실을 원하십니까?”

단태붕의 두 눈이 귀기로 번뜩였다.

귀령전주가 언제 이리 말한 적이 있었던가? 대답은 들어보지 않아도 알 수 있었다. 아니, 듣고 싶지 않았다.

가슴에서부터 무언가 알 수 없는 감정의 웅어리가 욱하고 치밀었다.

“놈은 처음 봤을 때부터 마음에 들지 않았지. 단우인, 저 새끼도 맘에 들지 않지만 단여랑은……. 단우인은 마음만 먹으면 손으로 주무를 수 있어. 하지만 단여랑은 손에 잡힐 듯

하면서도 잡히지가 않아. 같은 하늘을 이고 못 사는 원수. 둘 중 하나가 죽어야 해. 물론 죽는 사람은 단여랑이 될 테고.”

귀령전주는 단태붕이 말하는 의미를 알아들었다.

“성검문도를 보내겠습니다.”

“하나 더, 단우인이 빙령전을 어디로 빼돌렸는지 조사해 와.”

“단우인을 믿지 못합니까?”

“전주는 믿을 수 있나? 그놈은 애초부터 믿을 게 못 되지. 머리 좋은 놈들은 자신이 세상에서 제일 잘난 줄 아니까. 밀당과 교류하고 있어. 밀당의 정보와 녀석의 머리라면 빙옥조가 어디 있는지 대강 알고 있을 거야. 하지만 내게는 말하지 않지. 개새끼도 자기 목숨 귀한 건 아는가 보지?”

“단우인은 마음만 먹으면 언제든 처리할 수 있습니다.”

단태붕은 입을 꾹 다물고 귀령전주를 노려보았다.

귀령전주는 등골이 오싹했다. 단태붕이 무서워서가 아니었다.

능가연을 꼭 빼닮은 그의 얼굴 때문이었다.

매섭지만 묘한 기운을 담은 눈매, 매끈한 얼굴선과 살짝 비웃음을 머금고 있는 입술까지도.

“단우인을 지금 죽일 필요는 없어. 아직은 쓸모가 있으니 단여랑을 처리한 후에 죽여도 늦지 않지. 대신!”

“……?”

"머리 하나가 더 필요할 것도 같군. 단우인, 그 쥐새끼가 만에 하나라도 허튼수작을 부리는 걸 대비해서 말이야. 후후!"

귀령전주는 단태붕의 눈이 반짝이는 걸 보았다.

＊　　　＊　　　＊

'또다시…….'

막부동은 슬슬 짜증이 치밀었다.

뒷목에 와 닿는 끈끈한 기운은 가만히 있다가도 똥물을 뒤집어쓴 것처럼 기분을 나쁘게 했다.

공격의 의사는 비치지 않았다. 대신 일거수일투족을 감시라도 하는 듯 하루 종일 따라다니는 시선이 부담스러울 뿐이었다.

당장이라도 따라오는 자들을 급습하여 처단하고 싶은 마음이 간절했으나 단여랑은 잠자코 기다리라고만 했다.

"아직 목숨을 노리는 것은 아니니 괜히 자극받을 필요는 없지. 숨지는 않아. 숨어야 하는 것은 저자들."

단여랑이 원래 이런 성격이었나?

막부동의 알고 있던 단여랑과 지금의 단여랑은 너무 다른 사람이었다.

'분위기가 변했다기엔 너무 추상적이야. 무엇이 달라진

거지?

막부동은 예전 단여랑의 모습을 기억 속에서 끄집어냈다.

항상 삐딱하고 제멋대로에 물불을 가리지 않으며, 답답한 것을 참지 못하던 성격.

그때의 단여랑이라면 감시의 눈들은 편히 따라다니지 못하리라.

그렇다면 지금은?

단여랑은 기다리고 있다. 감시의 눈 따위는 신경 쓰지 않는다. 여유롭다. 그러면서도 적극적이다. 또 막부동에게 명령 아닌 명령을 내리고 있다.

중원에 올 때까지만 하더라도 단여랑을 어떻게 이끌어야 할지 고민했다.

막부동은 불현듯 자신이 한 가지 일을 하지 않았음을 깨달았다.

그것은 설득이었다.

"궁주가 될 생각은 죽어도 없다니까."

"나보고 빙궁에서 평생 썩으라고?"

"원수들이 득실거리는 곳이야. 빙궁은 썩었어."

단여랑이 입버릇처럼 하던 말이 아니던가.

지금도 궁주가 되지 않겠다고 한다면 강제로라도 끌고 가려 했다. 설득이라는 단어를 뒤집어쓴 반강제, 반협박.

그러나 그럴 필요가 없게 되었다.

막부동은 팔을 뻗어 앞서 걸어가는 단여랑의 어깨를 거세게 움켜쥐었다.

"왜?"

뒤돌아보는 단여랑은 웃고 있었다.

"음한곡에서 무슨 일이 있었나?"

"사람을 만났지."

"사람?"

"누군지는 비밀이야."

"단지 그뿐이냐?"

"무저지갱에 있었어."

"으음! 무저지갱……."

무저지갱에 대해 알고 있는 사람은 염양제, 단여랑, 사공필, 그리고 요수뿐이다.

막부동은 처음 듣는 곳이었다.

하면 무저지갱이 사람을 바꾸어놓았다는 말인가? 그는 무저지갱이 어떤 곳인지 모른다. 이해할 수도 없었다. 끝이 보이지 않는 낭떠러지라니…….

"궁주가 되려는 마음은……."

"그만 해, 전주."

단여랑은 막부동의 말허리를 잘랐다.

"세월은 변해. 사람의 마음도 변하기 마련이야. 능가연과 야현에 대한 복수심은 변하지 않았어. 단지 복수하는 방법을 바꾸었을 뿐이야."

"궁주가 됨으로써?"

"기쁘지 않아?"

막부동은 단여랑의 어깨에서 손을 내리고 사방을 둘러보았다.

"자의로든 타의로든 궁주가 될 거라 생각했다."

"후후! 어때? 한번 크게 말해볼까? 숨어서 지켜보고 있는 놈들이 들을 수 있게 말이야. '나는 궁주가 될 거다!' 이렇게, 하하하!"

단여랑은 기쁜 듯 웃었지만 막부동의 안색은 굳은 채 풀어지지 않았다.

"너답지 않다. 저들의 눈이 따라다니는 걸 알면서 왜 가만히 있는 게냐?"

"저들은 성검문. 단태붕이 아직 날 죽이라는 명령을 내리지 않았으니 그냥 감시에서 그칠 거야."

"언젠가는 죽이라는 명령이 떨어질 게다. 지금이라도 늦지 않았다. 처리하마."

"기운이 달라. 처음 나타난 네 명은 단지 전주에게 극음빙한공을 보여주기 위해 나타났지만 저들은 아냐. 극쾌의 무공. 한눈이라도 팔게 되는 날엔 목에 닿는 따끔한 감촉을 느끼게 되지. 한둘이라면 몰라도 많은 숫자는 감당하기 힘들어. 게다가 여긴 중원이야. 전주의 빙공이 북해에서와 다르다고 생각하지 않아?"

북해에서 펼치는 빙공과 중원에서 펼치는 빙공은 천양지차다. 태음양화를 익혔다면 몰라도 단순한 빙공으로 북해에서의 위력을 떨치기는 힘들다.

기후와 환경. 특히 음공이나 양공을 한쪽에 치우쳐 익힌 무인이라면 더 더욱.

"난 유령전주다. 저따위 피라미들에게 질 것 같나?"

"맞아, 전주 혼자서도 충분해. 하지만 직접 수고를 할 필요는 없다고 봐."

"무슨 소리냐?"

"재미있는 일이 벌어질 거야. 한쪽은 날 공격하고, 다른 한쪽은 날 보호하고. 지켜보라고."

단여랑은 다시 등을 돌려 휘적거리며 앞서 나갔다.

초저녁, 선착장에는 많은 사람들로 붐볐다.

천수(天水)는 감숙과 섬서의 경계로, 길을 따라 가면 보름이나 걸리는 시간이 배를 이용하면 이틀밖에 소요되지 않는다.

요수는 약속을 지켰다.

멀리서 단여랑을 발견한 그가 다가오려다가 우뚝 걸음을

멈췄다.

단여랑은 요수와 눈도 마주치지 않았다. 모르는 사람처럼 그를 스쳐 지나갔다. 그 뒤를 막부동이 따랐고, 요수는 홀로 멍하니 서 있어야만 했다.

단여랑과 막부동은 그대로 배에 올라 선실로 내려갔다.

선실 안으로 들어온 막부동은 끈끈한 시선들로부터 잠시나마 해방되었다는 사실에 숨통이 트였다. 배가 섬서에 도착하는 즉시 또 다른 눈들이 따라다니겠지만.

"사람을 만나기로 했어."

말과 함께 선실의 문이 열렸다.

호리호리한 체격에 호목을 가진 사내 하나가 선실로 들어섰다. 옆구리에 찬 검은 언뜻 보아도 길이 삼 척 반, 너비 이 촌이 넘는 걸로 보아서 중검법(重劍法)을 구사하는 듯싶었다.

막부동이 경계 어린 행동으로 자리에서 일어서자 단여랑이 입을 열었다.

"눈이 많아. 나야 상관없지만 요수에게 피해가 가게 할 순 없지. 이해해 주길 바래."

요수는 단여랑에게 인사를 건네지 않았다. 그의 눈에 들어온 사람은 막부동. 두 사람의 시선이 허공에서 부딪쳤다.

"둘 다 초면이지? 인사해. 이쪽은 그동안 전주에게 내 소식을 알려준 요수. 그리고 이쪽은 내가 이야기했지? 막 전주라고."

두 사람은 간단한 눈인사조차 나누지 않았다. 아니, 눈인사는 처음부터 나누고 있었다. 다만 서로를 경계하는 눈인사였을 뿐.

범은 범을 알아본다고 하였는가. 막부동은 요수에게서, 요수는 막부동에게서 자신과 비슷한 사람을 만났을 때의 오묘한 기분을 느끼고 있었다.

"요수?"

요수는 그제야 단여랑에게 고개를 돌렸다.

"원래 곤륜산에서 내려오면 노 향주에게 들를 생각이었는데 계획에 차질이 생겼어. 좀 늦을 거라 전해주고… 내가 부탁한 일은?"

요수는 막부동을 흘끔 쳐다본 뒤 입을 열었다.

"섬서성 연안(延安)."

"여기선 얼마나 걸려?"

"섬서에 도착한 후, 말을 타고 달리면 보름 안에 도착할 수 있다."

"늦을 텐데……."

요수가 가져온 정보는 단태붕과 단우인의 위치를 말함이었다.

"좋아, 그들의 행보를 계속 주시해 줘. 빙옥조 건은?"

"지혜원주로부터 첫 번째 밀령이 나왔다. 북(北)."

“북이라 함은 북쪽이라는 뜻이고, 정북이라면 섬서성 끝, 북동이라면 산서성이 되겠군.”

막부동은 두 사람의 대화를 들으면서도 기분이 좋지 않았다.

단여랑을 돕기 위해 중원으로 나왔지만 그가 할 수 있는 일은 아무것도 없었다.

가장 필요한 정보도 구해다 줄 수 없어 하오문 출신인 요수에게 부탁해야 하는 처지. 오히려 현재의 단여랑에게 도움이 되는 사람은 자신보다 요수이지 않은가.

‘밀당만 움직일 수 있다면…….’

누가 밀당을 움직여 줄 수 있을까.

홍자경이 지목한 밀당부주 탁산, 주도면밀하기로 정평이 나 있는 자이니만큼 숙고에 숙고를 거듭할 게다. 하지만 너무 늦다. 그가 하루라도 빨리 움직여 주어야만 단여랑이 활발한 행동을 할 수가 있다.

하오문 전부가 움직이는 것도 아니고, 요수와 노 향주만이 움직일 뿐이다.

턱없이 부족한 정보다.

성검문과 월영문의 동향도 알아내야 하고, 북해 내에서의 일도 손바닥 들여다보듯 알아야 한다. 단태붕과 단우인의 행방은 물론이며, 빙옥조의 위치도 알아내야 한다.

그러기에 두 사람만이 움직인다는 것은 상당한 무리가 따랐다.

자신도 이렇게 답답하기만 한데 단여랑은 오죽할까. 그러나 단여랑은 전혀 주눅 든 기색을 보이지 않았다.

막부동이 상념에 잠겨 있는 사이, 요수는 무언가 망설이는 듯한 행동을 보였다.

마른 입술에 침을 바르고 안정되지 않은 시선을 이리저리 옮기는 요수는 불안해 보였다.

단여랑은 그런 그의 모습을 한동안 바라보다가 이내 씁쓸한 미소를 지었다.

"이번을 마지막으로 이 일에서 빠지도록 해. 그동안 고마웠어."

"…미안하다. 노 향주는 계속 돕겠다는 의지가 완고하지만 세상에 비밀은 없는 법. 그는 내 아버지나 마찬가지인 분이다."

요수는 하오문 생활을 접었다.

하지만 그가 정보를 캐내고자 한다면 못할 것은 없었다. 다만 요수의 몫을 노대호가 짊어 메야 한다는 점이 못내 마음에 걸렸다.

하오문 사람들이 어떤 사람들인가. 삼류 인생의 사람들이니만큼 눈치도 빠르고, 조그마한 변화에도 세심하게 신경을 쓴다.

노대호는 너무 깊게 들어서려 하고 있다. 잘못하여 하오문에서 알게 되는 날에는 축출을 면치 못할 터. 요수는 우환이 되려는 것을 미리 정리할 생각이었다.

막부동은 놀랐다.

요수마저 손을 떼버린다면 단여랑은 눈과 귀가 멀게 된다. 하나라도 정보가 필요한 이때에 도움받을 곳이 아무 곳도 없다니.

'밀당…….'

시급한 조치가 필요하다.

"큰일인데? 따로 부탁할 일이 하나 더 있었는데 말이야."

"북해빙궁에 대한 일이 아니라면 도와줄 수 있다."

"엄밀히 말하면 빙궁에 대한 일이지만, 쉽게 생각하면 빙궁과 상관없다고 할 수 있어."

"……?"

"사람을 하나 찾아주었으면 해."

"사람?"

"이름은 예서하. 나이는 스물셋 정도고… 말하지 못하고 듣지 못해."

"으음! 벙어리에 귀머거리라면 찾기 힘들지도 모르겠구나."

"무인이야. 빙공을 사용하면서 벽파일월편법을 익혔어."

요수는 자신의 두 귀를 의심했다. 벽파일월편법은 생소한 무공명이 아니었다.

"보리마군의 딸이야. 그의 진전을 이어받았지."

"으음! 보리마군……!"

"그녀를 찾아주었으면 해."

"예서하를 찾아서 무얼 하려고 그러나?"

질문은 막부동이 던졌다.

단여랑의 심정을 이해 못하는 것은 아니지만 지금은 시기가 시기인만큼 다른 것에는 한눈을 팔아선 안 된다.

"설마 능가연이 보리마군에 대한 일을 모를 것이라고 생각하는 건 아니겠지? 난 빙백신공을 이어받았어. 조부에게서 직접 하사받은 게 아니라는 것은 금방 조사해 보면 알아낼 수 있지. 목이 타는 사람은 구덩이라도 파서 물을 마시려고 해. 예서하가 보리마군의 딸이라는 걸 알게 되는 날에는… 그녀가 위험해져."

막부동은 뭐라 반박하지 못했다.

능가연이 예서하를 어찌하려 한 대도 그녀는 빙백신공에 대해 아무것도 모른다. 하지만 단여랑은 예서하의 안위를 걱정하고 있다. 막부동 자신도 미처 거기까지 생각지 못한 것을.

"요수, 찾아줄 수 있나?"

"힘닿는 데까지 해보마."

쉬운 일은 아닐 게다.

중원의 모래알처럼 많은 사람들 중에 여자를, 그것도 귀머

거리에 말도 못하는 여자를 무슨 수로 찾는단 말인가. 만약 찾게 된다 하여도 시일이 오래 걸릴 거라는 건 당연지사.

배는 소리없이 뻗어갔다.

창문으로 저물어 가는 붉은 태양의 빛이 쏟아져 들어왔다.

세 사람은 각자만의 생각에 잠긴 채 말없이 그 아름다운 광경을 바라보기만 했다.

第三章
공격하는 자, 호위하는 자

1

북해를 통틀어 밀당원들의 수는 백여 명에 못 미친다. 각각 두 명씩 배치하여 일호 안 십이도에만 스물넷, 일호 연안 부족에만 육십 명, 그리고 북해도에 열 명.

이게 북해 사람들이 알고 있는 밀당의 수다.

밀당의 총 인원은 밀당주와 부주를 제외하곤 아무도 모른다. 세외 세력인 북해빙궁에 유일하게 중원인들이 개입된 곳이 바로 밀당이다.

기실 중원에 뿔뿔이 흩어져 있는 밀당원들의 수는 어마어마하다. 오죽하면 밀당의 정보가 하오문이나 개방에 비해 조금도 손색이 없다고 하겠는가.

각 분타 별로 수집되는 정보 중 대다수의 정보가 밀당부주에게로 넘어가고, 거기서 또 최종적인 정보는 밀당주의 손에 넘어가게 된다.

자연 밀당주와 밀당부주의 유대 관계는 다른 상관과 수하의 관계보다 돈독해야 함은 물론이다.

밀당부주 탁산은 눈앞에 있는 전서를 가만히 바라봤다. 전서 옆에는 화살에 몸이 관통된 전서응(傳書鷹) 한 마리가 딱딱하게 굳어 있었다.

요즘 며칠째 계속해서 심기가 불편한 이유가 이것이었다니.

언젠가부터 밀당주가 자신에게 무언가를 숨기기 시작했다는 건 눈치 채고 있었다. 남들보다 각별해야 할 당주와 부주의 사이가 멀어진 것은 물론 활발하게 움직이던 정보들이 어딘지 모자랐다. 자꾸만 걸러서 들어오는 것 같은 기분을 떨칠 수가 없었다.

하나 의심은 되도록 하지 않으려 노력했는데…….

단태붕 전(前).

단여랑 건(件).

현재 유령전주를 만나 섬서로 향함. 목적지는 불확실.

죽립을 깊게 눌러썼으며, 아직 두드러질 만한 행동은 하지 않

음. 유령전주는 성검문도 네 명을……. (중략)

—빙(氷).

그리고 전서 맨 아래, 밀당주의 것이 분명한 인(印)이 찍혀 있는 것으로 보아 당주가 직접 확인하고 보낸 전서가 분명했다.

전서의 내용 역시 어이없었다.

밀당은 각 소궁주들에게 밀령만 전달할 뿐, 다른 소궁주의 위치를 알려주어선 안 된다. 서로가 경쟁하여 죽이려는 마당에 위치를 알려주는 것은 불난 집에 부채질을 하는 것과 다를 바 없다.

더욱이 기가 막힌 건 탁산 역시 단여랑의 위치를 몰랐다는 점이다.

그런데 당주는 알고 있다. 북해와 중원의 모든 정보를 알아야 하는 탁산이 당주도 알고 있는 사실을 모르고 있다.

그가 모르는 일이 진행되고 있는 게 분명하다. 얼마만큼이나 진행되었을까?

탁산은 당주에게 깊은 배신감을 느꼈다.

북해에 내분이 생긴다 할지라도 당주만은 변치 않을 줄 알았다. 그런데 변했다.

하기야 해가 바뀌면 강산도 변한다 하거늘, 인간도 세월을 이기지 못해 늙어가는 마당에 사람 마음이 변하는 것을 무슨 수로 막으랴.

탁산은 전서를 와락 구겨 쥐고 자리에서 일어섰다.

우선은 당주를 만나야겠다는 결정을 내렸다. 심증이 물증으로 바뀌었는데 무얼 더 망설일까.

밀당주 위현은 다부진 인상의 오십대 중년인이다.

육 척 장신에 나이에 맞지 않게 호리호리한 몸매가 돋보이는 그는 젊은 시절부터 밀당을 이끌었다.

사람들은 그랬다. 위현이 조금이라도 무공에 재미를 붙였다면 밀당주라는 직책 대신 삼전주 중 하나가 되어 있을 거라고.

그러나 그는 피가 한 방울이라도 자신의 몸에 묻는 것을 극도로 경멸했기에 무공을 그리 좋아하지 않았다.

"자네가 이 시간에 여기엔 웬일인가?"

밀당주는 저녁 식사를 하려다가 탁산을 맞았다. 특이하게도 그는 식사를 식당에서 하지 않고 자신의 집무실에서 했다.

"저녁 안 들었으면 어서 와 들게. 용상어 맛이 기가 막히는군."

진심이 우러나온 말이 아니라는 것쯤은 알고 있다.

가족과도 식사를 하지 않을 정도로 심한 밀당주의 결벽증은 북해 사람이라면 모두가 알고 있는 사실 중 하나였다.

"식사 중이신 줄 몰랐습니다. 나중에 다시 오도록 하겠습니다."

"앉게. 자네 얼굴을 보니 급한 것 같아. 밥은 입으로 먹는 것이니 듣는 거라면 괜찮네. 말해보게나."

탁자에는 위현이 앉아 있는 것 말고는 의자가 없었기에 탁산은 위현의 뒤쪽에 비스듬히 자리한 의자에 엉덩이를 붙였다.

"몇 가지 드릴 질문이 있어 이렇게 찾아왔습니다."

위현은 조용히 저금을 놀렸다.

"빙옥조의 밀령은 누구에게서 나옵니까?"

"그거야 당연히 지혜원주 아니겠나?"

"그렇다면 이번 빙옥조의 밀령은 모두 몇 개나 됩니까?"

"정확히는 알 수 없네. 지난번 빙옥조 때는 열일곱 차례였고, 아주 오래전에는 오십여 개가 넘는다는 소리도 있다네. 한데 그건 갑자기 왜 묻는가?"

"원래 이번 빙옥조에 단태붕과 단우인, 두 명만 참가한다고 했는데 듣자 하니 단여랑도 참가했다고 하더군요."

"삼 년 전에 실종되어 죽은 줄로만 알았는데 살아 있다더군."

"그렇다면 이번 밀령을 세 명 모두에게 주었습니까?"

"……."

위현은 입 안의 음식을 천천히 씹었다. 음식물이 목구멍으로 넘어가는 소리가 들려왔을 때 그는 들고 있던 저금을 내려놓았다.

"그저 이야기를 듣는 걸로만 알았는데 일일이 대답해야 하는 일이었구먼. 이럴 줄 알았으면 식사가 끝난 후에 오라고 할 걸 그랬나 보네."

위현은 잔을 들어 차를 마셨다.

"그래서 자네가 알고자 하는 것이 무엇인가?"

"단여랑의 정확한 위치입니다."

탁산은 정말 몰랐다.

천설봉 투신 사건 후, 단여랑의 실종 즉시 그에 대한 신상 보고를 알아야만 했다. 하지만 몰랐다.

자살 소동 후에야 워낙 정신이 없어서 그냥 지나갔다 하더라도 지난 삼 년간, 단여랑에 대한 일만큼은 탁산에게 철저히 차단되어 왔다.

그가 들어야 할 정보 중 단여랑에 대한 것만 걸러졌다. 밀당의 인원이 어디 한둘이던가. 탁산은 그들 모두에게 속은 기분이 들었다.

"그걸 알아서 무얼 하려고 그러나?"

"…밀당의 눈길이 닿지 않는 곳이 있습니까? 단여랑이 어디 보통 사람입니까? 북해빙궁의 차기 궁주로 지목된 자입니다. 밀령이 나왔다면 필히 소궁주 세 명 모두에게 전해졌을 터, 하나 단여랑의 위치를 저는 모릅니다."

"나도 단여랑이 어디에 있는지는 모르네."

어느새 위현은 탁산 쪽으로 몸을 돌려 앉았다.

"그래서 밀령도 단태붕과 단우인에게만 전달되었네. 실종되었다가 며칠 전에 나타난 자를 무슨 수로 찾는가? 그것도 지혜원주께서 살아 있다고 하니 그러려니 하는 것이지, 실제로 본 건 아니지 않은가?"

"그렇… 군요."

탁산은 조용히 대답하며 전서를 쥔 손에 힘을 주었다.

이로써 모든 게 명확해졌다.

북해 내에서도 최고의 단결력을 자랑하던 밀당이 와해되었다. 중원은 물론 세외를 통틀어 정보력으로 지존의 자리에 오르려던 탁산의 꿈도, 삼십 년 넘게 쌓아온 밀당부주로서의 위신도 모두… 무너졌다.

가슴속에선 웃음이 터져 나왔다. 허무함이 가득 깃든 웃음이.

그러나 탁산은 밀당주에게 아무런 반박도 하지 않았다. 불같은 성격을 지닌 그였지만 정보에 대한 집착만큼이나 행동도 철저히 계산적이었다.

"자네, 얼굴이 좋지 않아. 그동안 무리했나 보군. 보름 정도 휴가를 줄 터이니 아무런 생각 말고 푹 쉬도록 하게."

"당주, 한 가지만 더 여쭙겠습니다."

"무엇인가?"

"당주는 누구를 위해 밀당에서 일을 하시는 겁니까?"

"음, 그거야 당연히 북해를 위해서지."

태상이라 말하길 바랐건만…….

대답은 그걸로 됐다. 당주의 마음은 이미 떠났다. 탁산이 아무리 설득한다 하더라도 다시는 되돌아오지 않음이 분명했다.

탁산은 위현에게 고개를 숙여 보인 후 뒤돌아섰다. 손에 든 전서를 품 안에 넣은 그는 집무실 밖을 향해 뚜벅뚜벅 걸어갔다.

'당주, 그깟 명예가 당주를 그리 변절시켰단 말입니까!'

탁산은 이를 악물었다. 마음은 갈피를 잡지 못하고 정처 없이 맴돌았다. 당주의 집무실… 다시는 찾아오지 않으리라.

탁산이 사라지고 반 각 후, 천장에서 흑의복면인 하나가 떨어져 내렸다.

위현은 별반 놀라지 않은 채 멍하니 남은 음식들을 바라보기만 했다.

복면인은 익숙한 행동으로 다가와 위현의 앞에 섰다.

"한번 결심한 것은 끝까지 밀고 나가고, 한번 복종하면 끝까지 복종한다고 하더니……. 고집이 굉장한 자로군."

갈가마귀 여러 마리가 울어대는 듯 탁한 음성이 복면 안에서 흘러나왔다.

"오셨소?"

"밀당부주가 전서응을 가로챘지. 삼 년을 속인 것도 오래

속인 거야. 이미 모든 걸 알고 있으면서도 연극을 잘하더군. 부주도, 그리고 당신도."

"그렇소?"

복면인은 눈살을 찌푸렸다.

"할 말이 그것밖에 없는가?"

"그럼 달리 무슨 할 말이 있겠소?"

복면인은 팔짱을 낀 채 가볍게 코웃음을 쳤다.

"밀당부주… 버려도 좋은 자가 맞나?"

"……."

"삼십 년이나 함께했는데 괜찮겠나? 하기야 아무리 우정이 돈독하면 무엇 하나. 가족보다 소중한 것은 없지."

순간 멍하게 탁자만 바라보던 위현의 두 눈에 두려움이 일었다.

"내 가족들은 건드리지 마시오!"

"누가 건드린다고 했나? 당신이 이쪽으로 마음을 돌린 순간부터 우리는 같은 배를 탔다고 할 수 있지. 그런 자의 가족을 어떻게 건드리겠나?"

"밀당부주는?"

"후후! 한 번에 한 가지 청만 들어주도록 하지. 부주는 원래 버리기로 한 거 아닌가?"

"……."

"주시하겠어. 고지식한 자이니 마음을 바꾸는 것은 고사하고, 분명 탐탁지 않아 하겠지. 조금이라도 수상한 짓을 하거나 허튼짓을 꾀하려 한다면 조용히 처리하도록 하지. 걱정마. 북해에는 생각보다 시신을 처리하는 장소가 많더군."

"만약… 만약 죽이려 한다면 고통없이 죽여주시오. 부탁하오."

"농담하나? 당신이 나한테 부탁이라는 걸 할 군번이라고 생각해? 왜, 이렇게 된 걸 후회하고 있나?"

후회는 아무리 빨라도 늦다.

평생을 정보에 매달렸다. 왜 그랬을까.

젊은 시절의 혈기와 밀당주라는 주어진 자격 때문에 열심히 살아왔다. 나이가 드니 그때의 패기는 모두 사그라지고 부양할 가족들의 생각이 모든 것을 앞섰다.

참으로 무의미한 삶이었던 것을…….

위현은 손을 탁자 아래로 내려 무릎을 바스러져라 움켜쥐었다.

"후회하지… 않소."

단설리는 초점 없는 눈으로 바닥만 내려다봤다.

차가운 바람이 볼을 때리고 코를 얼게 해도 꿈쩍도 않으며 생각에 골몰했다.

열아홉 살이 된 단설리는 이제 제법 소녀 티를 벗고 성숙한 여인의 향기를 풍겨냈다. 귀여움은 아직 남아 있지만 이제는 아름다움까지 겸비했다. 마당을 가득 메운 여인들의 얼음 조각상 속에 파묻힌 단설리도 그 조각의 일부분처럼 느껴졌다.

"너 그러다 얼어 죽어, 임마. 무슨 생각을 그렇게 골똘히 하노?"

홍자경이 얼음 조각들을 나른 지 벌써 한 시진째, 한 발자국도 움직이지 않는 단설리를 향해 외쳤다.

"원주님, 전 지금 여기서 뭘 하고 있는 거죠?"

"간만에 찾아와서 한다는 소리가…… 쯧쯧! 왜 왔어? 너 여기 자주 오면 사람들이 의심해. 그렇지 않아도 요즘 빙궁이 어수선한데."

단설리는 그제야 고개를 돌려 홍자경을 바라봤다.

"중원으로 오래요."

"누가?"

"우인 오라버니의 이름으로 전서가 왔어요."

"단우인이 직접 부른 게냐?"

단설리는 천천히 고개를 가로저었다.

"똑같이 쓰려고 노력한 흔적이 역력한 필체로 봐서는 우인 오라버니가 아니에요. 우인 오라버니는 저에게 설리라고 부르지 않아요. 그렇게 부른 적도 없고요. 항상 설아라고 불렀죠. 하지만 전서엔 설리라고 쓰여 있네요."

홍자경도 이내 고개를 저었다.

“누가 불렀는지 대강 알겠군.”

단설리는 단태붕의 얼굴을 떠올리며 몸부림쳤다.

그의 얼굴만 생각해도 공포가 전신을 엄습해 왔다. 살면서 그렇게 살기를 내뿜는 사람은 처음 보았다.

단설리를 바라보는 그의 눈빛은 항상 탐욕으로 이글거렸고, 그것은 그녀가 자라면서 점점 더 심해졌다.

성검문으로 돌아갈 생각도 여러 차례 했지만 한번 지혜원에 등극을 한 이상 장시간 북해를 벗어날 수는 없었다.

단태붕은 단설리가 야현의 양녀로 들어온 사실을 알고 있다. 그렇기에 여동생이라는 개념이 없었다. 한낱 노리개로 취급하지 않으면 다행일까.

북해도에서도 그와 마주치지 않기 위해 피해 다니기 일쑤였다. 빙옥조가 시작되어 한시름 놓겠다 싶었는데 중원으로 나오라 한다. 그것도 단우인이 부르는 걸로 가장한 채.

“우인이는 네게 오라는 소리 안 해?”

“우인 오라버니는 어떤 일이든 여자가 끼는 것을 좋아하지 않아요. 아무리 다급하더라도 절대 부를 사람이 아니죠. 다른 남매들처럼 남매애가 돈독한 것도 아니니…….”

“네가 나타나면 우인이가 어떠한 표정을 지을지 궁금하구나. 클클!”

“둘 중 하나일 거예요. 귀찮은 짐짝이 늘었다는 듯하거나 또는 무심함이겠죠.”

"정말 빙궁엔 알 수 없는 녀석들 천지야."

단여랑의 자살 소동이 있었던 그 시기부터 얼어버린 해성폭은 아직도 풀리지 않았다.

홍자경은 노대호를 통해 단여랑의 소식을 간간이 들었다.

현재 막부동과 단여랑 단둘이서 밀령만으로는 빙옥조를 찾기 힘들 게다. 도움을 줄 사람들은 하나라도 더 필요한 때이건만 하오문은 손을 뗄 때가 다가왔다. 밀당은 아직까지 움직이지 않고 있다.

단여랑의 머리 노릇을 할 사람이 지혜원에서 한 명이라도 나가준다면 얼마나 좋을까.

지혜원도 머리를 맞대고 의논하던 일이 극히 줄었다. 좋은 것을 위해 굴리던 머리들이 이제는 잔머리만 들어버린 게 사실이다.

"북해도 안의 소식은 어떠냐?"

원래는 묻지 말아야 할 질문이다. 질문 속에는 단설리의 가족에 대한 일도 있었기 때문이다.

하나 이제는 버릇이 되어 만나면 항상 그 화두로 대화를 시작했다. 서로 거슬릴 것도 없을뿐더러 해를 가하는 일은 더더욱 없을 테니까.

"이상하게 큰어머니 쪽은 조용해요. 마치 큰일이 벌어지기 직전 숨 막히는 침묵과도 같은 느낌이 들어요."

"껑충 뛰기 위해 잔뜩 웅크린 살쾡이라 해둬. 그럼 별다른 움직임이 없다는 소린가?"

"대전엔 들어갈 수 없어요. 들려오는 소문도 없고요. 빙궁은 서로를 경계하기 시작했어요. 안타깝게도 패가 확실히 나뉜 셈이죠."

"문제야. 곁에서 아무리 쳐도 무너지지 않는 강대국이라 해도 내분이 일면 하루아침에 폭삭 주저앉지. 태상궁주의 힘이 미약하지만 그나마 버티고 있어. 그러나 위태위태해. 만약 삼대궁 중 하나가 쳐들어온다면……."

"서, 설마요."

단설리의 안색이 확 변했다.

무림인이면서 곱게 자란 그녀이니 전쟁이란 단어에는 익숙하지 못했고 마음에 와 닿지도 않았다.

"설마가 아니야. 빙궁에서 일어나는 내분이 삼대궁의 귀에 들어가면 나조차도 앞날을 장담할 수 없어."

"그럼 어떻게 해야 하나요?"

"방법? 하루 빨리 궁주를 정해서 북해의 정권을 잡고, 반대 세력들은 축출해야지."

"누가요?"

단설리의 동그란 눈이 홍자경을 직시했다. 그는 입가에 살짝 웃음을 머금었다.

"그건 내가 물어야지. 너야말로 누가 궁주가 되었으면 좋겠냐?"

"단태붕은 절대 안 돼요."

단설리는 몸서리를 쳤다.

"그럼 단우인?"

"우인 오라버니는 머리가 좋지만…… 휴! 솔직히 말씀드리죠. 우인 오라버니는 효웅에 가까워요. 궁주감은 아니에요."

"그렇다면?"

단설리는 금세 인상을 찌푸렸다. 남은 사람이 단여랑밖에 없다는 사실을 깨달았다.

"저도 잘 몰라요. 전 단여랑을 딱 두 번 봤을 뿐이에요."

"너라면 두 번만으로도 판단할 수 있다고 보는데?"

"대답을 미루겠어요."

홍자경은 더는 묻지 않았다. 그는 곧 얼음 덩어리 앞에 앉아 한참이나 얼음을 바라보다가 조각칼을 놀렸다.

"녀석이 물었지, 무공이 뭐냐고."

"……."

"녀석에게 말했어. 무공은 이 얼음과도 같다고. 조각하는 자신만의 무공. 어떻게 조각하느냐에 따라 무공도 다듬어지겠지. 난 여기서 계속 조각하고, 녀석은 무공을 익히고. 나는 그 녀석을 믿는다."

"유감이지만 단여랑의 편에 선 사람은 몇 되지 않아요."

단설리는 삼 년 전에 홍자경이 내준 과제를 완성하지 못했다.

누가 단여랑의 편이고 누가 아닌지 알아내기가 너무 힘들었다.

그나마 몇몇은 겉으로 싫은 감정을 드러냈지만 대부분은 속마음을 드러내지 않았다. 단설리 본인조차도 자신이 누구의 편인지 확실히 모르는 마당에 무얼 더 바라겠는가.

"설리야."

단설리는 상냥하게 자신의 이름을 부르는 홍자경의 부드러운 목소리에 깜짝 놀랐다. 고개를 돌려 바라본 홍자경의 눈빛은 여태 접하지 못했던 감정이 고스란히 담겨 있었다.

그것은 진지한 지혜원주 본연의 모습이었으며, 냉정하면서도 어딘지 가슴을 저리게 하는 눈빛이었다.

"누가 궁주로서 적합한지 넌 이미 알고 있어. 대답을 미룰 때가 아니다. 너 하나로 인해 빙궁의 미래가 바뀔 수 있다는 사실을 명심해라."

"밖으로 나가라는 말씀이시군요."

"단태붕이 부른 이상 넌 더는 북해에 머물지 못해. 무슨 이유를 대도 다 변명으로 받아들일 뿐이지."

"전 지혜원인데 어찌 함부로 움직일 수가 있겠어요?"

"능청 떨지 마라. 내가 지혜원을 당분간 해체시키려 한다는 걸 알지 않느냐. 다들 하는 짓이 마음에 들지 않아."

단설리는 입을 가리며 조용히 웃었다.

“큰 문제가 있어요.”

“뭔데?”

“귀령전이 내일 절 데리러 온대요. 시간은 촉박한데 어떻게 빠져나가죠?”

“아주 간단한 문제를 가지고 생각을 낭비하는구나. 네가 잘하는 것 있잖아.”

“……?”

“야반도주.”

고민이 없었다면 거짓말이다.

한 번 아니다라고 생각한 일에 더 이상 매달리고 싶은 마음은 없었다. 마음 가는 대로 행동하기로 했다. 뒷일은 나중에 가서 생각하면 그만. 도살장에 끌려가는 소처럼 하기 싫은 일을 억지로 하다가는 반드시 후회할 것만 같았다.

그날 밤 단설리는 두 명의 사람을 만나기로 했다. 장소는 해성폭. 다른 이들의 이목을 가리기에 충분한 곳이다.

해시를 넘긴 시각, 단설리는 만반의 준비를 갖추고 거처에서 빠져나왔다. 뒤를 미행하는 자들은 없었다. 북해 내에서 도망갈 장소는 눈을 씻고 찾아봐도 없기에 안심하고 있으리라.

수로는 유령전의 도움을 받기로 했다. 일호를 벗어나면 중원까지 들어가는 것은 모두 단설리의 몫이다.

최대한 빨리. 밀당이 움직이지 않는 지금 단여랑의 눈과 귀가 되어줄 사람은 자신밖에 없다.

바람이 스며들지 않게 옷섶을 단단히 여민 단설리는 해성폭으로 들어섰다.

멀리 바위 앞에 두 사람의 그림자가 보이자 단설리는 망설임없이 그곳으로 향했다.

"그쪽이 구 소저인가요?"

구화용은 선뜻 대답하지 못했다.

야밤에, 그것도 궁의 소공녀인 단설리가 자신과 공소명을 동시에 불러냈다는 것. 이는 곧 단여랑과도 무관하지 않을 것이라는 생각에 불길함을 떨치지 못하는 듯했다.

"난 지금 이 길로 단여랑을 만나러 갈 거예요."

단설리는 확실히 해둘 필요가 있었다.

이왕 단여랑을 도와주기로 결심한 이상, 어설픈 조력자가 되기보단 완벽에 가깝도록 노력해야 하지 않겠는가.

"왜요?"

역시나 믿지 못하는 눈빛.

단설리는 구화용이 어떻게 생각하든 말든 자신의 의견만 전달하기로 했다. 모두 이해를 시키기엔 시간이 너무도 촉박했다.

"도와주러 갈 거니까요. 이 일은 비밀로 해두세요."

굳이 당부하지 않아도 구화용은 비밀로 할 여자였다.

단여랑을 도와주러 간다는 말에 구화용의 안색이 조금 펴졌다. 하지만 이내 인상을 찌푸렸다.

"그런데 왜 우리를 불러낸 거죠?"

"구 소저와 공 소협의 도움이 절실히 필요하니까요."

"우, 우리가 무, 무슨 도움이 되, 된다고……."

공소명은 가진 것 없는 자신의 처지에 괜히 머쓱해져 뒷머리를 긁었다.

"지금 당장 도움이 필요한 것은 아니에요. 제가 오늘 북해를 떠나고 나면 언제 다시 돌아올지는 장담할 수 없어요. 하지만 반드시 나중에 꼭 그대들의 도움이 필요할 거예요."

"그쪽을 위해선가요, 아니면 단여랑을 위해선가요?"

단설리는 구화용의 눈빛이 매섭게 빛나는 것을 목격했다. 서늘한 눈매를 가진 그녀의 눈에서 한광이 비치자 등골이 섬뜩해져 왔다.

그녀뿐만이 아니었다. 옆에 있던 공소명도 단여랑의 이야기에 게슴츠레하던 눈을 반짝 빛냈다.

"물론 단여랑을 위해서죠."

구화용과 공소명의 얼굴에 화색이 맴돌았다. 그제야 구화용은 단설리를 향한 경계를 풀었다.

"우리가 무얼 도울 수 있다는 말이죠?"

"구 소저는 어릴 적부터 냉화각에 있다고 들었어요. 맞나요?"

"그래요."

"그럼 웬만한 무기 정도는 만들 수 있겠네요?"

다시 한 번 의심 가득한 눈길이 단설리의 몸을 한 번 쓸어보았다.

"무기 제조법은 밖으로 나가지 못해요. 각주의 허락도 없이 다량으로 무기를 공급할 수도 없고요."

"제조법을 빼내라는 말이 아니에요. 다량의 무기를 원하는 것도 아니고요. 제가 원하는 것은 검 한 자루예요."

"단여랑을 위한 검… 말인가요?"

"할 수 있겠어요?"

구화용은 잠시 생각에 잠겼다.

단설리의 말인즉, 냉화각에서 만들어진 검 한 자루를 몰래 빼내야 한다는 소리다. 만약 들킬 시에는 참수를 면치 못한다. 일반 죄인들을 꽁꽁 얼려 처리하는 반면, 냉화각에서 불민한 일이 벌어졌을 때는 사지를 찢는다. 혈연이나 친척들도 무사할 수 없다.

북해빙궁의 핵심이나 마찬가지인 냉화각. 몰래 검을 만들거나 빼내는 작업은 목숨을 걸어야 할 만큼 실로 위험천만한 일이 아닐 수 없었다.

"그쪽의 말을 어떻게 믿을 수 있죠?"

반문하는 구화용의 말에 단설리는 깜짝 놀랐다.

어려운 부탁이었기에 팔 할의 불가능을 미리 예상했는데

놀랍게도 구화용은 너무 쉽게 부탁을 받아들였다.

"연락은 오도의 홍 노인께 하세요. 그분이 바로 지혜원주시죠. 연락을 취하는 일은 공 소협이 해주시면 될 거예요."

"저, 전 그, 그것만 하면 되, 되나요?"

단설리는 이번엔 공소명 쪽으로 몸을 돌렸다.

"공 소협은 이 년 전, 회계당에 들어갔다고 들었어요."

"그, 그렇긴 하지만……."

"회계당은 빙궁의 재력이에요. 세상엔 돈으로 못 살 것은 없다고 하잖아요. 그만큼 돈의 가치는 중요해요. 또한 힘을 얻기 위해선 재력 역시 필수죠. 제 말이 무슨 뜻인지 아시겠죠?"

"으음!"

어려운 부탁이다.

단설리가 말하는 돈의 액수가 한두 푼도 아니고, 이제 갓 회계당에 입문한 초보 당원인 공소명에게는 불가능한 부탁이었다. 공소명이 회계당주가 되지 않는 한 이루어질 수 없는, 아니, 회계당주가 된다는 것 자체가 어불성설(語不成說)이었다.

하지만 단설리는 공소명을 주의 깊게 눈여겨볼 생각이다. 워낙 산술 쪽으로 머리가 잘 돌아가는 사람이니 무슨 방도가 있을 게 분명하다.

'됐어. 이제 남은 일은 여기를 벗어나는 것뿐.'

할 말을 다 마친 단설리는 몸을 돌리려다 문득 치미는 의

아함을 떨치지 못하고 다시 구화용과 공소명을 번갈아 보았
다.

단여랑과 가장 친하다는 두 사람이건만, 단여랑에 대한 이
야기를 일체 입 밖으로 꺼내지 않았다. 삼 년이 넘는 시간 동
안 연락 한 번 못해보았을 터인데 궁금하지 않겠는가.

"그런데… 단여랑 소식을 듣지 못했을 텐데, 궁금하지는
않나요?"

"구, 궁금하긴요. 여, 여랑이는 무, 무사히 잘 있을 텐
데……."

"……!"

단설리는 흠칫 놀랐다.

구화용과 공소명에게서는 일말의 걱정스런 기색조차 찾아
볼 수 없었다. 이들이 단여랑과 연락을 주고받을 수 있었던
가.

"어떻게 알아요? 어떻게 그토록 자신할 수 있는 거죠?"

"이유가 필요한가요? 왜인지 알고 싶어요?"

"……?"

"친구니까. 친구니까 믿는 거죠."

'이 사람들… 진짜다!'

단설리의 두 눈이 화등잔처럼 커졌다.

두 사람에게선 거짓됨이 아닌 진실된 믿음에서 우러나오
는 마음을 느낄 수 있었다.

단지 친구라는 이유만으로 그런 믿음을 가질 수 있다
니…….

친구라고는 서재의 서책들이 전부인 단설리가 가질 수 없
는 이질적인 감정이었다.

'단여랑, 당신에 대한 내 선택에 있어 후회하지 않았으면
좋겠어.'

단설리는 후련했다. 갈팡질팡하던 마음을 다잡고 이제는
한곳을 향해 전진하기만 하면 되니 어찌 후련하지 않겠는가.

2

"지겨운 놈들!"

막부동은 기어이 욕설을 내뱉고야 말았다.

배를 타기 전까지 끈질기게 따라다니던 감시의 눈은 배에
서 내린 직후 또다시 시작되었다.

달라진 것이 있다면 그저 감시에만 그치던 기운들이 살기
를 드러냈다는 것.

막부동은 조급해지는 마음을 가눌 수가 없었다. 그에 비해
단여랑은 유람이라도 나온 듯 여유로웠다.

섬서성.

문화, 정치, 경제로 번영을 누린 지역. 농업이 발달하여 농
산물과 임산물이 유명하며 광물 자원 또한 풍부한 곳이다.

게다가 구파일방에 속하는 거대 문파 화산파(華山派)와 종남파(終南派)가 자리한 지역이기도 했다.

하나의 의미를 더 붙인다면, 전 궁주의 세 번째 부인인 자옥련이 빙궁에서 쫓겨났을 때 바로 이곳 섬서성에서 단여랑을 낳았다. 말 그대로 단여랑의 고향인 셈이다.

요수와의 작별을 고하고 배에서 내린 지 반나절.

마구간에 들러 말을 구해 부지런히 달려가도 시간이 모자랄 판인데도 단여랑은 느릿느릿한 걸음을 재촉할 기미를 보이지 않았다.

살기들이 감지되는 순간, 단여랑은 일부러 사람들이 많이 모여 있는 곳으로만 골라 다녔다. 굳이 고를 필요도 없었다. 발길이 닿는 곳에는 어김없이 사람들로 북적거렸다.

"사람들이 많으면 대놓고 공격은 못하지."

이유는 그것뿐만이 아닌 듯싶었다.

객점에서 요기를 하고, 생필품 몇 가지를 구비했다. 단여랑은 평소 마시지도 않던 술까지 샀다.

해가 서산 너머로 기울 무렵, 단여랑과 막부동은 인적이 드문 야트막한 산자락에 도달했다.

숲속의 어둠은 빨리 찾아왔다. 숲에 도달한 지 채 반 시진도 되지 않아 주위는 구별할 수 없을 정도로 어두컴컴해졌다.

달빛에 의존하며 겨우 한 발 한 발을 내딛을 때 단여랑이 낮게 속삭였다.

"오늘은 이곳에서 야영하지."

이른 봄이라 밤공기가 쌀쌀했지만 북해에서 오랜 세월을 살아온 그들에게 노숙은 아무런 문제가 되지 않았다.

"놈들이……."

막부동이 무어라 말을 하려는 찰나, 단여랑은 자리를 잡고 앉았다.

"처음으로 마시는 술이야. 보리마군 덕분에 주향만 맡아도 지긋지긋했는데, 사내가 이깟 술을 못 마셔야 쓰겠어? 전주도 이리 와서 같이 들어."

단여랑은 움직일 생각이 없는 듯했다.

막부동은 하는 수 없이 그의 근처로 다가갔지만 자리에 앉지는 않았다. 대신 두 눈을 빛내며 사방을 예의주시했다.

"크으! 쓰기만 하네. 이게 뭐가 맛있다고 그리도 열광인지 이해가 가지 않는군."

"성검문 놈들이다. 살기를 드러내기 시작했다."

"풀잎이 이렇게 푹신푹신한지 처음 알았네."

"놈들의 수가… 으음! 적어도 스무 명은 된다."

"돌은 베고 자지 않는 게 좋을 거야. 잘못했다간 입이 돌아가 언청이가 되는 수가 있어."

동문서답.

단여랑은 나무에 등을 대고 다리를 쭉 뻗었다.

막부동은 단여랑을 물끄러미 내려다보았다.

그에게선 일말의 두려움도 찾기가 힘들었다. 주위에 경계의 눈빛을 던지며 응시하는 막부동과 달리 단여랑은 행낭에서 낮에 산 건포를 꺼내 잘근잘근 씹고 있었다.

'성검문 놈들이 근방을 둘러쌌다. 하나같이 노리는 곳은 바로 이곳. 오늘 밤은 그냥 넘어가지 않겠군.'

애초부터 단여랑과는 무관한 싸움. 그를 보호하기 위해 중원에 온 이상, 성검문과의 결전은 오직 막부동의 손에 달렸다.

단여랑이 가만히 있는다면 그라도 움직여야 할 판.

막부동은 일어선 채로 천천히 호흡하기 시작했다.

중원에서는 채 팔 할도 되지 않는 빙공의 위력으로 스무 명이나 되는 성검문도들을 무슨 수로 상대할 수 있을까.

이들은 지난번에 막부동 앞에 나타났던 네 명의 무인과는 차원이 달랐다.

'고전이 되겠어.'

막부동이 천천히 고개를 돌리던 순간이었다.

부스럭!

"……!"

정면의 풀숲이 들썩인다 싶더니 검은 그림자 하나가 모습을 드러냈다.

그림자는 십여 장 밖에서부터 천천히 걸어왔다. 검 뽑는 소리는 들려오지 않았다.

'발검과 즉시 회수. 역시 성검문인가!'

스슥!

기척은 다른 쪽에서도 들려왔다.

단여랑과 막부동을 에워싸며 서서히 드러낸 검은 그림자들의 수는 역시 막부동이 예상한 대로 스무 명 남짓했다.

그들은 마치 나무토막처럼 고정된 자세로 다가오고 있었다.

일 대 일로는 막부동을 감당키 어려울 테지만 머릿수로 밀어붙이면 승산의 가능성은 성검문이 쥐게 될 것이다.

막부동은 진기를 끌어올렸다. 양옆으로 축 늘어진 그의 쌍수엔 어느새 새하얀 연기가 맺히기 시작했다.

"육질이 질겨. 생선만 먹던 입이라 그런지 도통 적응을 할 수가 없네. 퉤!"

무럭무럭 피어오르는 살기 속에서도 단여랑은 건포에 대한 불만만 내뱉었다.

"전주, 그렇게 서 있지 말고 와서 이것 좀 마셔."

단여랑은 막부동에게 술병을 건넸다.

"단여랑……."

나직한 신음으로 그의 이름을 부른 막부동은 두 눈을 가느다랗게 뜨고 전방을 주시했다.

어쩌면 목숨을 걸고 싸워야 할 상황. 팽팽한 긴장감만이 적막한 숲 속에 맴돌았다.

"지금은 먹고 마실 때가 아니다. 눈이 있으면 지금 우리가 처한 처지를 한 번쯤 돌아보는 것도……."

막부동을 말을 이을 수 없었다. 어느새 삼 장 가까이 다가온 그들은 금방이라도 검을 뽑아낼 기세였다.

'같이 있게 되면 이 녀석도 위험해질 터. 일단 다른 곳으로 유인을!'

때가 늦었다는 것은 알고 있지만 현 상황에서 막부동이 취할 수 있는 행동은 그것뿐이었다.

막부동이 막 자리를 박차려던 순간,

채챙!

정면에서 빛무리가 터져 나왔다.

"크윽!"

답답한 신음과 함께 앞에서 걸어오던 검은 그림자가 썩은 나무처럼 무너져 내렸다.

채챙! 챙!

다른 곳도 상황은 별반 다르지 않았다.

검을 휘두르는 소리가 들릴 때마다 신음이 흘러나왔고, 그림자들이 하나둘씩 사라져 갔다.

일이 어떻게 돌아가는지 판단이 서지 않는 막부동의 고개는 좌우로 빠르게 움직였다.

"전주, 나 팔 떨어지겠어. 일단 술병이나 받지 그래?"

막부동은 기가 막혀 아무런 말도 할 수 없었다.

자신들을 죽이기 위해 걸어오던 성검문도들이 때 아닌 습격을 받고 있다.

단여랑을 도울 수 있는 자들?

그나마 중원에서 단여랑을 도왔던 요수마저 떠나가 버렸다. 유령전은 막부동의 명령 아래 북해에서 숨을 죽이고 있다.

도무지 머리를 굴려도 마땅히 떠오르는 인물들이 없었다.

누군가? 누가 성검문도들을 처참히 베고 있는 것인가?

몇 번의 병장기 부딪치는 소리가 들린 후, 숲은 다시 고요 속에 파묻혔다.

그들을 향해 다가오는 그림자는 이제 없었다. 모두 죽은 것은 아니다. 정체를 알 수 없는 자들로부터 기습을 당한 성검문도들은 바닥으로 납작 엎드렸다.

개미가 기어가는 듯 조용한 움직임이 곤두세우고 있던 촉각에 여지없이 걸려들었다.

성검문도들의 당황한 기색이 역력히 흘러나왔다. 육안으로 구별할 수 없을 뿐, 어둠 속에 웅크리던 그들이 일사불란하게 움직이고 있을 모습이 상상되었다.

당황하긴 막부동 역시 마찬가지였다.

성검문이 따라온 사실을 알고는 있었지만 다른 쪽은 전혀 눈치 챌 수 없었다.

막부동은 무의식적으로 단여랑을 바라봤다. 그가 모르고 있던 것, 단여랑은 이미 알고 있었다는 말인가?

"팔 빠진다니까!"

결국 막부동은 술병을 건네받았다.

"어떻게 된 거냐?"

"우선 자리에 좀 앉아. 거기는 흙바닥이니까 이쪽으로 오라고."

한참이나 단여랑을 노려보던 막부동은 그가 가리킨 자리로 가서 앉았다.

"우리는 분명 위험에 노출되어 있지. 쉽게 말하자면 성검문의 표적이야."

"저자들의 정체를 알고 있었나?"

"전주는 왜 그렇게 머리가 나빠? 지난번에 재미있는 일이 벌어질 거라고 말했잖아."

"그, 그렇다면 저들은……?"

"월영문."

단여랑은 귀 기울이지 않으면 들리지 않을 정도로 낮게 속삭였다.

막부동은 다시 한 번 주위를 살폈다.

살기로 일렁이던 숲은 묘한 기운만이 맴돌았다. 애초 목적이었던 이쪽은 여유를 회복했고, 공격하려던 성검문은 궁지에 몰렸다.

누가 누구를 죽이는 싸움인가.

뒤늦게서야 비릿한 혈향이 후각을 자극했다.

"월영문이 따라오고 있다는 사실을 알고 있었나?"

자존심이 상하는 질문이었지만 대답을 듣고 싶었다.

"아니, 몰랐지. 월영문에 천무심결이라는 무공이 있다는 것은 들었지만 솔직히 이 정도일 거라곤 생각지 못했어."

'천무심결…….'

살수들이라면 누구나 갈망하는 무공. 천무심결은 완벽한 은신을 돕는다.

숨소리, 살 내음……. 바람 속에 있으면 바람이 되고, 물속에 있으면 물이 되고, 나무들 속에 있으면 나무에 동화된다는 최고의 은신법.

막부동이 눈치 챌 수 없었던 것은 당연했다.

"몰랐다면 성검문이 공격하려 할 때 왜 가만히 있었나?"

"일종의 도박을 한 셈이지."

"도박?"

"확인하고 싶었어. 성검문이 공격했을 때 월영문이 어떻게 나오는가."

막부동은 웃을 수가 없었다.

세상에 절체절명한 위기의 순간에 목숨을 담보로 도박을 하는 사람이 어디에 있단 말인가.

"만약 월영문이 이곳에 없었다면?"

"그럴 리가 없지. 난 손해 보는 도박은 하지 않아. 이곳 섬서성은 월영문의 본거지니까."

이제야 모든 게 이해가 갔다.

성검문은 단태붕의 사주를 받고 단여랑을 공격, 월영문은 단우인의 사주를 받고 단여랑을 보호.

참으로 기가 막히는 상황이 아닐 수 없었다.

"일단 잠이나 자둬. 당분간은 어떻게 될 리가 없을 거야."

단여랑은 그 말을 끝으로 바닥에 드러누웠다. 채 반 각도 되지 않아 쌕쌕 숨 쉬는 소리가 들려왔다.

'이런 상황에서 잘 수가 있다니……'

막부동은 떫은 감 씹은 표정으로 단여랑을 바라보기만 했다.

"다녀와야 할 곳이 있다."

단여랑이 눈을 뜨기 무섭게 막부동이 말을 건넸다.

막부동은 퀭한 얼굴이 되었다. 뜬 눈으로 날을 꼬박 지새우는 것으로도 모자라 주위를 경계한답시고 진기란 진기는 모두 끌어올려 녹초가 되어 있었다.

하나 모두 부질없는 짓이었음을. 단여랑의 말대로 아무런 일도 벌어지지 않았다.

피로가 누적되었음에도 막부동은 꼭 가야 할 곳이 있었다. 가지 않는 쪽으로 마음을 굳혔지만 월영문이 단여랑을 보호

한다면 잠깐 다녀와도 좋을 성싶었다.

"다녀와."

단여랑은 이유를 묻지 않았다.

막부동이 다녀와야 할 곳이라면 분명 이유가 있을 게다.

"그리 멀지 않은 곳이니 한 사흘 정도 걸릴 듯싶다."

"이곳에서 계속 머물 건 아니니까 서안(西安)으로 향하는 관도를 따라와."

"혼자 있어도 괜찮겠나?"

"봤잖아. 든든한 호위가 있다는걸. 오히려 위험한 건 전주야. 월영문은 나를 보호할 뿐 전주를 보호하지는 않으니까."

"걱정 마라. 성검문 따위에게 당할 내가 아니다."

"후후! 무운을 빌게. 삼 일 후에 만나자고."

막부동은 고개를 한 번 끄덕여 보인 후 몸을 일으켰다.

단여랑은 즉시 가부좌를 틀고 앉았다.

막부동에게 도박이라 말함은 치사한 변명에 불과했다.

천무심결…….

숲 속에 발을 들이지 않았더라면 꼼짝없이 속을 뻔했다. 월영문의 은신술은 그 누구도 따라갈 수 없을 정도로 은밀했다.

극음빙한공과 현음한빙공의 조화 속에서도 훌륭하다 생각했던 은신술은 천무심결에 비하면 어린아이의 발버둥에 지나지 않았다.

무저지갱은 단여랑에게 감당할 수 없을 정도의 좋은 선물을 안겨주었다.

눈을 감고, 귀를 막고, 모든 신체의 활동을 정지시켰다.

지난 삼 년간 무저지갱에서 축적해 놓은 내공의 힘을 단여랑은 아직 알지 못한다. 다만 분명한 것은 단순히 빙백신공을 익혔을 때와는 달리 묵직하면서도 청명한 진기가 몸 이곳저곳을 누비고 있다는 것.

시험할 필요는 없었다. 무저지갱에 들어갔다 나오지 않았더라면 월영문의 기척 또한 잡아내지 못했을 게다.

'월영문의 기운이 사라지고 있다.'

어제 느꼈던 천무심결이 다가 아니었던가. 더욱 지고한 경지가 남아 있었단 말인가. 아니다. 월영문의 기운은 점점 약해지고 있었다.

막부동을 따라갔을 리는 만무했다. 우선적으로 단여랑을 보호해야 할 그들이 어찌 막부동에게 한눈을 팔 수 있겠는가.

'성검문이 주도하고 있어.'

반면 성검문의 숫자는 점점 불어나고 있었다. 그새 도움이라도 청한 모양일까.

월영문의 기운이 사라졌다는 것은 한 가지 이유밖에 없다.

성검문이 그들의 흔적을 관찰하고 추적하기 시작했을 때.

월영문은 단여랑을 보호하기도 해야 하지만 성검문에 자신들의 정체를 드러내서도 안 된다.

만약 단태붕의 귀에 월영문의 존재에 대한 말이 들어가는 순간, 단우인 또한 위험에 빠지게 되리라. 그렇기 때문에 월영문은 치고 빠지는 입장이 될 수밖에 없었다.

막부동이 사라진 것이 기회라도 되는 모양인지 성검문의 행동은 거침이 없었다. 멀리서만 감지되던 기운들은 금방이라도 달려들 듯 지척에서 느껴졌다.

'어림잡아 삼십이다. 후후! 손해 보는 도박은 하지 않는다고 말해놓고선. 어쩌면 손해를 볼 수도 있겠군.'

성검문은 생각할 여유를 주지 않았다.

스스스……!

팟!

열 자루의 검이 허공을 찢어발겼다. 검이 스쳐 간 잔영이 뚜렷하게 남는 쾌검.

반개하고 있던 단여랑의 두 눈이 번쩍 뜨인 것도 동시였다.

육신을 난자할 것만 같은 쾌검이 단여랑의 몸으로 쏘아져 들어갔다. 그러나 단여랑은 이미 그 자리에 없었다.

쾌검만큼이나 빠른 몸놀림.

투웅!

단여랑은 앉아 있던 자리에서 허공으로 높게 치솟아올랐다.

한풍신비를 이용해 공중에 높이 떠오른 단여랑은 즉시 몸 안의 진기를 단전으로 뭉쳤다.

쉬쉬식! 쉬식!

목표물이 공중에 떠버려도 성검문도들은 검을 휘두르는 것을 멈추지 않았다.

보이지 않는 속도로 움직이는 열 자루의 검. 인간의 손목을 얼마나 빠르게 움직일 수 있는가를 여실히 증명해 주는 무공이었다. 쾌검이 만들어내는 하얀 빛무리는 아름다워 보이기까지 했다.

단여랑이 그대로 바닥에 착지한다면 몸이 갈가리 찢기게 되는 것은 보지 않아도 뻔한 일.

'피하진 않겠다. 되도록 살생을 하고 싶진 않았지만… 이번은 너희가 자초한 일!'

파라라락!

순간, 거센 풍랑이라도 만난 듯 단여랑의 무복이 미친 듯이 펄럭이기 시작했다.

금방이라도 폭발할 것만 같은 진기에 무복은 견뎌내지 못했다. 소림의 내기사수(內氣射袖)처럼 무복에 스치기만 해도 치명상을 입을 듯싶었다.

성검문도들이 주춤하며 뒤로 물러서자,

콰아앙!

단여랑이 본래 있던 자리로 착지함과 동시에 거센 폭발음이 터졌다.

그가 자리한 땅이 움푹 꺼질 정도의 위력을 가진 기운은 뒤로 물러선 성검문도들을 놓아주지 않았다.

"크큭!"

"컥!"

단말마가 사방에서 튀어나왔다.

단여랑은 모든 기운을 손에 응집시키고 자리에서 천천히 회전했다.

카각! 카가각!

날카로운 파공성. 고막이 찢어질 정도의 요란한 소음과 전신을 엄습하는 차디찬 한기.

단여랑 둘레의 공기가 빠르게 얼며 방어막을 형성시키기 시작했다.

일찍 위험을 감지한 자들은 뒤로 껑충 물러섰지만 미처 달려오는 속도를 제어하지 못한 자들은 칼날처럼 예리한 얼음 덩어리에 살이 찢기고 문드러졌다.

"으, 으악!"

처참한 동료의 비명 소리가 들려와도 뒤로 물러선 성검문도들이 할 수 있는 일은 아무것도 없었다.

더 이상 검을 휘두르는 성검문도들은 없었다.

이 장여 이상 접근하는 것을 불가하는 거대한 얼음 장벽.

처음 보는 장면이 놀랍기도 했지만 정작 그들을 굳어버리게 만든 것은 따로 있었다.

뿌연 회오리가 용트림을 하듯 공중으로 솟은 후 장벽 안의 단여랑이 보였다.

그의 무복은 아직도 펄럭였으며, 어깨까지 내려오던 머리카락은 하늘을 향해 휘날리고 있었다. 반짝이는 은빛 머리카락이…….

넋을 잃고 바라보던 성검문도들이 정신을 수습하고 다시 단여랑에게 달려들었지만 그의 둘레에 단단하게 형성된 얼음장벽은 접근을 허락지 않았다.

'됐다, 이 정도면. 도박은 나름 성공한 셈이군.'

단여랑은 입가에 미소를 머금고 성검문도들을 노려보았다.

그때 여태 숨죽이고 있던 월영문의 천무심결이 느껴지기 시작했다.

그들은 좋은 기회를 놓치지 않았다.

스스스…… 쉬싱!

유연한 뱀이 바닥을 스치듯, 재빠르고 날렵한 수리가 먹이를 낚아채듯.

기운이 감지되는 곳에서는 어김없이 살점이 떠오르고 핏물이 튀었다.

보인다.

투명한 얼음막 밖에서의 처절한 사투. 붉은 핏물은 잠재해 있던 단여랑의 본능을 자극시켰다. 붉디붉은 피분수는 바라보기만 해도 신물이 넘어올 듯 비렸다.

어수선해진 성검문도들과 극히 절제된 움직임을 보이는 월영문.

꼬리에 불붙은 망아지처럼 다급하게 움직이던 성검문이 정신을 수습했을 무렵, 숲엔 다시 정적이 찾아왔다.

조용한 가운데서도 사투는 계속되었다. 누군가가 먹이를 발견할 때는 무릎까지 올라오는 풀숲 위로 핏방울이 튀어 올랐다.

누가 이기는 싸움인가.

단여랑은 가만히 주시했다.

"허허, 고놈 참……."

혈투가 벌어지는 곳에서 그리 멀지 않는 곳에 위치한 나무 꼭대기. 취신개는 싸움을 관전하며 입맛을 다셨다.

"놀랍구나, 정녕 놀라워. 자체적으로 얼음막을 형성하여 방어하다니. 저것이 바로 빙공이란 말인가!"

특별한 때를 제외하곤 청성산을 벗어난 적이 없던 적하난선은 빙공의 경이로움에 입을 다물지 못했다. 흰 눈썹 아래 자리한 눈동자는 단여랑 주위에 펼쳐진 얼음벽에서 떨어질 줄을 몰랐다.

"코가 시려."

취신개는 엉뚱한 말을 내뱉었다.

"코가 시렵다니. 따뜻한 봄바람이 살랑대니 간지럽기만 하구면.”

“이 늙은이는 말을 곧이곧대로 받아들이는데 도가 텄구만. 누가 정말로 코가 시렵대?”

“그럼 무슨 소리인가? 나는 도통 이해할 수가 없으이.”

“저놈한테도 냄새가 난다는 말이야. 그 더러운 냄새를 풍기던 두 놈처럼. 다른 점이 있다면 저놈한테서는 차가운 냄새가 나.”

“허허! 차가우면 차가운 것이지 차가운 냄새는 또 뭐고……..”

“생소한 기운이야. 아주 오래전에 단학설을 본 적이 있지. 빙궁 사람들을 전혀 만나지 못한 건 아니거든. 그렇지만 저런 기운은 처음 봐. 너무 추워서 한기가 몰아쳐.”

취신개는 정말 추운 듯 몸을 잔뜩 웅크렸다.

적하난선은 취신개의 말에 다시 한 번 단여랑을 바라보았다.

“으음!”

절정의 내공을 지니지 않은 무인이라면 모를 기운.

단여랑은 평범했다. 하지만 그 평범한 속에 깃든 범상치 않은 내공은 이미 무공이 절정에 다다른 취신개와 적하난선에게 고스란히 전해졌다.

음한지기라 했던가…….

“저, 저것은!”

한참이나 단여랑을 바라보던 적하난선의 두 눈이 점점 커
졌다.

"왜? 어엇!"

취신개는 너무 놀라 하마터면 나무에서 떨어질 뻔했다.

단여랑의 머리카락이 은색으로 변하는 장면을 목격함과
동시였다.

"어떻게 저럴 수가!"

간신히 중심을 잡은 취신개는 놀람을 겉으로 표현했다.

"빙공을 익히면 원래 머리카락의 색이 변화하는 것인
가?"

"그, 그런 말은……."

들어본 적이 없다.

빙백신공으로 무위를 떨쳐 전설로 남은 북해빙왕에게도
저런 기이한 일이 벌어졌다고는 전혀 듣지 못했다.

취신개도 빙공을 직접 목도한 것은 이번이 처음이었다.

몸의 일부분이 변화한다는 것은 탈태환골(脫胎換骨)을 제
외하고는 외도의 무공으로 분류된다.

그런 변화를 가진 사람은 중원에서 오직 한 사람뿐이다.

남해태양궁의 염양제.

그는 칠순을 앞둔 나이에도 무성한 머리카락이 붉은빛을
띤다. 태양신공을 끌어낼 때는 손과 발, 얼굴까지도 붉게 물
든다고 한다.

그것은 태양신공이 가진 특이한 수련 방법 때문이었다. 혈관이 터질 정도로 양공을 끌어내니 단순한 착시로 판단해도 무방하다.

하지만 빙공은 아니었다.

아무리 음한의 기운을 지녔다 해도 체내에 피가 흐르는 이상 사람이 어찌 얼음 조각처럼 변한단 말인가.

"기이한 현상이로다! 기이해!"

"어쩌면 음한곡은 괴물을 만들어놓은 걸지도 모르겠군."

"잘 보게. 저 방어벽 안에서 회오리가 몰아쳐. 물이라고는 한 방울도 없는 이 산속에서 어떻게 얼음을 만들 수가 있겠나?"

"빙공에 대해 다시 생각해 보아야 해. 우리가 생각한 빙공과는 차원이 달라. 음한지기에 신체 변화까지 가능하다니."

적하난선과 취신개는 얼굴을 찌푸렸다.

그들 역시 빙공을 정통의 무공으로 인정하기는 싫었다.

하지만 두 눈으로 직접 목격하고 있으니 어찌 인정하지 않을 수가 있을까.

"이 일을 보고해야 하는고?"

취신개는 적하난선을 바라봤다.

각각 개방과 청성파라는 문파에 몸담고 있는 그들. 특히 취신개는 중원의 눈이요, 귀 역할을 하고 있다.

빙옥조에 관련된 일로 외부로 파견되었을 때 북해빙궁 무인들에 대한 이야기는 무조건 방에 보고를 해야 한다.

"능가연이라는 여자가 있지. 북해빙궁의 대부인이야. 그녀가 태어난 곳은 성검문. 신흥 문파로 미미한 활동을 보였는데 능가연, 그 여자가 빙궁으로 들어가는 순간 빠르게 성장하고 있지. 그들이 쓰는 검법은 쾌검."

"저 녀석을 공격하는 무리들은 성검문이라는 말이로구나. 그렇다면 성검문을 공격하고 있는 자들은 누구란 말이뇨?"

"살수들……."

취신개는 생명의 기운마저 풍겨지지 않는 풀숲을 바라보며 침을 꿀꺽 삼켰다.

"성검문은 확실히 느껴지는데 다른 쪽은 느껴지지가 않아. 이건 살수들만이 쓰는 은신법. 중원에서 손꼽히는 은신술이라면 월영문의 천무심결이지. 그리고 월영문은……."

"북해빙궁의 두 번째 부인의 문파가 아니던가."

월영문 살수들에 대한 소문은 끊임이 없어 적하난선도 익히 들었다.

살수 문파라면 이를 갈고 도륙시키려는 구파일방의 그물에서 유일하게 빠져나간 문파인 월영문을 어찌 모를 수 있으랴.

"이거 정말 재미있지 않아?"

"무어가 말인가?"

"성검문과 월영문, 그리고 저 녀석. 한 울타리의 가족이나 마찬가지인데 서로 죽이지 못해 안달이군 그래."

"빙옥조 하나를 찾기 위해서……."

"아냐. 빙옥조에 참가하는 소궁주들을 저들이 직접 건드려서는 안 돼. 그건 북해빙궁의 불문율이야. 하지만 저렇게까지 나오는 걸 보면……."

"으음! 내분……."

"그래, 내분이야. 내분이 확실해. 중요한 정보를 하나 얻었군."

"문에 보고할 참인가?"

"장담하건대 개방의 어느 누구도 북해빙궁에 내분이 일고 있다는 사실을 아는 자는 없어. 개방이 모르면 중원 무림도 모른다는 소리야."

"내 생각엔 보고를 하지 않음이 좋겠구먼."

취신개도 적하난선과 같은 생각이었다.

북해빙궁만이 활동할 수 있는 이번 빙옥조에 중원 문파가 개입된다는 것은 말도 안 되는 소리다.

성검문과 월영문도 해당된다. 이는 보고를 해야 할 상황이다.

하지만 보고를 해서는 안 된다.

북해빙궁의 내분이 있다는 말은 즉, 팽팽한 대립을 유지하고 있는 나머지 삼대궁을 자극시키기에 충분한 미끼다.

그들이 빙궁에 입질을 한다고 해서 중원에 피해가 가지 않을까? 아니다. 생각해 보면 간단하다. 동서남북 네 방위의 끝에 위치한 사대궁이 전쟁을 시작한다면 반드시 중원을 가로질러야 한다.

사대궁 때문에 중원에 파란이 일게 내버려 둘 수는 없다.

"보고는 미루도록 하지."

취신개는 마음을 굳혔다.

빠르고 정확한 정보의 수집도 중요하지만, 그 정보로 인해 벌어질 뒷일을 생각하는 것도 역시 그의 몫이었다.

"듣기 전까지는 몰랐지만 이제는 확실해졌구려."

"뭐가?"

취신개는 허허롭게 웃으며 말하는 적하난선이 불안했다.

적하난선은 성격이 온유한 사람이기에 평소에도 얼굴에 미소가 지워지지 않는다. 그러나 입을 동그랗게 말고 허허 웃는 모습은 자신감이 깃들었을 때 나오는 의미심장한 웃음이라는 걸 취신개는 잘 알고 있었다.

"술 살 준비를 하게나. 돈은 있는가? 하기야, 산속에만 처박혀 살던 도사보다는 많겠지."

"장담하지 마라. 어떻게 될지 모르는 게 사람 일이야. 뚜껑을 열어봐야 알지. 지금부터 적하검과 작별 인사나 해둬. 난 그 효웅을 한번 믿어볼 테니까."

"허허허!"

오고 가는 이야기가 중단되었지만 두 사람은 대화가 끊어
졌다는 사실을 자각하지 못했다.
그들의 눈은 얼음 벽 안에 있는 단여랑에게서 떨어질 줄을
몰랐다.

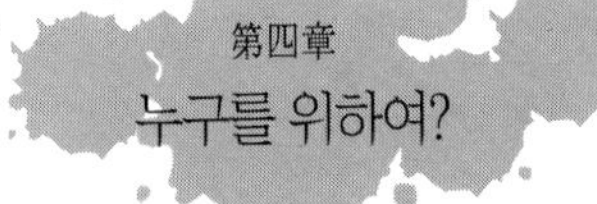

第四章
누구를 위하여?

1

“뭐라고!”

침상에 비스듬히 누워 있던 능가연은 몸을 벌떡 일으켰다.

전라가 다 비치는 얇은 비단옷이 너울졌다. 나른했던 그녀의 인상은 어느새 차디차게 굳어 있었다.

“다시 말해봐. 방금 뭐라고 했지?”

가느다랗게 떨리는 음성엔 의심과 분노가 담겼다.

보고를 올리던 귀령전 부전주 정문(鄭雯)은 그녀의 앞에 똑바른 자세로 서서 움직이지 않았다.

능가연의 고운 아미가 바르르 떨렸다.

“성검문도가 모두 당해? 호호호!”

　상체를 이리저리 움직이며 자지러지게 웃던 그녀의 웃음이 뚝 멈췄다. 대신 두 눈에선 금방이라도 뿜어낼 듯 화염이 이글거렸다.

　"사인은?"

　"사인은 여러 종류입니다. 공통점은 일수(一手)에 일수혼(一收魂). 지독히 요혈만을 노렸습니다. 무공 수법이 파악되지는 않으나 살생을 목적으로 펼친 무공입니다."

　"성검문의 쾌검 앞에서 무공을 논하다니… 제법이군, 부주."

　자신의 가문이기에 편애하는 것은 아니었다.

　성검문은 쾌검 하나로 우뚝 섰다. 빛이 번쩍하는 순간 목은 이미 몸통과 분리되어 바닥에 나뒹군다 하여 광참검(光斬劍)이라 불리는 쾌검법.

　섬전보다도 빠르다는 성검문의 쾌검은 빛도 발하지 못한 채 사그라졌다고 한다. 일수에 일수혼이라는 말은 광참검에 더 어울리지 않는가.

　"기습적으로 당했기에 막을 방도가 없었습니다."

　"적이 바로 등 뒤까지 기어왔는 데도 몰랐다?"

　"절정에 다다른 은신술입니다, 살수들만이 사용할 수 있는."

　능가연의 두 눈이 표독스럽게 빛났다.

　"왠지 알 것도 같군. 절정에 다다른 은신술이라면 하나밖에 떠오르지 않아. 자네 역시 나와 같은 생각을 하고 있나?”

정문은 고개를 숙이는 걸로 대답을 대신했다.

“천무심결이 그 정도였단 말이지? 야현… 그 여우 같은 계집이 머리를 썼군. 심증은 있지만 명확한 근거가 없는 이상 질책을 가할 수도 없는 노릇.”

“증거가 될 만한 흔적을 파헤치는 중입니다.”

“증거가 잡힐까? 천무심결이야. 만만히 보아선 안 돼.”

능가연은 침상에서 일어나 동경(銅鏡:화장대) 앞으로 걸어 갔다.

“훗! 한낱 미물도 제 자식 귀한 줄은 안다더니… 그 년의 속셈은 뻔해. 태붕이의 머리가 되겠다고? 호호! 어떻게 하면 살아남을 수 있을지 기회만 노리는 년. 단여랑을 죽이는 데 동조하듯 말하더니, 애초에 믿지는 않았지만 직접 들으니 기가 막히는군. 그나저나 단여랑은?”

능가연은 허리까지 내려오는 긴 머리를 정성스레 빗었다.

“보고드릴 것이 있습니다.”

“말해봐.”

낮게 한숨을 내쉰 정문은 힘겹게 입을 열었다.

“단여랑의 신체에 이상 조짐이 보인다는 전갈입니다.”

“이상 조짐이라 함은?”

“머리카락의 색이… 은빛을 띠었다고 합니다.”

능가연의 빗질이 우뚝 멈췄다. 동경에 비친 정문을 싸늘하게 노려보던 능가연은 코웃음을 지었다.

"잘못 본 거겠지."

정문은 아무 말도 하지 않았다.

다시 빗질을 하던 능가연이 휙 돌아섰다.

"직접 봤어?"

"……."

"직접 본 게 아니라면 헛소리하지 마. 사람 머리카락이 어떻게 은색으로 변해? 그게 말이 돼?"

"송구합니다."

정문은 허리를 깊숙이 숙였다.

그도 보고를 전해 들었을 뿐, 직접 본 것은 아니다. 물론 처음 보고를 들었을 때 그 역시 믿지 못한 것은 사실이었다.

"단여랑 건은 어떻게 하시겠습니까? 성검문도를 다시 투입시키시렵니까?"

"아니, 그럴 필요 없어."

능가연은 빗질을 거두고 분첩을 들었다.

중년의 나이에도 주름 하나 없는 매끈한 피부에는 윤기가 흘렀다. 그녀는 피부에 잘 스며들도록 분을 골고루 발랐다.

"월영문을 저대로 두어도 괜찮겠습니까?"

"꼬리가 길면 밟히는 법. 부전주는 우환이 많군. 걱정할 시간 있으면 유령전의 동태나 살펴. 태상궁주를 보호하기 위해서라지만 한 사람도 중원에 나가지 않은 걸 보면 찝찝해."

"그렇게 하겠습니다."

"지금이 몇 시지?"

"오시정(午時正)입니다."

"올 때가 되었군. 점심을 같이 들도록 하겠어."

정문의 굵은 눈썹이 꿈틀거렸다.

그러고 보니 며칠 전부터 중요한 손님이 찾아온다는 말을 들었는데, 그날이 바로 오늘이었다. 그 중요한 손님이라 함은…….

"이제 우린 위험한 일에선 빠지도록 하고, 다른 사람을 이용하지. 자칫 중원에 소문이라도 난다면 성검문이 무사하지 못할 테니까."

화장을 마치고 돌아선 능가연은 그 어느 때보다 화사하고 아름다웠다.

"능가연이라고 합니다. 먼 길 오시느라 고생이 많으셨습니다."

능가연은 공손한 자세로 손님을 맞았다.

귀령전 무인들의 호위를 받으며 대청에 들어선 사람은 단둘이었다.

원래 그런 것인지, 아니면 오랫동안 씻지 않아서 누렇게 변색된 것인지 모를 수염이 가슴께까지 내려온 노인의 얼굴엔 불편한 기색이 가득했다.

“불편하시더라도 조금만 참으십시오. 보는 눈이 많아 어쩔
수 없었습니다.”

노인은 분명 북해의 사람이 아니었다. 생전 처음 입어보는
털 무복이 불편한지 어색하게 몸을 가눴다.

노인의 곁에 따라온 작은 체구의 사람은 털모자를 깊숙이
눌러써 얼굴이 보이지 않았다.

두 사람은 능가연의 안내를 받으며 자리에 앉았다.

상다리가 휘청거릴 정도로 차려진 음식들을 본 노인은 벌
어진 입을 다물지 못했다. 그도 그럴 것이 평생 구경해 보지
못할 진귀한 음식들이, 오로지 일호 안에서만 사는 싱싱한 생
선들이 노인의 구미를 당기게 했다.

“입맛에 맞으실지 모르겠군요.”

노인은 묵묵부답. 자신의 소개도 하지 않고 능가연을 흘끔
곁눈질하더니 허겁지겁 음식들을 먹기 시작했다.

능가연은 그가 식사를 마칠 때까지 조용히 기다렸다.

“꺼억!”

노인의 입에서 걸쭉한 트림이 나오고 나서야 능가연은 다
기에 따뜻한 차를 부었다.

“만족스러우셨습니까?”

“생각보다 나쁘진 않군.”

나이를 가늠키 힘든 굵은 목소리와 강한 어투. 중원의 말투
도, 북해의 말투도 아니었다.

노인은 심드렁한 표정을 지으며 반쯤 누운 자세로 의자에 기댔다. 볼록해진 배를 두드리는 모습이 교양이나 예절과는 거리가 먼 사람 같았다.

그러나 능가연은 싫은 기색 하나없이 연신 미소만 머금었다.

"괜찮으시다면 본론으로 바로 넘어가도록 하지요. 시간이 그리 많지 않습니다."

노인은 능가연의 말이 거슬렸는지 크게 헛기침을 토해낸 뒤, 품 안에서 엄지손가락 크기만 한 목갑 두 개를 꺼내 탁자 위에 탁! 소리가 나게 올렸다.

"이건 환혼분(換魂粉), 이건 탄기분(殫氣粉)."

능가연의 두 눈이 반짝였다. 호기심 어린 그녀의 눈동자가 두 목갑을 번갈아가며 움직였다.

"효능이……?"

"환혼분은 영구 기억상실, 탄기분은 영구 내공 상실."

노인의 설명은 간단하고 성의없었지만 능가연은 두 목갑 안에 들어 있는 가루들이 얼마나 귀한 것인지 들어 알고 있었다.

일평생의 기억을 한순간에 모두 백지장처럼 지워 버린다는 환혼분과 아무리 많이 축적해 놓은 진기라도 흡입하기만 하면 한 줌도 남아 있지 않게 되는 탄기분.

그리고 이 두 가지 가루는 모두 마라궁에서만 만들어진다는 것.

능가연은 떨리는 손을 뻗어 목갑을 잡아갔다.

철썩!

따끔한 아픔이 싸하게 전해졌다.

능가연의 손등을 때린 노인은 그녀를 한차례 흘겼다.

"세상에 공짜란 없지."

능가연은 노인의 의중을 알아채곤 곱게 웃음을 터뜨렸다.

"호호호! 알고 있습니다. 그래서 준비한 것이 있죠."

짝!

박수 소리와 함께 귀령전 무인 하나가 대청으로 들어섰다. 그는 곧장 능가연에게 다가와 노인이 내민 것보다 조금 더 큰 목갑 하나를 건네주었다.

"빙옥환과 빙옥초입니다."

"이것뿐?"

"빙옥환은 북해 내에서 자생하는 이끼와 설련초를 섞어 만든 단환입니다. 빙옥초는 구하기 힘든 약재이지요. 이것만 복용한다면 북해 내의 누구에게도 못지않은 음기를 지니게 됩니다."

"흥! 겨우 그따위 걸 가지고."

"……."

능가연의 눈썹이 바르르 떨렸다.

북해 사람들조차도 빙옥환과 빙옥초를 가지고 겨우 그따

위 것이라고 논하지 않는다. 엄밀히 따지자면 빙궁 무인들 음기의 절반은 모두 그 두 가지로 인해 가지게 되었으니까.

하기야 빙궁 사람이 아니고서야 어찌 이해할 수 있으랴. 능가연은 재빨리 안색을 풀고 활짝 웃었다.

"타고나지 않는 이상 일반인은 죽었다 깨어나도 음기를 지닐 수 없습니다. 이 단환 한 알이면 노력하지 않아도 저절로 음기가 생성되는데 무엇이 부족합니까?"

차분한 신색으로 조리있게 말하는 능가연과는 달리 노인은 음흉한 눈빛을 머금은 채 입을 열었다.

"마라궁과 거래를 요구했으면 그에 응당하는 대가를 지불해야지. 환혼분과 탄기분은 마음만 먹으면 만들 수 있는 줄 아나? 비밀리에 추진되는 일이라는 건 알고 있지만 대접이 이러하니 거래하고 싶은 마음이 싹 가시는군."

"무엇을 원하십니까?"

"북해빙궁의 무공을 달라고 하면 주려나?"

"불가합니다."

능가연은 딱 부러지게 거절했다.

난감하다. 마라궁과의 거래를 원한 것은 자신이지만 마라궁이 주는 만큼의 대가를 지불할 생각이었다. 하지만 마라궁은 더욱 큰 것을 요구하고 있었다.

그녀의 거절에 노인은 그럴 줄 알았다는 듯 냉랭한 미소를 던지며 자리에서 일어났다.

"북해빙궁의 대부인이라는 여인이 자신의 아들을 위해 태상궁주에게 직접 지목받은 차기 궁주를 처리하려는 발상이 대단하군. 백 년 묵은 여우라도 그런 생각은 못하지. 만약 이 사실이 알려진다면 어떠한 파장을 불러일으키게 될지 아주 기대가 돼. 가도록 하지. 이런 복장으로 먼 길을 온 이유가 고작 점심 한 끼를 위해서였나? 하하!"

스릉!

뒤로 몸을 돌린 노인은 자신의 목전에 겨누어진 검 한 자루를 바라보며 비소를 머금었다.

"뭔가, 이것은?"

귀령전 부주 정문은 검을 거두지 않았다.

노인의 신분이 마라궁의 장로라는 점은 알고 있지만 지금은 신경 쓰고 싶지 않았다.

노인이 이곳을 빠져나가 능가연에 대한 이야기를 퍼뜨린다면 상황이 매우 곤란해지는 것은 불을 보듯 뻔한 일. 거래에 응수하지 않는다면 이 자리에서 즉시 베어 넘길 참이었다.

그러나 정문은 검을 휘두르지 못했다. 노인을 베는 것은 고사하고 검을 쥔 손이 움직여지지도 않았다.

갑자기 숨이 가빠오고 어느새 이마엔 송골송골 땀방울이 맺혔다.

"어디 한번 베어보지 그러나?"

노인의 묵직한 음성이 나른하게 들려왔다.

"으, 으음!"

침음성이 입술을 비집고 새어 나왔다. 심장 박동은 빨라지기 시작했으며 눈의 혈관은 금방이라도 터질 듯 붉게 충혈되었다.

"왜 그러나? 심기가 그리도 불편하나? 꼭 큰 걸 참고 있는 듯한 표정이야. 하하!"

한순간 정문은 정신이 몽롱해짐을 느꼈다.

무언가에 홀린 듯 두 눈의 초점이 풀어지더니 팔이 안쪽으로 휘어져 손에 쥔 검이 검집으로 들어갔다.

"검이 얼마나 날카로운지 구경이라도 시켜준 겐가?"

'사술(邪術)!'

광경을 지켜보고 있던 능가연은 정신이 번쩍 들었다.

무공이 출중하지 못하고, 남들에게 인정받지 못하는 잡기를 지닌 이단아들이 만든 세력. 그것이 바로 마라궁이라는 점을 다시 한 번 상기했다.

쿵!

노인이 발을 가볍게 구르자 초점을 잃던 정문의 눈빛에 다시 생기가 맴돌았다. 정문은 도로 검집 속으로 들어간 자신의 검을 보며 경악했다.

정신을 수습한 정문이 다시 검을 뽑으려는 찰나, 능가연이 그의 행동을 제지했다.

"극음빙한공이면 되겠습니까?"

노인이 흥미로운 눈으로 능가연을 바라봤다.

"기세가 대단한 여장부로 알고 있었는데, 무엇이 두려워 마음을 다시 바꾼 겐가?"

"호호! 빙궁을 손아귀에 거머쥐고 있는 제가 두려운 게 무에가 있겠습니까? 마라궁의 장로님을 알아보지 못해 노하시지나 않을까 두려울 뿐이죠."

"내가 두려운 게 아니겠지. 나와 상대하는 것은 아무것도 아니야. 정작 두려운 것은 오만 명의 북해 사람들이지. 내 말이 틀렸나?"

능가연은 여전히 웃음을 멈추지 않았다. 노인이 두려운 것이 아니었기에, 그의 말이 사실이었기에…….

"현음한빙공까지."

노인은 욕심이 많았다. 겨우 단환 두 알로 북해빙궁의 핵심을 얻으려는 속셈인가. 아니다. 그만한 가치가 있다.

단여랑을 손쉽게 처리할 수만 있으면 된다. 극음빙한공, 현음한빙공을 어떻게 궁주라는 직위와 비견하는가. 좋게 생각해야지. 빙백신공을 달라 하지 않는 것만 해도 어딘가.

"망설이나? 없었던 일로 하고 오만의 사람들을 상대하든지, 아니면 거래에 응하고 마라궁의 힘을 빌려보든지."

능가연은 자신의 앞에 놓인 빙옥환과 빙옥초가 들어 있는 목갑을 노인의 앞으로 밀었다. 대답은 그걸로 충분한 듯싶었다.

"우선 이걸 드리고, 일이 끝나면 극음빙한공과 현음한빙공을 넘겨드리지요."

노인은 다시 자리에 앉아 그녀가 내민 목갑을 끌어당겼다.

"일은 확실하게 처리해 주시겠습니까?"

"어느 선까지?"

"내공을 없애고, 섭혼술(攝魂術)로 빙백신공을 얻은 뒤, 환혼단으로 기억상실……."

"그 아이, 단여랑이라고 했나?"

"……."

"녀석이 그렇게 두려운 존재인가?"

"그, 그건 아니지만 후한을 없애기 위해서……."

"그렇다면 환혼분을 낭비할 필요는 없겠군. 탄기분으로 내공을 잃게 만들면 죽이는 건 식은 죽 먹기일 테니."

노인은 능가연이 단우인까지 처리할 마음이 있다는 것을 모른다. 만약 그 사실을 노인이 알게 된다면 북해빙궁에 내분이 일고 있다는 걸 실토하는 것이나 마찬가지.

능가연은 두 가루가 모두 필요했다. 환혼분은 단우인에게 사용할 것이므로. 단여랑은 죽여야 할 자, 단우인은 쓸모가 있는 자.

"만약의 경우라는 게 있지 않습니까?"

"흥! 탐이 나면 탐이 난다고 해. 왜 그리 솔직하지 못하는지… 쯧쯧!"

“송구하오나, 어떠한 방법으로 처리하실 생각이십니까?”

노인은 묘한 미소를 지었다. 그리고 고개를 돌려 여태까지 존재감이 느껴지지 않던 동행인을 바라봤다.

능가연의 시선을 받은 작은 체구의 사람은 그녀에게 살짝 고개를 숙여 보인 후, 깊게 눌러쓰고 있던 털모자를 머리 위로 넘겨 벗었다.

“이쪽은 묘선(昴璇). 마라궁 최고의 미인이지.”

“……!”

능가연은 깜짝 놀랐다.

여인이었단 말인가. 아니, 그것은 차치하더라도 여인의 첫인상은 거북했다. 마라궁의 미의 기준이 어떠한지는 몰라도 묘선이라 불린 여인은 확실히 미인은 아니었다.

둥글고 넓적한 얼굴에 뭉뚝한 코, 툭 불거져 나온 이마에 어울리지 않는 작은 눈. 이런 여자가 마라궁 최고의 미인이라고?

“이 아이가 이번 일을 맡았지.”

“그렇… 군요.”

“표정이 왜 그러나? 못 미더운 건가?”

“그런 게 아니오라…….”

능가연은 일이 잘못되어 가고 있다는 느낌을 받았다.

추녀에 가까운 용모로 도대체 무얼 하려는 걸까.

그러나 이제 와서 거절할 수도 없는 노릇. 마라궁이 실패하게 되면 거래는 없던 일이 된다. 북해의 무공을 넘겨주지 않으면 그만이다. 하지만 또다시 뒷일을 처리해야 하니 여간 골치가 아픈 게 아니었다.

"어떤가? 거래를 하겠나?"

"거래를… 하겠습니다."

잠시 망설이던 능가연은 힘겹게 입술을 떼었다. 그녀의 굳어진 안색은 여전히 풀어지지 않았다.

완연한 봄인 데도 불구하고 북해에는 아직도 눈이 내렸다. 흩뿌연 눈보라가 시야를 방해해도 북해의 소선은 언제나 그랬듯 거침없이 호수면을 밀치며 나아갔다.

북해의 추위는 따뜻한 서장 지역에 살던 마라궁 사람들에게는 생소했고, 견디기 힘들었다.

마라궁의 장로 윤효광(倫曉光)은 눈보라를 동반한 한기가 옷섶에 스며들지 않게 옷깃을 단단히 여몄다. 그는 갑판에 서서 눈보라를 그대로 맞고 있는 묘선에게 다가가 따뜻한 담요 한 장을 건넸다.

"바람이 찹니다. 이걸 덮으시지요."

윤효광의 말투는 능가연과 함께했을 때와 전혀 달랐다. 그녀의 앞에서 묘선을 소개하며 마라궁 궁도를 대하듯 하대를 서슴지 않던 그.

예의없던 태도는 어디로 갔는지 묘선의 등 뒤에 시립한 윤효광은 더없이 공손한 자세를 취했다. 두 사람은 한눈에 보아도 주종(主從)의 관계로 보기 쉬웠다.

"아까 그 여자에게 무슨 짓을 하셨습니까?"

윤효광의 물음에 묘선은 뒤로 돌았다.

그러나 그녀는 능가연이 보았던 추녀의 얼굴이 아니었다.

갸름한 얼굴에 오목조목하게 자리 잡은 뚜렷한 이목구비. 담갈색 피부가 활동적이고 야성적으로 느껴지는 미인이었다.

"장난을 좀 쳤어요. 과연 어떠한 반응을 보일지 궁금했거든요."

맑은 목소리에서는 생기가 넘쳐흘렀다.

"덕분에 저만 안목없는 사람이 되었습니다."

"두 얼굴을 가진 여자더군요. 그런 여자는 위험해요."

"그래 봤자 성검문의 여식입니다. 북해빙궁을 그리 보지 않았는데 어쩌자고 그런 여자를 들였는지……."

"빙궁의 위상을 깎아먹기에 한 점 모자람이 없더군요."

"그런데 정말 이번 일을 직접 하시렵니까? 위험 부담이 많습니다. 다른 사람을 시키셔도 좋을 듯합니다."

"어차피 궁 안에서는 할 것도 없잖아요. 경험 삼아 한번 해보는 것도 재미있을 것 같아요. 그리고 궁에선 역용술(易容術)로는 저를 따라올 사람이 없어요."

당당하고 자신감 가득한 말투. 이제 갓 스무 살이 된 묘선은 마라궁의 떠오르는 후기지수로, 마라궁주의 조카였다.

"그렇긴 하지요. 그렇기에 궁주께서 아가씨에게 이번 일을 허락하신 것일지도."

"단여랑이라고 했죠? 꼭 만나보고 싶네요. 어떤 자이기에 저 여우 같은 여자가 그리도 경계를 하는지."

초롱초롱 호기심이 깃든 묘선의 눈망울을 보며 윤효광은 조금 걱정이 되었다.

북해빙궁의 전통인 빙옥조를 삼대궁이 관여할 수는 없는 일.

하지만 마라궁주는 원했다.

솔직히 사대궁 중 가장 독보적인 세력으로 세외를 군림한 곳은 북해빙궁이다. 여태까지 나머지 삼대궁에선 북해빙왕처럼 기재가 배출된 적이 없다.

북해빙왕의 위신을 생각한다면 꿈도 꿀 수 없는 일이지만, 북해빙궁을 발판 삼아 좀 더 성장하고 싶은 것은 삼대궁의 염원. 자존심 때문에 겉으로 내색하지는 않아도 모두 같은 생각을 하고 있을 게다.

능가연에게 받은 빙옥환과 빙옥초는 마라궁 내로 들어가는 즉시 독제실(毒製室)로 옮겨진다. 빙옥환이 가진 성분과 비슷한 단환을 만들게 되면 마라궁 무인들의 내공도 단번에 증가하게 될 것이다.

사술, 역용술, 섭혼술…… 남들이 인정하지 않는 방면을 파고들어 마라궁은 사대궁 안에 당당히 들 수 있었다. 하지만 그뿐이다. 세력으로 따지자면 상대적으로 무공이 가장 약한 마라궁은 언제나 뒷전에 불과했다.

이번 일이 성공하게 된다면 북해빙궁의 핵심 무공인 극음 빙한공과 현음한빙공을 얻게 되고, 그렇게만 된다면…….

"혹시 단여랑이라는 자에게 여자가 있나요?"

윤효광은 즉시 상념에서 깨어났다.

완벽하다고는 할 수 없지만 단여랑에 대한 뒷조사는 어느 정도 끝마친 상태다. 그러나 그에게 여자가 있다는 이야기는 들은 적이 없다.

"그런 말은 들어보지 못했습니다만."

"안타깝군요."

"네?"

"누군가에게 자연스럽게 접근하기란 여간 힘든 일이 아니거든요. 특히 곤경에 여러 차례 빠져서 의심이 많은 사람은 더 더욱 그렇죠. 다행히도 저에겐 역용술이라는 재주가 있으니, 만약 단여랑이라는 자가 절실히 그리워하는 사람이 있다면 좋겠는데. 그럼 접근하기가 쉽겠죠. 상대는 완전히 무방비 상태일 테니."

"조사를 좀 더 해보겠습니다."

"단여랑의 측근이 누구인지 조사해 주세요. 그리고 반드시 단여랑과 떨어져 있는 사람이어야 하고요."

"그리하도록 하지요."

묘선은 깨알만 한 눈송이가 자꾸만 눈에 들어가 제대로 눈을 뜨고 있을 수 없었다.

북해는 추웠다. 바람도 차가웠고, 섬도 차가웠으며, 사람들의 마음 또한 차가웠다. 마라궁과는 비교도 되지 않을 정도로.

2

'단여랑, 단여랑……'

수북이 쌓인 양피지 조각들이 마구 구겨졌다.

탁산은 손을 멈추지 않았다.

이 양피지들을 찾기 위해 얼마나 힘들었는가. 밀당의 정보만을 모아놓는 밀당 전각의 서재에도, 혹시나 하여 둘러본 서고 어디에서도 단여랑에 대한 정보는 찾아볼 수가 없었다. 밀당 수하를 닦달하고 싶어도 누가 변절했는지 알 수 없으니 답답하기만 했다.

그래도 탁산은 단여랑에 대한 정보를 캐기 위한 노력을 멈추지 않았다. 알아야만 했다, 그가 모르는 것들에 대한 진상을.

정성이 지극하면 하늘도 감동한다고 하였는가.

밀당주 위현은 생활 습관이 잘되어 있는 사람이다. 철칙이라도 되는 듯 제시간에 해야 할 일은 딱딱 해내는 그런 완벽한 사람이기도 했다.

위현과 함께해 온 시간이 무려 삼십 년.

탁산은 위현의 그러한 생활 습관들을 손바닥 보듯 잘 알고 있었다. 그중 하나가 바로 위현의 취침 시간이었다.

잠자기에는 좀 이른 시간인 술시정(戌時正:8시)에 취침하여 인시초(寅時初:3시)에 기침한다.

북해빙궁 무인들 모두가 곤히 잠들었을 시각은 축시정(丑時正:2시).

탁산은 자신의 침소에서 빠져나와 곧장 위현의 서재로 발길을 재촉했다.

서재의 문이 잠겨 있는 것은 기정사실. 경비가 허술한 틈을 타 이층 높이의 전각 벽에 기어올랐다. 다행히도 창문은 잠겨 있지 않았다.

하지만 그에게는 반 시진도 채 되지 않는 시간만이 남아 있을 뿐이었다. 그 시간 안에 단여랑에 대한 모든 정보를 파악해야 할 뿐만 아니라 밀당에서 변절한 자가 누구인지도 알아내야 한다.

탁산은 어둠 속에서 유등에만 의지한 채 정신없이 양피지를 훑어 나갔다.

'단여랑, 곤륜산 음한곡…….'

첫 번째 단여랑에 대한 정보였다.

‘여화산의 다비활의… 단여랑이 남해태양궁의 여식을……’

탁산이 둘러본 몇 장의 양피지에는 지난 삼 년간 단여랑이 중원에서 무엇을 했는지 자세히 기재되어 있었다.

별다른 점은 발견하지 못했지만 모두 탁산이 모르고 있던 정보였다.

하지만 정작 탁산이 원하던 것은 없었다.

밀당이 어디까지 관여하고 있는지, 빙궁의 내분을 주도하는 자가 누구인지, 어떠한 음모를 꾸미고 있는지…….

위현이 잠에서 깨어날 시간은 자꾸만 다가오고 있는데 무수한 양피지는 탁산에게 아무런 도움이 되지 못했다.

‘이게 아니야. 더 있을 거야. 분명…….’

그때 탁산의 눈에 무언가가 들어왔다.

서탁의 맨 아래 서랍.

남자의 직감도 때로는 소름 끼치도록 정확했고, 탁산은 주저없이 그 서랍을 열었다.

‘……!’

있었다. 촘촘히 쌓인 서류들의 맨 밑에 누렇게 변색된 낡은 양피지 몇 장.

탁산은 덜덜 떨리는 손으로 그 양피지들을 잡아갔다.

등불 아래 비춰진 양피지의 글귀를 읽어 내려가던 탁산의 두 눈동자가 마구 흔들리기 시작했다.

'성검문은 차후에 있을 빙옥조에 개입… 월영문 역시 수수 방관만은 하지 않을 터. 첫 번째 목표는 단여랑. 암살… 암살!'

쿵! 쿵! 쿵!

심장이 마구 뛰었다.

양피지의 맨 아래 적힌 날짜를 확인한 탁산은 바닥에 주저앉은 채 힘없이 종이를 떨어뜨렸다.

'내분을 도모한 것이 팔 년이라니!'

당주가 자신을 속여온 세월이 삼 년이 아닌 팔 년이라는 말인가.

삼 년. 만약 대부인이 당주에게 손을 썼다면… 그래, 삼 년의 세월을 속여온 것은 이해할 수 있다. 분명 무언가 사정이 있었을 테지.

하지만 팔 년이라는, 아니, 어쩌면 더 오래되었을 수도 있었다.

북해 내에서도 가장 친분이 두텁다 여겨온 당주가… 당주가!

하늘이 무너져 내리는 것 같았다.

가장 믿음을 줬던 사람에게, 태상궁주 다음으로 존경하던 자였는데.

탁산은 당주가 왜 자신을 속여왔는지 도무지 이해할 수가 없었다. 자신이 알아서는 안 될 이유는 또 뭐란 말인가.

탁산은 올곧은 사람이다.

한 번 마음을 먹은 것은 어떠한 난관이 있어도 추진한다. 한 번 믿기로 작정한 사람은 목숨까지 바칠 정도로 충성한다.

당주가 탁산을 속여왔던 것은 그 이유였지만 정작 당사자인 그는 모르고 있었다.

'이대로 있을 수는 없어. 묵야혼 장로를 찾아가야 해. 태상궁주께 이 일을 알려야 해!'

탁산은 마음을 굳히고 자리에서 일어나려 했다. 그런데,

끼이익—!

서재의 문이 열렸다.

미처 꺼두지 못한 등불 때문에 서재에 들어선 자의 얼굴이 뚜렷하게 보였다.

엉거주춤하게 서 있던 탁산과 그의 눈이 마주쳤다.

위현이 아니었다, 북해빙궁의 털 무복을 입고, 한 손에는 검을 든 그는.

'귀령전……'

전추(全萩)라고 했었나?

아쉽게도 정문에게 밀려나 귀령전 부주 자리를 놓친 자였다.

쉬엉!

전추는 검을 허공에 휘저으며 탁산에게 좀 더 가까이 다가왔다.

여유가 가득 담긴 표정으로 소리를 질러볼 테면 질러보라는 듯 전추의 비소는 지워지지 않았다.

"당신은 그게 문제야. 너무 많이 알려고 한다는 것."

전추의 모습은 인간의 목숨을 거두러 하늘에서 내려온 저승사자 같았다.

'오늘은 직감이 유난히도 잘 맞는다 하더니……'

탁산은 죽음을 직감했다.

빠져나갈 구멍은 없었다. 운이 좋아 빠져나가게 된다 하더라도, 아니다. 절대 빠져나가지 못할 게다.

귀령전 무인은 가장 말단 무인이라 하더라도 상대하기 힘들다. 오죽하면 귀신 들린 무인들이라는 말까지 나돌겠는가.

탁산은 죽음이 두렵지 않았다. 가장 믿었던 사람에게 배신당하고 친분마저 잃었다. 그저 안타까운 점이 있다면 이 일을 태상궁주에게 알리지 못하고 죽게 된다는 것.

진즉에 눈치를 챘다면 미천한 힘으로나마 단여랑에게 보탬이 되는 일을 해주었을 텐데.

"얌전히 있었더라면 목숨을 잃는 일은 없었을 텐데 말이야."

"북해빙궁 무인의 자부심을 성검문이라는 개들에게 팔아버리다니, 후레자식들!"

"지껄이고 싶은 만큼 지껄여. 그런다고 네가 이곳에서 죽는다는 사실엔 변함이 없어."

전추는 탁산의 목에 검을 들이댔다.

“마지막으로 하고 싶은 말이 있다면 해봐. 한 귀로 듣고 한 귀로 흘려주지.”

“네놈들과 말을 나누는 내 입이 더러워지는구나. 퉤!”

탁산은 전추의 얼굴에 침을 내뱉었다.

전추의 얼굴이 무섭게 일그러졌다.

“밀당주의 부탁으로 고통없이 보내주려 했더니…….”

“흥! 더러운 밀당주의 부탁 따윈 필요없다. 죽여라!”

탁산은 두 눈을 부릅떴다. 피눈물을 쏟을지언정 죽는 순간까지도 두 눈으로 놈을 저주하리라.

목에 닿은 검날에 살이 찢겨지고 불에 데인 듯 화끈한 고통이 밀려들었다.

타닥!

‘읍!’

신음이 입 안에서만 맴돌았다. 전추의 빠른 손놀림은 탁산의 아혈을 단번에 제압했다.

“소원이라면 죽여주지. 아주 고통스럽게.”

스산함을 풍기는 목소리와 함께 검이 허공으로 높이 솟구쳤다.

‘아! 태상궁주!’

탁산은 마지막 순간까지도 북해빙궁을 염려했다. 그리고,

스걱!

몸통과 분리된 머리통 하나가 천장으로 둥실 떠올랐다. 살과 뼈를 단숨에 갈라 버린 깨끗한 검법이었다.

투툭!

떠오른 목이 다시 바닥으로 곤두박질치더니 구석으로 또르르 굴러갔다.

‘……!’

탁산은 재빨리 두 손으로 목을 움켜쥐었다. 그리고 자신의 죽음을 믿지 못하는 듯 경악에 사로잡힌 전추의 몸통 없는 얼굴이 보였다.

머리를 잃은 몸통에서 피분수가 솟구쳐 사방으로 튀었다. 경련을 일으키던 전추의 몸통은 곧 모래성처럼 무너져 내렸다.

전추의 피가 온몸에 튀겨 처참하게 변해 버린 탁산은 재빨리 고개를 들었다.

“괜찮습니까? 조금만 늦었더라면 큰일 날 뻔했군요.”

‘유령전!’

탁산은 눈앞의 현실이 믿겨지지 않았다.

어느새 나타난 것일까. 탁산의 구세주가 된 유령전 무인 세 명은 서로를 바라보다 재빨리 다가와 그의 아혈을 풀어주었다.

“당신들이 어떻게!”

“한 가지만 여쭙겠습니다. 누구를 위해 일하십니까?”

“……!”

“당주는 누구를 위해 밀당에서 일을 하시는 겁니까?”

유령전 무인이 던진 질문은 공교롭게도 탁산이 위현에게 했던 질문과 똑같았다.

“지금 이러고 있을 시간이 없소. 조금 있으면 밀당주가……!”

“그는 오지 않습니다. 부주가 살해당할 걸 알고 있습니다. 우선, 질문에 대답해 주십시오.”

유령전 무인들은 진지했다. 탁산은 그들에게서 굳은 결의를 엿볼 수 있었다.

‘북해빙궁의 진짜 무인들…….’

자신도 당주에게 질문을 했을 때 저렇게 진지했을까? 당주는 자신을 어떻게 생각했을까.

‘그래, 그것이었군. 북해빙궁을 위해 목숨 바칠 자.’

탁산은 이제야 당주가 왜 자신을 속여왔는지 이유를 알 수 있었다.

“나는, 태상궁주와 북해빙궁을 위해 일하고 있소.”

당주에게 듣고 싶었던 말을 자신이 하게 될 줄이야.

유령전 무인들은 서로 눈빛을 교환했다.

“다시 질문을 하죠. 부전주가 거느릴 수 있는 밀당의 힘이 남아 있습니까?"

밀당의 힘. 탁산이 거느릴 수 있는 밀당의 힘.

추려내야 한다. 변절하지 않은 자들을 추려서 다시 밀당을 일으켜야 한다.

탁산은 천천히 고개를 끄덕였다.

"우리는 태상궁주께서 지목한 차기 궁주 단여랑을 도울 생각입니다. 가담하시겠습니까?"

더 말해 무엇 하랴.

"하겠소."

질문을 던진 무인이 고갯짓을 하자 곁에 서 있던 두 명이 미리 준비해 둔 넓은 포대자루를 펼쳤다. 그들은 자루에 전추의 시신을 수습했다.

"부주는 지금 이 자리에서 죽은 겁니다. 전추는 행방불명. 우리가 부주를 구했으니 그 목숨을 저희에게 맡기십시오."

"난 밀당을 움직여야 하오. 하지만 내가 죽었다고 소문이 난다면……."

"변절하지 않은 자를 추려내는 것은 우리가 하겠습니다. 부주는 그들을 휘하에 두고 지휘하면 됩니다."

어려운 부탁은 아니었다.

밀당을 다시 일으킬 수만 있다면 무슨 짓이든 할 수 있다. 수하들을 다루는 것은 밀당부주로 살아온 탁산에게 가장 적합한 일이었다.

“그렇다면 나는 어디로 가야 하오?”

“저희를 따라오십시오. 일호 안에서 가장 안전한 곳으로 갈 테니.”

“그곳이 어디요?”

“북해도 무인들조차 함부로 대할 수 없는 도귀 열 명이 있는 곳입니다.”

‘해도! 해도구귀와 해도주!’

유령전 무인들은 등을 돌렸다.

탁산은 서탁 위에 피로 얼룩진 양피지들을 바라보며 깊은 한숨을 내쉬었다.

第五章
진심은 통한다

1

강물은 소리없이 흘렀다.

햇빛에 반사된 수면 위는 반짝반짝 빛났으며, 어미의 따뜻한 품에 안긴 것처럼 포근했다. 아무런 근심도 없이 유유하고 도도하게 흘러가는 강물은 정녕 평화로운 것인가.

강물 속에 들어가 보지 못한 사람은 모른다. 겉에서 보면 잔잔히 흐르는 듯 보여도 깊은 물살이 가진 위력을 느끼진 못한다.

사람 사는 것도 마찬가지다. 고민없는 사람이 어디 있으며, 속앓이 하지 않는 사람은 또 누가 있겠는가.

겉모습만 보고는 그 사람이 어떠한 생각을 하고 있는지 알 수 없다. 포장을 잘해놓아서 알아채지 못하는 것뿐이다.

단여랑은 너울대는 강물에서 북해빙궁의 모습을 보았다.

세외 세력으로 지존의 자리에 군림하고 있는 북해빙궁이지만 그 안에서 서로가 서로를 잡아먹기 위해 안달하고 있는 속사정을 누가 알 수 있을까.

'무너져 내리게 할 수는 없다. 뜻이 있으면 진정 길은 열리는 법. 넋 놓고 바라볼 수만은 없지. 지도자가 필요해. 내분을 침잠시킬 수 있는 절대적인 힘을 가진 지도자…….'

예전 북해빙왕이 그래 왔던 것처럼. 무공만으로는 단번에 제압할 수 있지만 그보다 중요한 것은 진심에서 우러나오는 충성이다.

무공을 갖추었으니 빙옥조를 찾는다.

인정하지 않는 사람들을 인정하게 만들어야 한다. 그럼 반은 된 것이다. 나머지 절반은 강제로 인정한 사람들의 마음을 진심으로 바꾸게 만드는 것. 그건 언제까지나 지도자가 이루어야 할 과제다.

"두 번째 밀령은?"

"하(河)."

"북과 하. 북의 강이라… 북쪽의 강."

밀령은 난해하다.

열흘에 한 번씩 떨어지는 단어들의 조합은 명확한 위치를 가르쳐 주는 것이 아니었다. 열흘이라는 기간도 사실상 긴 시간이다.

빙옥조가 단순히 궁주가 되기 위해 실행되는 절차는 아니다.

높이 나는 새가 멀리 본다고 하였다.

궁주의 덕목을 갖추기 위해서는 무인으로서의 경험도 겸비해야 하는 법. 기간을 정해 중원을 돌아보고 오라는 의도로 만들어졌지만 기간이 정해지지 않은 지금은 그저 빙옥조를 찾기에만 급급하다.

막부동은 지혜원주로부터의 밀령을 받기 위해 전서웅이 도착할 장소에 다녀왔다. 그는 자신이 비워두었던 삼 일 동안 단여랑의 주위에 변화가 생겼다는 것을 눈치 챌 수 있었다.

한시도 떨어지지 않았던 성검문의 기운이 감쪽같이 사라졌다는 점.

"내가 없던 사이에 무슨 일이 있었나?"

물어보지 않을 수 없었다.

단여랑은 대답도 하지 않고 시종일관 강물에서 눈길을 거두지 않았다.

"전주, 북해빙왕 이후로 모든 이들의 존경을 한 몸에 받은 궁주가 있었어?"

북해빙왕은 초대, 단여랑이 육대 궁주로 지목받고, 현 태상 궁주가 사대 궁주. 그 위로 궁주가 두 명이 더 있었지만 북해빙왕의 그늘에 가려져 위명을 떨치진 못했다. 그도 그럴 것이

제아무리 출중한 실력을 지녔다 하더라도 북해빙왕 이후로 북해빙궁은 잠잠하기만 했다.

"그 많은 사람들의 마음속에 들어가 보지 못해서 모르겠구나."

"전주는 현음한빙공으로 만족해?"

"무슨 말이냐?"

"빙백신공을 원하지 않아?"

"단여랑!"

"빙백신공을 익히면서 깨달았지. 극음빙한공과 현음한빙공은 겉과 속이 한결같아. 유한 사람이 익히면 유해지고, 강한 사람이 익히면 강한 기운이 돼. 빙백신공은 저 강과 같아. 껍데기만 보면 다른 무공들과 다른 점이 별로 없어. 그러나 속은 전혀 그렇지 않다는 것. 일전에 빙백신공을 익혔다가 주화입마에 빠졌다는 사람들, 그 원인을 알아냈어."

"……."

"심법을 잘못 익힌 탓이지. 의식하지 말아야 할 부분은 의식하고, 신경 써야 할 부분은 그냥 스쳐 갔다는 것."

호흡만 한다고 해서 무조건 심법인가? 어림없는 소리다.

호흡에도 방법이 있고, 진기 운용에도 순서는 있다. 심신을 단련시키는 호흡법이 심법이라면 빙백신공은 조금 다른 방향으로 보아야 한다.

전제 조건이 따르는 심법은 그다지 많지 않다. 빙백신공도 그중 하나다. 타고난 음기를 지니던가 아니면 단여랑처럼 무저지갱에서 기연이라도 얻어야 한다.

단순히 사람을 얼리는 무공을 빙공으로 분류한다면 빙백신공은 그보다 한층 발전된 빙공이라 할 수 있다.

겉을 보존하며 내부를 얼린다.

무언가 아쉽다.

북해빙왕이 이름을 드높인 빙백신공이 겨우 이 정도인가?

무저지갱의 기연을 얻지 못했더라면 빙백신공을 익혔다 할지라도 찜찜한 기분은 가시지 않았으리라.

폭발할 것 같은 파괴력. 겉으로 뿜어져 나오는 음한지기. 한기를 이기지 못해 은빛으로 바뀌어가는 머리카락.

'북해빙왕의 빙백신공은 진짜다. 다른 궁주들이 익힌 빙백신공은 그냥 겉치레에 불과할 뿐. 그래서 북해빙궁에 발전이 없었던 거군.'

단여랑은 장담할 수 있었다.

태상궁주를 비롯하여 조상들이 익힌 빙백신공은 모두 허(虛)다. 진실은 본인들이 더욱 잘 알겠지만 겉포장만 아주 잘되어 있는 깊은 강물과 다를 바 없었다.

"음양의 조화, 강유의 결합. 빙백신공을 익히기 위한 필수 조건 중 하나야. 가짜 빙백신공을 익히는 것은 어렵지 않아. 무저지갱은 제외하더라도 내가 밟은 절차대로만 행하면 돼."

"어디 가서 그런 소리 하고 다니지 마라. 빙백신공은 오직 궁주만이 익힐 수 있는 값비싼 무공이다.”

“전통에 너무 얽매여 있어. 말도 갈아타는 것이 좋지. 옛것을 바꾸어서 좋아진다면 바꾸는 게 나아.”

“안 된다. 나는 반대다. 북해빙궁도들이 우러러볼 수 있는 무공이 필요해. 빙백신공을 아무에게나 전수한다면 주화입마는 둘째 치더라도 평범한 무공으로 치부될 것이 아니냐. 북해를 대표하는 무공을 그런 식으로 만들 순 없다.”

막부동은 얼굴까지 붉혀가며 열변을 토해냈다.

단여랑은 흥분한 막부동의 모습을 한참이나 바라보다가 피식 웃었다.

“누가 정말로 가르쳐 준대? 내가 얼마나 힘들 게 익힌 무공인데, 억만금을 준다고 해도 절대 가르쳐 줄 수 없어. 그러니 흥분하지 말라고.”

단여랑은 자리에서 일어섰다.

강물 냄새가 콧속으로 스며들었다. 청량한 냄새는 아니었지만 멀리 타지에 있다가 고향에 돌아갔을 때의 정겨움이 담긴 냄새였다.

“단우인과 단태붕을 만나는 것, 지금은 미뤄야 할 것 같아.”

“빙옥조를 먼저 찾으려는 생각인가?”

“그래야지.”

단여랑은 막부동을 스쳐 강줄기를 따라 걷기 시작했다.

"어디로 가려는 게냐?"

단여랑은 한 팔을 높이 올려 흔들었다.

"가야지. 북쪽의 강으로."

"뭐? 북쪽의 강을 끼고 난 산중에 폭포를… 아니, 무슨 말인지 도통 모르겠네. 차근차근 정리 좀 해서 말해보구려."

"폭포가 장관인 산을 찾습니다. 옆으로 강물이 흐르면 더욱 좋고요. 북쪽으로 가고 싶은데……."

마방(馬房) 노인은 고개를 갸웃거렸다.

"예끼, 이 사람아! 중원에 폭포 없는 산이 어디 있나? 강은 무슨 한두 개인 줄 아나? 북쪽에만 해도 산이 몇 갠데… 막연히 그렇게 이야기하려거든 다른 데 가서 알아보게."

돈만 내면 중원 어디든 간다던 마방 사람들의 반응은 한결같았다.

"글쎄, 그런 곳이라면…… 명당자리를 왜 굳이 그런 곳에서 찾으려 하는 건가?"

감여가들도 고개만 내저었다.

"북쪽의 크고 작은 산만 해도 손가락으로 셀 수가 없는데, 약초꾼들도 잘 가는 산만 가서……."

산과는 너무도 친근한 약초꾼들에게서도 명쾌한 대답을 듣지는 못했다.

막부동은 기운이 쭉 빠졌다.

며칠 동안 마방과 감여가, 약초꾼들을 찾아다녔다. 그러나 결국 장소에 대한 단서는 하나도 찾지 못한 채 힘만 소진한 결과를 낳았다.

"괜히 수고를 할 필요는 없다. 이제 곧 세 번째 밀령이 떨어질 텐데 조금만 더 기다려 보는 게 어떻겠나?"

단여랑은 들은 척도 하지 않았다.

"허허! 그런 곳이라면 널리고 널리지 않았겠소?"

유약한 유생들이 모여 있는 곳의 분위기는 온화했다.

서안에는 유독 명승지가 많았고, 풍류를 즐기는 시인묵객들과 유생들의 발길도 끊이지 않았다.

사방이 시원스레 뚫린 사각 정자에서 한가로운 오후의 한담을 즐기고 있던 유생들은 갑자기 나타난 무인 두 명을 보고도 별반 놀라는 기색을 보이지 않았다.

"응당 산이 있는 곳엔 폭포가 있기 마련이고, 폭포의 물줄이가 뻗어 나가는 곳이라면 강이 있을 수도 있지 않소."

"찾고자 하는 곳이 어쩌면 평범한 장소일지도 모르겠으나, 이왕이면 선비 분들의 영감을 받은 곳이면 더욱 좋겠지요. 도움을 주셨으면 합니다."

"혹시 무공을 수련할 장소가 필요한 것이오?"

"수련이라… 수련이라고 할 수도 있겠군요. 그 장소를 찾는 것도 일종의 수련이니."

단여랑의 의미 모를 말에 선비들은 호기심을 드러냈다.

"하기야, 무인이라 하더라도 가끔은 경치가 좋은 곳에 가고는 싶을 테지만… 높은 산이라면 가까운 여산(驪山)도 있는데 그리로 가보는 건 어떻겠소?"

"발길이 북쪽을 향해 있으니 여산으로 만족할 수는 없지요."

"허허! 소협께서 무언가에 깊은 뜻을 두었구려."

이야기는 더 이상 진전이 없었다.

유생들조차도 단여랑이 제시한 산을 명확히 이야기할 순 없는 모양이었다.

"즐거운 시간을 방해하여 송구합니다. 나중에 연이 있다면 또 뵙도록 하지요."

단여랑은 유생들과 인사를 나누곤 등을 돌리려 했다. 그런데,

"요즘은 북쪽에 명산이 있는가 보이. 벌써 두 명이나 같은 장소를 찾는 것을 보면. 우리도 한번 북쪽으로 가보는 게 좋을 것 같네."

유생들 중 한 명이 내뱉은 말에 단여랑은 다시 그들에게로 다가갔다.

"방금 뭐라고 하셨습니까?"

"소협께 한 말이 아니니 괘념치 마시오."

"아니, 제 말은… 저 말고도 다른 사람이 저와 같은 질문을

했다는 말씀이십니까?”

“그렇긴 하오만.”

“음, 아마도 이틀 전쯤이었지?”

단여랑은 유생들의 말에 두 귀를 쫑긋 세웠다.

“한 여인이 다녀갔소이다. 너무도 눈에 띄는 외모라 잊혀지질 않는구려.”

“어떻게 생겼는지 말씀해 주시겠습니까?”

“처음엔 깜짝 놀랐었소. 웬 여인 하나가 정자 위에서 뚝 떨어지지 않겠소이까.”

“눈이 부셨지. 흰옷을 입어서인지 꼭 하늘에서 내려온 선녀인 줄로만 알았다오.”

“나이는 대략 스물 초반인 듯했고, 음… 얼굴에 표정이라는 게 전혀 보이질 않았으니 어떠한 성격인지는 감이 잡히지 않소.”

“허리춤에 채찍이 달려 있는 것을 보니 무인인 것 같았소. 무림의 여인들은 하나같이 미모를 지니지 않은 자가 없다고 하더니만…….”

단여랑은 눈가에 경련이 일어나는 것을 억지로 참았다.

“혹시… 말을 못하거나, 귀가 들리지 않는 여인은 아니었습니까?”

단여랑의 얼굴에 어두운 그림자가 드리워지는 것을 본 유생들은 서로를 바라봤다. 어색한 표정으로 어깨를 으쓱거리던 그들은 고개를 가로저었다.

"그런 장애는 없었소. 다만 목소리가 굉장히 낮아서 차갑다는 느낌밖에는……."

단여랑은 고개를 천천히 돌려 막부동을 바라봤다. 막부동은 무심한 눈으로 그를 쳐다볼 뿐이었다.

"그 여인이 혹시 소협의 일행이시오?"

"…아니, 아닌 것 같군요."

단여랑은 조용히 바닥을 응시했다.

저잣거리에는 사람들이 참 많았다.

물건을 파는 상인들부터 바쁘게 지나가는 행인들. 물건 값을 흥정하는 아낙들, 당과 하나를 입에 물고 좋아하며 뛰어다니는 아이들까지.

사람이 많은 만큼 소란스러웠고, 어딘가에서 싸우는 소리까지 들려왔다.

하지만 단여랑의 귀에는 아무런 소리도 들리지 않았다.

'예서하……'

유생들의 말이 사실이라면 그녀는 예서하가 분명했다. 흰옷에 얼굴 생김새, 결정적으로 허리춤에 항상 소지하고 다니던 채찍까지. 분명 예서하와 인상착의가 일치했다.

그러나 단여랑이 알고 있는 예서하는 듣지도 말하지도 못한다. 확신할 수 있다. 앞에 서서 직접 얼굴을 맞대며 말하기 전까지는 아무리 옆에서 말을 걸어도 듣지 못했다.

혹시나 연극을 한 게 아닌가 생각도 해보았다. 그렇지만 연극을 할 이유는 그 어디에도 없었다.

어디까지가 진실이고, 어디까지가 거짓인가.

그래, 그런 건 중요치 않다. 요수에게도 당부했듯이 지금은 예서하를 찾아야만 한다. 능가연과 야현이 먼저 그녀의 존재를 알아차리기 전에 단여랑이 먼저 찾아서 보호해 주어야 한다.

그것이 보리마군에 대한 고마움을 갚는 길이었다.

'어째서……?'

막부동은 앞만 보고 걸어가는 단여랑을 멀찍이서 따라갔다.

그는 유생들에게서 이야기를 들었을 때 본 단여랑의 표정을 잊을 수가 없었다.

예서하를 향한 단여랑의 마음이 동정인지, 정말 걱정되어서 그러는 건지, 그것도 아니면…….

'설마, 설마 그럴 리가 없지.'

막부동은 발걸음을 재촉하여 단여랑과 걷는 속도를 맞췄다.

"한 가지만 물어보자."

"말해."

"전부터 궁금하던 차다. 뭣 때문에 예서하를 찾나?"

"이유는 일전에 말해줬던 것 같은데?"

"동정이라면 그만둬라. 예서하는 어차피 북해빙궁의 사람이 아니다. 대부인과 둘째 부인이 예서하를 찾아도 어쩌지 못한다. 듣을 수도 없고 말도 못하는 사람을 찾아 저들이 할 게 없다는 말이다."

단여랑이 막부동을 향해 고개를 휙 돌렸다. 그의 눈빛이 매섭게 빛났다.

"그래, 서하는 분명 귀가 멀고 말을 못하지. 그러나 그 두 여자는 눈이 멀었어. 내 말 알아들어? 빙백신공! 이 무공 하나 때문에 앞에 보이는 게 없다는 소리야. 그런 자들이 예서하를 가만히 놔둘 것 같아? 예서하는 그 여자들에게 파리 목숨보다 못한 존재야."

"단여랑!"

"전주도 똑같아. 난 여태껏 남에게 피해 주지 않고 살려고 애썼어. 그런데 돌아오는 게 뭐야? 멸시와 조롱과… 지겹군, 지겨워. 남들에게 멸시받는 나 때문에, 나에게 빙백신공이라는 무공을 전수하기 위해 보리마군은 자신의 목숨을 스스로 내놨어. 난 결국 남에게 피해를 주고 만 꼴이 되었지."

단여랑은 걸음을 우뚝 멈췄다.

그리곤 근처의 객잔을 향해 뚜벅뚜벅 걸었다.

'아직도 방황하는 것인가. 죄책감이 이리도 깊어서야 어찌 세상을 살아가려고… 강한 궁주가 되라 그리 일렀거늘.'

막부동이 바라는 점이 있다면 단여랑이 궁주의 자리에 오르기 위해 다른 것은 일체 관여하지 않았으면 했다.

언제까지고 지속될 이 길고 힘든 싸움에서 승자가 되기 위해 한 걸음 한 걸음 나아가기도 바쁜 판에 어찌 다른 것에 눈을 돌릴 수 있단 말인가.

막부동은 단여랑을 따라 객잔의 이층으로 올라갔다.

점소이에게 간단한 요깃거리를 가져오라 시킨 뒤에도 둘 사이의 침묵은 여전했다.

단여랑은 한 손으로 턱을 괸 채 밖을 내다보았고, 막부동은 그런 단여랑을 뚫어져라 바라봤다.

"눈길이 부담스러워. 그렇게 바라보지 마."

"네 마음을 전혀 이해 못하는 건 아니다. 단지 지금은 네가 가야 할 방향을 가르쳐 주려는 것뿐이다."

"내가 가야 할 방향, 북해빙궁주."

"지금 이런 말을 하기는 뭣하지만, 보리마군에 대한 죄책감은 잠시 접어두어라. 궁주가 된 후에 생각해도 늦지 않다. 언제까지 마음의 앙금으로 남겨둘 수는 없지 않으냐."

단여랑은 창밖으로 향하던 시선을 거뒀다.

"전주, 이런 내가 뭐가 좋아서 도와주려고 하는 거야?"

막연히 이상만 좇는 막부동은 아니었다.

단여랑을 돕는 이유는 그가 태상궁주가 정한 후계자이기에, 단지 그 이유 때문일까.

막부동도 자신의 마음을 잘 몰랐다.

단태붕과 단우인이 마음에 들지 않아 단여랑에게 기대를 하는 것도 이유 중 하나였지만, 만약 단여랑이 기대에 못 미칠 재목이라면 지금이라도 포기할 수는 있다.

단여랑의 본심을 알기 때문일까.

버릇없고, 철없는 행동 속에 가려진 단여랑의 천성을 알기 때문이라고 해야 옳을 것이다.

막부동은 나직이 한숨만 내쉬었다.

"아까 소리쳐서 미안해. 나도 모르게 그만 감정이 격해졌어. 하하! 예전에 지혜원주가 그러더군. 감정을 다스리는 법부터 배우라고."

단여랑의 해맑은 웃음 앞에서는 막부동도 더 나무랄 수 없었다.

"혹시… 예서하를 향한 마음이 연모더냐?"

"뭐?!"

단여랑의 두 눈이 함지박만큼 뜨였다.

"나이가 나이이니만큼 여인을 연모하는 마음이 생기는 것도 자연스러운 현상 중에 하나겠지."

"전주, 미쳤어? 내가 예서하를 연모하다니! 하하하! 그럴 리가 없잖아?"

막부동은 혼란스러웠다. 단여랑의 말이 사실이라면 좋겠지만.

"그런데 말이야, 아까 유생들이 말한 그 여인은 누구일까?"

막부동도 궁금하던 차였다.

"예서하와 인상착의가 비슷하지만 벙어리가 아닌 것을 보니 다른 여인인 것도 같고……."

"우연이라고 하기엔 너무 이상해. 필히 빙옥조의 위치를 알고 있는 여인이야. 밀령은 지혜원주와 밀당에게서만 나오는 걸로 알고 있는데, 어디 짐작 가는 부분은 없어?"

막부동은 고개를 저었다.

"만약 그런 일이 있다면 무슨 말이 떨어졌겠지. 아마 우연일 게다."

"그 여인의 목적이 빙옥조가 맞다면, 그래서 빙옥조를 찾는다면 그걸로 뭘 하려는 거지? 궁금하군."

두 사람이 대화를 나누고 있는 사이, 주방에서 음식이 나왔다. 성검문 때문에 그동안 제대로 식사도 하지 못한 그들은 따뜻한 음식으로 허기진 배를 달랬다.

식사를 마친 막부동은 잠시 날짜를 계산하곤 서둘러 행낭을 챙겼다.

"세 번째 밀령을 받으러 가야겠다. 이번엔 이틀 정도 걸릴 듯싶구나."

"혼자 괜찮겠어? 멀지 않으면 같이 가도 되는데."

"성검문은 사라졌어도 월영문의 눈길은 여전하겠지. 혼자 움직이는 편이 수월하다."

"그럼 수고해 줘."

단여랑이 막부동에게 미안한 마음이 없다면 거짓이다. 빙옥조를 찾아가는 것은 단여랑이지만, 모든 수고는 막부동이 자처해서 해주고 있었으니.

막부동은 행낭을 꾸려 메고 자리에서 일어섰다. 그때 일층과 이어진 계단으로 한 여인이 모습을 드러냈다.

"그럴 필요 없어요."

여인은 단여랑과 막부동이 있는 자리로 뚜벅뚜벅 걸어왔다.

2

"으음!"

막부동은 여인을 보며 신음을 토해냈다.

"휴! 찾느라 정말 힘들었네. 무슨 사람들이 한곳에 정착하지 못하고 그리 돌아다니는 거예요?"

단여랑의 눈빛이 매섭게 번뜩였다.

삼 년 전에 본 얼굴. 귀여운 인상착의 때문에 쉽게 잊혀지지 않는 얼굴이었다.

단설리라고 했던가?

"유령전주죠? 직접 가실 필요는 없어요. 세 번째 밀령은 제가 가지고 왔으니까요."

막부동은 그녀에게 살짝 고개를 숙여 보였다.

단설리는 누가 시키지도 않았는데 단여랑의 앞에 자리를 잡고 앉았다.

"아는 사람이 왔으면 인사라도 해야 하는 것 아닌가요? 계속 모른 척 식사만 하고 계실 거예요?"

"날 아나?"

"…네?"

"난 아는 사람에게만 인사를 하지. 내가 그쪽을 본 기억이 나지 않는데?"

단여랑은 저금질을 멈추고 그녀를 향해 씩 웃어 보였다.

"기억력이 상당히 나쁘신가 보네요? 분명 삼 년 전에 북해도 해성폭에서 만났었잖아요?"

"아!"

단여랑은 이제야 기억이 나는 듯 고개를 끄덕였다.

"기억하시는군요?"

"기억하고말고. 날 몰래 엿보다가 들켰었지?"

"엿본 게 아니에요. 원래는 내가 먼저 해성폭에 있었다고요."

"말이 많은 귀찮은 계집이었는데……."

"난 할 말만 했을 뿐이었죠."

"그래, 할 말만 했었지. 그때 새로 온 시비라고 했었지 아마?"

"……!"

단설리는 말문이 턱 막혔다.

"누, 누가 언제 시비라고……!"

"아닌가? 아니라면 우리는 만난 적이 없는 모르는 사람이네."

"이 사람이……!"

"아가씨께서 이곳에 어쩐 일이십니까?"

막부동이 중간에 끼어들었다.

북해빙궁의 세 소궁주와는 달리 단설리에게만은 존칭을 사용했다. 막부동이 보기에 그녀는 아직 빙궁 사람이라기보단 월영문 사람이었기에.

그는 단설리의 등장이 달갑지 않았다. 야현의 딸이며 월영문의 손녀인 그녀가 어찌 반가울 수 있겠는가.

세상이 아무리 좁다지만 실상은 달랐고, 중원은 넓었다. 그녀가 이곳으로 온 것이 우연이라고 하기에는 우스웠다.

게다가 그녀는 단여랑과 막부동을 찾아 헤맨 것처럼 말을 꺼냈다. 선자불래라는 말을 항상 뇌리 속에 두고 살던 막부동은 그녀가 필시 좋은 목적으로 나타나지는 않았을 거라 확신했다.

"해야 할 일이 있어서 왔어요."

"송구하지만 그 해야 할 일이 무엇인지 여쭈어도 되겠습니까?"

"아, 그건……."

단설리가 뭐라 말하려는 찰나, 객잔의 계단 쪽에서 소란이 일었다. 이윽고 덩치가 산만 한 장정 다섯 명이 앞 다투어 이 층으로 올라섰다.

그들의 모습을 본 단설리의 두 눈이 화등잔처럼 커졌다.

"어떻게 여기까지! 그, 그건 나중에 설명할게요! 우선 좀 도와주세요. 문제가 생겨서……."

단설리는 재빨리 자리에서 일어섰다.

"네년! 용케도 빠져나갔구나!"

험상궂은 인상의 사내들이 단설리를 발견하고선 욕설을 내뱉으며 다가왔다.

막부동이 한 발 앞으로 나서자 단설리는 재빨리 그의 등 뒤로 몸을 숨겼다.

"무슨 일이시오?"

막부동의 낮게 가라앉은 목소리에 사내들이 잠시 움찔했다. 무인으로 보이는 막부동의 체격에 순간 위축되었던 사내들은 그에게 무기가 없음을 확인하곤 곧 처음처럼 기세를 드높였다.

"그쪽에겐 볼일 없으니까 비키쇼. 우리는 저년만 잡아가면 되오."

"무슨 일인지 말하지 않겠다면 비켜줄 수 없소."

"이보쇼. 지금 우리 다섯을 상대라도 하겠다는 말씀이쇼?"

“못할 것도 없지.”

막부동은 전신에서 살기를 무럭무럭 피워 올렸다. 무공을 모르는 파락호 같은 자들에게는 지금처럼 살기만 조금 내보여도 주눅 들기 마련.

아니나 다를까. 다섯 명의 사내는 손에 든 몽둥이를 휘두르려다 찌를 듯한 살기를 느끼곤 뒤로 물러섰다. 무기가 없기에 만만한 자인 줄 알았는데…….

막부동이 두 팔을 들어올려 손을 쓰려던 찰나, 단여랑의 입이 조그맣게 열렸다.

“전주, 비켜줘. 그 계집한테 볼일이 있다 하잖아?”

모두의 시선이 탁자에 앉아 저금을 놀리고 있는 단여랑에게 향했다. 막부동의 뒤에 숨어 있던 단설리조차도 단여랑의 발언에 깜짝 놀라 고개를 돌렸다.

“소란이 이는 건 질색이야. 식사할 땐 개도 안 건드린다잖아? 조용히 식사하고 싶어.”

“들었수? 비키라잖아. 우리의 일이니 신경 쓰지 말라고.”

사내들이 다시 기세를 회복했지만 막부동은 움직이지 못했다. 옷깃을 꽉 움켜쥔 단설리의 손을 차마 뿌리칠 수가 없었다.

“도, 도와주세요!”

단설리는 불안한 눈으로 단여랑을 바라봤다. 단여랑은 그녀의 시선을 피한 채 식사를 계속했다.

“이년! 냉큼 이리 나오지 못해!”

사내들의 언성이 높아졌다. 그들은 손을 뻗으면 금방이라도 단설리를 잡아챌 것 같았다.

“도와달라고요!”

단설리의 외침에 단여랑은 행동을 멈추고 그녀를 직시했다.

“무공을 할 줄 알잖아?”

“…….”

단설리는 차마 말하지 못했다. 북해 사람이라면 누구나 무공을 익히고 있고 그녀 또한 마찬가지였지만 겨우 제 몸 하나 간수할 정도의 호신 무공 수준이었다. 거한의 사내 다섯을 상대하기엔 아무리 그녀라 해도 벅찬 건 사실이었다.

“도와… 주세요.”

단설리는 거의 울상이 되었지만 단여랑은 여전히 냉정했다.

“왜 도와야 해? 난 모르는 사람은 도와주지 않아. 시비라면 몰라도.”

“단여랑!”

보다 못한 막부동까지 가세했으나 단여랑은 흔들림이 없었다.

“도와주시면 반드시 보상하겠어요.”

단설리는 한가닥 지푸라기라도 잡고 싶은 심정이었다.

“믿지 못할 거짓말을 하는 사람과는 별로 약속하고 싶지
않아.”

“뭘… 하면 되죠?”

단여랑은 단설리를 올려다보았다. 반짝이는 두 눈동자에
는 장난기가 가득했다.

“해성폭에서 만났을 때를 기억해?”

“기억해요.”

“그럼 다시 대화를 해보지. 처음 날 만났을 때 뭐라고 했었
어?”

“새로 온… 시비라고.”

“누구의?”

“삼공자… 단여랑의…….”

“그래서 인정해?”

“네?”

“내 시비라고 말했던 것, 인정하느냐고.”

“이, 인정해요.”

단설리는 떨어지지 않는 입술을 간신히 떼어내며 말했
다.

“휴! 이제야 대화가 좀 통하는 것 같네.”

단여랑은 저금을 내려놓고 자리에서 일어섰다.

다섯 명의 사내는 지금의 상황을 전혀 아랑곳하지 않은 채
대화를 주고받는 단여랑과 단설리의 모습에 기가 막혔다. 결

국 막부동을 밀치고 힘으로 단설리를 제압하려던 사내들은 단여랑의 손길에 행동을 저지당했다.

"비키쇼! 그쪽한테는 볼일이 없다고 하지 않았수!"

"내가 저 계집의 주인 되는 사람인데, 내 시비가 그대들에게 무슨 잘못을 저질렀나?"

'나쁜 인간!'

단설리는 귓불까지 후끈거리는 느낌을 받았다.

"그러쇼? 그럼 잘됐구려. 시비가 잘못했으면 주인이 대신 책임을 져야지."

"무슨 잘못을 저질렀는지 물었다."

"그건 저년에게 직접 물어보쇼! 나원참, 기가 막혀서!"

단여랑의 눈이 단설리에게 향하자 그녀가 조심스럽게 입을 열었다.

"사실은 도박장에서……."

단여랑은 더는 듣지 않았다.

"얼마인가?"

돈의 액수를 묻는 단여랑의 말에 사내들의 험상궂던 표정이 싹 변했다.

"좀 큰 판이라서… 은자 열 냥이오."

단여랑은 단설리를 한 번 노려본 후 귀찮다는 듯 품 안의 전낭을 꺼내 사내들에게 건넸다.

사내들은 반색하며 얼른 전낭을 받아 들었다.

"쩝! 원래는 창기로 팔아먹으려 했는데, 주인 되시는 양반
도 좀 이해할 수가 없구먼. 아무리 반반한 얼굴이라도 시비
하나 때문에 은자 열 냥을 내놓으시다니……. 네년, 행동 똑
바로 하고 다녀!"

사내들은 단설리에게 일갈을 내뱉은 뒤, 중얼거리며 자리
를 벗어났다.

"휴! 살았다. 고마워요."

단설리는 놀란 가슴을 쓸어내렸다.

"배고파서 죽는 줄 알았네."

단설리는 허겁지겁 음식을 입 안에 쑤셔 넣었다.

"여자 혼자서 도박장에 들어가 은자 열 냥을 빚지고 그대
로 도망나오다니 배짱 한번 좋네."

"보기엔 쉬워 보였는데 생각보다 어렵더군요. 그리고 내가
뭐 도박장에 가고 싶어서 간 줄 알아요?"

"그럼 누가 강제로 끌고 가 돈 잃고 도망가라고 시켰나?"

"연락을 받기 위해서였죠."

단설리는 양 볼 가득 음식을 씹으며 중얼거렸다.

"연락이라니?"

"그쪽과 연락이 되는 사람은 요수라는 하오문도밖에 없잖
아요. 요수의 연락을 받기 위해 도박장에 간 거였고, 마침 돈
도 떨어져서 그만……."

막부동은 흠칫 놀라 단여랑은 바라봤다.

"요수를 알아?"

"도박장 출신 아니에요? 뭐, 지금은 하오문에서 나왔다고
는 들었지만."

단여랑은 단설리가 먹고 있던 음식 접시를 빼앗았다.

"무슨 짓이에요?"

"다시 묻지. 누가 보냈어?"

"지혜원주께서요."

"……."

홍자경은 절대 허튼짓을 할 사람이 아니다.

단설리가 야현의 딸이라는 것은 북해 사람이라면 모두가
아는 사실이 아니던가.

팔이 안으로 굽는다는 말은 헛말이 아니다. 몹쓸 자식이라
도 남보다는 제 가족을 챙기는 것이 이치가 아닌가.

그걸 잘 알고 있는 홍자경이 어리석은 판단으로 단설리를
이곳으로 보냈다? 믿을 수 없는 일이고, 믿겨지지도 않았다.

필히 단설리가 거짓을 말하거나, 아니면 홍자경이 미쳤거
나 둘 중에 하나이리라.

"요수를 어떻게 알았는지는 묻지 않겠어. 지혜원주가 나에
게 가라고 한 이유가 뭐지?"

"빙옥조에 가담하기 위해서죠."

"그렇다면 잘못 찾아왔네. 단우인은 현재 연안에 있어."

"우인 오라버니 때문에 나온 게 아니에요. 전 그쪽을 찾으러 온 거예요."

"날 찾아왔다? 중원에 나올 처지가 아니라는 건 알지 않아? 빙옥조는 애들 장난이 아니야. 유람이라도 나온 거라면 다른 곳을 알아봐."

단여랑은 자리에서 일어섰다.

"도움이 필요할 거라고 생각하는데요?"

"도움? 누구의 도움? 월영문의 도움 따위를 받으라는 말이야?"

"절 믿지 못하시는군요."

믿으라는 말 자체가 어불성설이었다.

단설리도 단여랑이 쉽게 믿지 않을 걸 예상했다. 단설리가 단여랑이었어도 믿지 않았을 게다.

하지만 무슨 수를 써서라도 믿게 만들어야 한다. 그녀가 확고히 마음을 굳힌 이상, 다시 마음을 바꿀 수도 없는 노릇이었다.

그녀는 심심풀이로 중원에 나온 것이 아니었고, 단여랑에게 하는 말 한마디 한마디도 장난은 아니었으니까.

"네 모친과 단우인도 이 일을 알고 있나?"

"모를 거예요. 하지만 지금은 알고 있겠죠. 월영문이 그쪽을 계속 따라다니고 있으니까."

단여랑은 단설리를 바라봤다.

막부동조차도 감지하지 못했던 월영문의 존재를 단설리는
알고 있다. 마치 처음부터 짐작이라도 했었던 듯.

반짝이는 혜안이 매력적인 여자다. 무공에는 소질이 없지
만 타고난 머리 하나로 가장 어린 나이에 지혜원에 들어갔다
고 하지 않았나.

단여랑과는 애매한 관계다. 남일 수도 있고, 피 한 방울 섞
여 있지 않은 동생일 수도 있고.

"그렇다면 네 가문에서는 아무런 조치도 취하지 않을 것
같아?"

"가족을 버린 패륜아라 여겨지겠죠."

태어난 지 얼마 되지 않은 핏덩이였을 때 월영문에 양녀로
들어갔다. 비록 정을 받고 자라진 못했지만 엄연한 월영문의
가족. 그녀는 지금 자신의 행동이 키워준 부모와 가문에 어떠
한 영향을 미치는지 알고 있다.

손가락질을 받아 마땅하고, 돌팔매질을 당해도 싸다.

그러나 단순히 생각한다면 월영문에 속해 있지만 깊게 생
각하면 그녀도 역시 북해빙궁의 일원임은 확실했다.

손가락질을 받으면 어떻고, 돌팔매질을 당하면 어떤가. 한
번 아니라고 생각한 일을 하면서 평생 후회하며 살 바엔 죽을
때 죽더라도 후회는 하고 싶지 않았다.

"나를 도와주려는 이유는?"

단설리는 쉽게 대답하지 못했다.

막부동은 그녀의 망설이는 모습에서 자신과 비슷한 점을 발견했다.

무엇이 그녀의 마음을 이쪽으로 돌리게 만든 것인가. 단여 랑과 겨우 두 번밖에 만나지 못했다고 하지 않았나.

하지만 알 수 있었다. 머리가 있는 사람이라면 생각하리라. 진정한 빙궁도라면 누가 궁주가 되어야 하는지 알고 있으리라.

그러나 이어지는 단설리의 말은 의외였다.

"시험해 보고 싶어요. 제 선택이 과연 옳은 것인지, 아니면 그른 것인지."

"단지 시험해 보고 싶기 때문에 날 도와준다? 내가 네 시험에 놀아나는 자로 보이나!"

단여랑의 음성은 싸늘했다.

'추, 추워!'

단설리는 소리없이 불어닥치는 한기를 몸뚱이로 고스란히 받아냈다.

'아까와는 달라! 뭐지?'

단여랑이 갑작스레 화를 내서가 아니었다.

도박장의 사내들이 그녀를 잡으러 왔을 때도, 배가 고파 허겁지겁 음식을 먹을 때도 느껴지지 않던 기운. 아니다. 느낄 새가 없다고 해야 옳은 말일 게다.

'음한곡에 다녀온 사람이라더니… 설마 저것이 음한지기?'

단설리의 어깨가 가늘게 떨렸다.

그녀는 단여랑의 기세를 읽었지만 누그러들 수는 없어 안간힘을 다해 그를 직시했다.

‘……!’

단여랑을 바라보던 단설리는 순간 깜짝 놀라 두 눈을 깜박였다. 한기가 몰아침과 동시에 단여랑의 머리카락에 변화가 생긴 것을 목격한 직후였다.

단설리는 잘못 본 게 아닌가 싶어 두 눈을 마구 비볐다.

‘역시… 잘못 본 거였어.’

너무도 순식간에 일어난 일이라 곁에 있던 막부동조차도 눈치 챌 수 없었다.

단설리는 호흡을 가다듬었다.

“비록 월영문에 거둬져서 자랐지만 제가 북해에서 살아온 햇수가 더 오래되었어요. 전 제가 북해빙궁도라는 사실을 한 번도 잊고 산 적이 없죠.”

“……”

“조부가 선택한 것은 그쪽이죠. 전 조부를 믿어요. 그가 선택한 일이라면 반드시 이유가 있을 거라는 것도.”

단설리는 고개를 숙였다.

월영문과 야현, 단우인에게도 전혀 관심의 대상이 되지 못하며 자란 단설리이지만 그녀에게도 정을 준 사람은 있었다.

그 유일무이한 사람이 바로 태상궁주 단학설이다. 그가 모습을 감춘 지 칠 년이 훌쩍 넘는 기간 동안 단설리의 마음 한 구석도 휑하니 뚫린 것 같았다.

막부동은 단여랑의 어깨를 툭 건드렸다.

어떻게 할 거냐는 물음이 담긴 눈빛. 막부동은 단설리의 행동에 전혀 거짓이 없음을 눈치 챘다.

단여랑의 고개가 단설리에게 다시 돌아갔다.

하오문의 요수가 떠나가 버렸으니 현재는 밀당의 도움이 절박한 상황. 하나 바라던 밀당은 오지 않고 의외의 인물인 단설리가 찾아왔다.

단설리의 말이 모두 사실이라 하더라도 단여랑에게는 그녀의 동행이 무거운 짐이 될 것은 분명한 일. 그가 말한 대로 월영문은 단설리를 용서하지 않을 테니까.

도움이 될지 안 될지는 모르지만 그녀의 머리가 필요하다. 홍자경이 보낸 정도라면 물론 거짓은 아니겠지.

"만약에 지금 이 자리에서 내가 너와의 동행을 거부한다면 넌 어떻게 되는 거지?"

단설리의 고개가 번쩍 치켜졌다.

"이 길로 월영문에 끌려가 감금을 당하던가, 심하면 죽을 수도 있겠죠."

"설마 딸자식을 죽이기야 하겠어?"

"그러고도 남을 사람들이에요. 알아요? 살수들은 원래 정이 없다는 것을."

"죽음을 각오하고 왔다는 소리군."

'그쪽이 거부할 리는 없을 테니까요.'

단설리는 목구멍까지 치솟는 말을 안으로 삼켰다.

"날 도와선 남는 게 없을 텐데?"

"그저 제 자신과의 약속이죠."

눈과 눈이 허공에서 부딪쳤다.

단여랑은 무심한 눈빛을, 단설리는 자신감이 가득 깃든 그런 눈빛이었다.

단여랑은 곧 고개를 가로저었다.

"믿음을 주기 위해 많은 준비를 한 것 같지만 절실함이 부족해. 한 가지만 더 묻도록 하지. 죽음을 각오하고 왔다던데, 죽을 고비를 겪어본 적은 있고?"

"……."

없었다. 여자 아이였기에, 무공과는 거리가 멀어 매일 책만 파고 살았기 때문에 온실 속의 화초나 다름없이 자랐다.

"죽을 고비도 겪어보지 않고 목숨을 걸겠다는 사람의 말은 믿을 수가 없지. 직접 겪어보는 것도 나쁘진 않겠군."

단여랑은 뒤도 돌아보지 않고 계단 쪽으로 걸어가기 시작했다.

단설리의 안색이 하얗게 탈색되었다.

"단여랑!"

막부동은 어떻게 해야 할지 난감했다.

단설리를 혼자 두고 가기엔 어딘가에서 지켜보고 있을 월영문이 걱정이었다.

'원주님…….'

"녀석이 거부를? 진심은 통하는 법이야. 진심이 담겨 있다면 녀석 또한 거부할 이유가 없지."

단설리는 오도에서 홍자경이 했던 말들을 떠올리며 씁쓸한 미소를 배어 물었다.

'이번은 원주님이 틀리신 것 같네요. 단여랑 저 사람, 생각보다 냉정해요.'

단여랑이 거절하지 않을 거라 장담했다. 그랬기에 뒤에 있을 월영문은 걱정도 하지 않았었다.

이제는 어찌해야 할까. 월영문의 압박 속에 순순히 끌려가야 하는 건가. 정녕 손가락질을 받고, 돌팔매질을 당하고……. 정이라고는 한 올도 없는 살수들로 인해 유명을 달리하게 될지도. 상상만 했던 최악의 상황이 실제로 재현될 줄이야.

죽음의 고비를 넘겨보았느냐고?

이제부터 당할 죽음의 위기를 만끽하게 되었으니, 그런 경험을 제공해 주었으니 고맙다는 말이라도 해야 할까?

　명색이 지혜원의 일원이라는 사람이 다른 사람에게 진심 하나 전달하지 못한대서야 어찌 지혜원으로서의 자격이 있다고 할 수 있나. 어디 가서 소문이라도 안 나면 다행이지.
　"후… 후후!"
　단설리는 곁에서 걱정스러운 눈으로 바라보는 막부동도 의식하지 못하고 실없는 웃음만 토해냈다. 그때였다.
　계단으로 사라졌던 단여랑이 반 각도 되지 않아 다시 모습을 드러냈다.
　"어때? 이제는 좀 느껴지는 것 같아? 다시는 목숨을 걸겠다는 말을 함부로 내뱉지 말도록 해."
　"……."
　생각보다 단여랑의 음성은 듣기 편안했다.
　"뭐 하고 있어? 전주, 단설리, 빨리 안 오면 그냥 나 혼자 가 버린다?"
　"……!"
　막부동과 단설리는 서로를 멀뚱히 바라봤다.

第六章
불필요한 희생

1

단태붕은 어이없는 실소를 머금으며 단우인을 바라봤다.

"줘봐. 내 눈으로 직접 확인하지 않고는 믿을 수가 없으니까."

단우인은 손에 들린 전서를 단태붕에게 넘겼다.

단태붕은 단우인을 한 번 노려본 후 전서로 눈길을 돌렸다. 전서의 내용을 읽는 단태붕의 표정이 시시각각 변하기 시작했다.

"조부와 단여랑 말고도 빙백신공을 알고 있는 사람이 있다니……. 왜 난 이 사실을 여태 몰랐을까? 넌 어떻게 이걸 알았고?"

“혹시나 해서 보리마군의 신원을 파악하던 중 그에게 딸이 하나 있다는 걸 알았지.”

“보리마군은 죽었다고 들었는데, 그렇다면 그의 딸도 죽어야 하는 게 아닌가?”

“딸은 분명히 살아 있어. 그렇지 않고서야 이런 전서를 들고 올 이유가 없지.”

예서하가 북해에서 빠져나간 후, 밀당은 그녀의 행보를 주시했다.

따지자면 삼 년 전부터 예서하는 밀당의 감시를 받기 시작했고, 지금도 벗어나지 못하고 있다. 물론 그녀를 감시한 사람들은 단우인 쪽의 밀당이었으니 단태붕이 모르는 건 당연했다.

“호오, 그렇단 말이군.”

단우인의 예상대로 단태붕은 진한 호기심을 드러냈다.

예서하의 존재는 오래전부터 알았지만 그녀가 빙백신공을 알고 있다는 사실을 안 건 얼마 되지 않았다.

그래서 주시했다.

그녀의 벽파일월편법 속에 가려진 기운은 빙공이 확실했고, 보리마군에게서 전수받은 빙백신공임이 분명했다.

의심할 여지가 없었다.

어느 누가 미쳤다고 보리마군의 딸인 예서하에게 빙공을 가르쳤겠는가.

"그래, 그 계집은 어디에 있는데?"

벌써부터 먹잇감을 노리는 맹수의 눈빛. 단우인은 단태붕이 예서하를 원하고 있다는 걸 알았다. 엄밀히 말하자면, 예서하가 아닌 빙백신공을.

"북해에 원한이 많은 계집이더군. 빙옥조가 시작되자 모습을 드러냈다고 해. 빙옥조에 대해 이것저것 캐묻고 다니기에 정보 좀 몇 개 흘려줬지."

"밀령을 흘렸다는 말인가?"

예서하에게 밀령을 흘려준 것은 사실이다. 어쩌면 그녀는 차후 단우인을 위한 좋은 미끼가 되리라.

"빙옥조의 위치를 찾는다는 소리라면… 곧 우리와 만나게 된다는 뜻이로군."

단우인은 고개를 끄덕였다.

단태붕은 턱을 괴고 생각에 잠겼다. 두 눈이 때론 커지기도 하고, 가늘어지기도 하고, 빙옥조와 빙백신공 둘 중 어떠한 것이 중요한지 제 딴에는 머리를 굴리며 고민하고 있을 게다.

북해를 빠져나온 지 한 달.

연안에 둥지를 튼 후 단태붕은 꼼짝도 하지 않았다.

그는 지혜원주로부터 전해 받을 밀령을 기다렸다. 그것으로 단우인이 머리를 굴려 장소를 알아내길 기다렸다. 두 기다림으로도 모자라 밀당을 시켜 빙옥조를 중원으로 옮긴 자를 밝히라는 명령을 내렸다.

　'필시 그 새만을 찾기 위해 빙옥조라는 전통이 생긴 것은 아닐진데…….'

　아무런 노력도 없이 결과만을 얻으려는 단태붕을 보며 단우인은 한심함을 느꼈다.

　동시에 그의 곁에 있는 귀령전 무인들마저 할 일을 잃었다.

　차라리 이러고 있을 시간에 귀령전 무인들과 단태붕 휘하에 있는 밀당을 시켜 빙옥조가 있을 만한 위치를 알아내는 것이 더 빠르지 않겠는가.

　그러나 단우인은 단태붕이 움직이지 않아 오히려 다행이었다.

　움직이게 된다면 위치가 계속 바뀌고, 그렇게 되면 단여랑과 조우하는 날은 점점 멀어지게 될 것이다.

　"내 생각은 좀 다른데?"

　단우인은 단태붕의 말에 귀가 솔깃했다. 하지만 겉으로 내색하지는 않았다.

　그의 입에서 무슨 말이 떨어질지 예상하고 있다. 그러기 위해 예서하의 존재를 가르쳐 준 것이니까.

　"굳이 빙옥조의 장소까지 찾아오게 할 필요가 있나?"

　'역시…….'

　단우인은 속으로만 웃었다.

　단태붕은 예서하를 데려오길 원한다.

그녀에게 빙백신공을 얻어내고 싶어 한다. 더불어 빙옥조는 단우인이 맡아 찾아내길 바라고.

"그 계집을 잡아오도록 하지."

"어려운 일은 아닐 거라 믿는다. 월영문의 천무심결이라면 반항할 새도 없이 제압할 수 있을 테니."

이제 모든 계획은 끝났다.

단태붕은 언제나 단순하게 생각하고 간단하게 일을 처리하는 형이다.

얼마 전, 성검문과 월영문이 단여랑의 앞에서 피 터지는 혈투를 벌였다는 소식을 듣지 않았더라면 예서하를 끌어들이는 계획도 필요가 없었을 게다.

단태붕은 놀랐다. 단우인 역시 놀랐다.

단여랑의 실력이 설마하니 그 정도일 줄은 예상치 못했다. 빙벽을 만들어 결계를 치고, 그 안에서 회오리를 일으켰다는 단여랑의 모습은 직접 들었음에도 불구하고 상상할 수 없었다.

단우인은 단태붕과 단여랑이 서로 만나길 원한다.

산 하나에 범 두 마리가 살 수는 없는 법, 싸움은 피할 수 없으리라.

우선은 실력이 비슷해야 한다. 보고대로 단여랑의 실력이 정녕 사실이라면 아무리 유리빙천검을 십성까지 연마한 단태붕이라도 안심할 수 없다.

그래서 생각해 낸 것이 예서하다.

그녀가 빙백신공을 단태붕에게 넘긴다면, 음한곡에서 삼 년을 버텨온 단여랑이라고 해도 고전을 면치 못하리라.

단태붕, 단여랑…….

두 사람의 괴멸을 원한다.

단태붕의 성격으로 보아 어느 한쪽이 죽을 때까지 싸울 것은 자명한 일. 만약 정말로 한쪽이 죽게 되더라도 남은 한 명 역시 회복할 수 없는 치명적인 부상을 입게 될 게다.

그 틈을 파고 들어간다는 것은 단우인에게 기회였다. 그들의 만남을 주선해 주는 것도 역시 그의 몫.

"빙옥조를 중원으로 옮긴 자가 누구인지 밝혀냈나?"

"밝혀냈나? 말이 험하군. 내 수하가 되길 자청했다면 더욱 공손한 말투를 배우도록."

단태붕의 음성은 한결 나긋해졌다.

예서하라는 수확물을 얻었으니 마음이 들떠 있을 것이다.

'아직 알아내지 못했군.'

빙옥조를 옮겨놓은 인물, 그자의 진술이라면 일은 수월해진다.

그때 문이 열리며 귀령전 무인 하나가 들어섰다. 무인은 단태붕에게 예를 갖춘 뒤, 귀령전주 유사야에게 재빨리 다가가 무어라 조용히 속삭였다.

귀령전주는 고개를 한 번 끄덕여 보인 후 단태붕에게 가까이 다가갔다.

"보고가 들어왔습니다."

"무슨 보고?"

"단설리 아가씨가 단여랑 쪽으로 합류했다는 보고입니다."

"뭣?!"

의자에 반쯤 누운 자세로 기대고 있던 단태붕이 놀라 벌떡 일어나 앉았다.

'설아를 불러올 작정이었나?

단우인은 단태붕이 자신도 모르게 단설리를 불러오려 했다는 사실을 단박에 알아챘다.

단태붕은 단우인을 매섭게 쳐다봤다.

"알고 있었나?"

단우인은 가볍게 고개를 저었다.

단설리가 단여랑에게 갔다는 사실은 금시초문. 이는 한 가지 사실을 더 의미하기도 했다.

단우인 쪽의 밀당이 단태붕 쪽의 밀당보다 정보를 전달하는 속도가 느리다는 것.

'재정비할 필요가 있겠어.'

단태붕은 분노가 역력한 표정을 숨김없이 드러냈다.

"가문이 아주 개판이로구나. 하나는 무인의 자존심은 아예 처음부터 없었던 듯 머리를 숙이고 수하를 자처하지 않나, 하나는 부모 형제 다 버리고 생판 남에게 갔다?"

단우인은 단태붕의 모욕적인 발언을 듣고도 인상 한 번 찌푸리지 않았다.

단설리가 단여랑에게 갔다는 사실은 조금 의외였다.

무엇이 부족했나. 월영문과 북해빙궁이라는 두 가지 힘을 어깨에 지고도 만족하지 못했던가. 아니면 그냥 단순한 장난에 불과한가. 매사에 사고뭉치로 소문난 그녀지만 이제 제법 철이 들 때가 되지 않았나.

"이래서 주워 온 자식은 개만도 못하다니까. 어쩔 거냐?"

단태붕은 유난히도 신경을 쓰는 듯했다. 단설리가 지혜원의 일원이라 더욱 그러할 게다.

그러나 단우인은 별로 신경이 가지 않았다.

어차피 필요없다.

단설리를 동생이라고 생각한 적이 한 번도 없었다. 그녀가 단여랑에게 간다고 해서 달라질 것은 하나도 없다. 이제 모든 일은 예정된 수순처럼 단우인의 계획대로 될 테니까.

지금은 그저 단태붕의 기분에 따라 보조를 맞춰주기만 하면 될 뿐.

"원하는 대로 해줄게."

"하! 동생 취급을 하지 않겠다는 소린가? 주워 온 놈이나, 기른 놈이나… 쯧쯧! 그래, 죽이라면 죽일 테냐?"

"별로. 아무런 감정이 들지 않아. 있으나마나 한 녀석이
야."

"그래? 좋아, 그럼 죽여봐. 후환은 미리미리 제거해 두는
게 좋지."

단우인은 고개를 숙여 보이며 단태붕의 명을 받았다.

월영문을 시키면 그만. 동생을 죽였다고 해서 어머니나 외
조부에게 질책을 받을 리는 없다.

월영문은 친혈육이라도 정을 떼어낼 때는 확실하게 떼어
낸다. 월영문 살수들이 처음 입문할 때 받는 교육의 하나이기
도 했다.

단우인의 두 눈에 몸을 앞뒤로 흔들며 하얗게 웃는 단태붕
의 모습이 들어왔다.

*   *   *

"세 번째 밀령은 왕(王)이에요."

"왕?"

"북과 강과 왕이라……. 점점 더 복잡해지는군."

단여랑과 단설리, 막부동, 세 사람은 머리를 맞댔다.

초봄의 따뜻한 바람도 이제는 사그라지고 중원은 여름을
맞을 준비를 끝냈다.

단여랑과 단설리는 중원에 날씨에 제법 적응했지만 평생

을 북해에 몸담아 왔던 막부동에게는 초여름의 날씨도 견디기 힘든 듯싶었다. 해가 중천에 떠 있는 오후에는 구슬땀 방울 마저 뚝뚝 흘려댔다.

"전주, 물가에서 세수 좀 하고 와. 잘 씻지 않아서 땀 냄새가 아주 배였네, 배였어."

막부동은 말없이 자리에서 일어나 물가로 걸어갔다.

단설리는 준비해 온 지도를 펼쳤다.

"현재 위치가 소구(小丘). 섬서성 북쪽에만 해도 고산(孤山), 쌍산(双山), 횡산(橫山) 등 큰 산만 여섯이에요. 산서성까지 합치면 열은 거뜬히 넘죠."

가느다란 손가락이 지도를 짚어 나갔다.

"우선 섬서성에 있는 산만 보자면, 강을 끼고 있는 산은 고산, 황산, 호첨산(胡尖山), 이 세 산이에요."

"왕이라는 밀령까지 더하자면?"

"북해에서 밀령을 받고 나오면서 계속 생각해 보았는데, 솔직히 왕이라는 밀령은 이해하기가 힘들었어요. 지역을 말함이라면 간단하게 답이 나와요. 이곳 보이죠?"

단여랑은 단설리가 손가락으로 짚은 곳을 들여다보았다.

"왕태(王台), 그리고 왕성자(王城子)."

왕태와 왕성자는 섬서성 북서쪽에 위치한 지역이다. 단여랑 일행이 있는 곳에서 북쪽 관도를 따라 가면 보름이라는 시일이 걸린다.

“가만히 봐요. 왕태와 왕성자. 이 두 지역의 가운데에 있는 강을 끼고 있는 산은…….”

“호첨산이군.”

“현재 가장 유력한 곳이죠. 연안 부근이에요. 낙하(洛河)를 건너가면 빨라요.”

단설리는 지도에서 눈을 떼고 상체를 들었다.

그녀가 생각할 수 있는 한계는 여기까지였다. 좀 더 알아내기 위해서는 네 번째 밀령이 나올 때를 기다려야 한다. 그녀의 예상이 맞길 바라겠지만 빙옥조가 그리 만만하다고는 생각지 않았다.

‘응?’

깊게 숨을 들이마시던 단설리의 예민한 후각에 상큼하고도 아련한 향기가 잡혔다. 익숙한 향기였다. 북해에서 유일하게 맡을 수 있는 향기.

‘설련초?’

단설리는 향기가 나는 곳을 찾기 위해 천천히 고개를 움직였다. 그러다 유독 강하게 향기가 나는 곳에 뚝 멈춰진 고개. 단설리는 깜짝 놀라 저도 모르게 턱을 당겼다.

향기의 근원지는 바로 단여랑이었다.

‘왜 이 사람에게서 설련초의 향기가……?’

단설리는 처음 해성폭에서 단여랑을 만났을 때의 일을 회상했다. 단여랑을 홀리기 위해 월영문 비기인 염혼색무를 펼쳤고, 보기 좋게 망신을 당했었다. 그때 단여랑이 불쑥 얼굴을 들이밀어 두 사람의 거리는 한 뼘도 채 되지 않았는데.

'아냐. 그때 만약 설련초의 향기가 났더라면 내가 기억 못 하고 있을 리 없어.'

설련초는 그녀가 가장 좋아하는 향기다.

은은한 향기는 오랜 세월 해성폭의 추억을 다시금 떠올리게 하는 소중한 것이었다.

단여랑은 아직도 지도를 들여다보는 것에 여념이 없었다.

담갈색의 피부가 매력적으로 느껴진 적은 처음이었다. 적당히 튀어나온 이마, 우수에 젖은 듯 반쯤 감긴 눈꺼풀, 미간을 타고 내려온 오뚝한 콧날. 남자의 옆 선이 이렇게도 예쁠 수 있을까.

어깨까지 내려오는 칠흑 같은 머리카락은 태양 빛을 받아 반짝거렸고, 간혹 바람결에 따라 흔들리기도 했다.

더불어 설련초의 향기까지…….

갑자기 지도를 보고 있던 단여랑의 고개가 그녀를 향해 홱 돌려졌다.

"너, 지금 뭐 해?"

"네, 네?"

언제 이렇게 가까워졌었나.

단설리는 자신이 단여랑에게 얼굴을 가까이 들이밀고 있

었다는 사실을 자각하지도 못했다.

"아, 아무것도 아니에요."

황급히 단여랑에게서 떨어진 단설리의 얼굴은 홍시처럼 빨갛게 물들었다.

"지금은 주어진 단서가 세 개밖에 없으니, 네 말대로 호첨산으로 방향을 잡는 게 가장 좋겠군. 그 안에 네 번째 밀령이 떨어질 수도 있으니까."

"…그래요."

단설리는 어색한 침묵이 싫었다. 물론 단여랑은 전혀 개의치 않은 채 지도를 보고 있었지만.

다시 지도로 시선을 가져간 단여랑의 고개가 갑자기 빠르게 단설리에게 돌려졌다.

"왜, 왜요?"

"쉿!"

"……?"

단설리는 순식간에 자신의 입을 틀어막은 단여랑의 얼굴을 보며 눈을 부릅떴다. 단여랑은 그녀를 바라보고 있지 않았다. 그는 눈동자를 낮게 깔고 좌측과 우측을 번갈아보았다.

그리고,

파앗!

등 뒤에서 흙바닥이 들썩인다 생각되는 순간, 그녀의 몸은 이미 공중에 붕 떠 있었다.

쉬익―!

모골을 송연케 하는 섬뜩한 음향이 귓가에 울린 순간, 단설리가 앉아 있던 자리에 눈부신 빛무리가 번쩍였다.

쿵!

"아앗!"

원래 앉아 있던 곳의 반대편 바닥으로 곤두박질친 단설리는 비명을 내질렀다. 하지만 예상치 못한 상황은 길게 비명을 지를 여유조차 주지 않았다.

쉬시쉉!

사방에서 검기가 난무했다.

단여랑의 한 손은 단설리의 뒷덜미를 움켜쥐었고, 다른 한 손에선 빙장이 터져 나갔다.

파바방! 따당땅땅!

빙장과 검이 부딪치는 소리는 마치 병장기끼리 충돌한 것처럼 둔탁한 음향을 자아냈다.

"내가 이럴 줄 알았지!"

단여랑은 단설리를 자신의 등 뒤로 밀착시키고 그녀의 두 팔로 목을 두르게 했다.

"꽉 잡아라. 다친다."

투웅―!

단여랑은 망설임없이 공중으로 몸을 띄워 한풍신비를 펼

쳐 냈다. 한풍신비는 경공으로도 사용하지만 각법(脚法)으로써의 위력도 발휘했다.

단여랑의 두 다리가 보이지 않는 속도로 움직였다.

단설리는 두 눈을 꼭 감았다.

공격한 자들이 누구인지는 보지 않아도 안다. 월영문은 진정 그녀를 죽이기로 결심했다.

'이젠 돌이킬 수 없어. 난 날 키워준 곳을 배반한 거야. 단여랑… 당신이 궁주가 되지 않는 한, 난 북해로 다시는 돌아가지 못해.'

단여랑에게 목숨을 맡기기로 했다. 빙궁을 나오면서 이미 결정한 거다.

단우인과 야현에게서는 관심조차 받지 못했고, 단태붕은 틈만 나면 그녀를 어떻게 해보기 위해 혈안이 되어 있었다.

이것도 저것도 확실치 않은 위치에 있다간 몸도 마음도 상처 입을 것을 알기에 단여랑을 따르기로 결정했다.

비슷한 사람…….

부모의 얼굴도 이름도 모르는 단설리와 친부모가 죽고 아무 데서도 따뜻한 정을 받지 못한 단여랑. 두 사람은 너무나도 닮아 있었다.

단여랑이 단설리 자신을 믿지 않아도 좋다. 그가 그녀를 내몬다면 어쩔 수 없지만 그렇지 않는 이상은 먼저 손을 놓지는 않으리라. 지금 이렇게 두 팔로 단여랑의 목을 꼭 두르고 있는 것처럼.

월영문이 내뿜는 살기와 단여랑에게서 풍기는 한기가 한데 버무려져 오한을 일으키게 했다.

차갑다. 차가운 사람. 그러나 마음만은 누구보다 따뜻한 사람.

정말 이 상황에서 이러면 안 되는 걸 알지만 단여랑에게서 나는 설련초의 향기를 맡으니 마음이 편안했다.

단우인이 아닌 단여랑이 오라버니였다면 얼마나 좋았을까. 지금과 같은 상황까지 치달리지는 않았겠지.

눈을 뜨고 싶지 않았다. 눈을 뜨면 피와 살점이 튀는 처참한 장면들을 목격할 것만 같았다.

어쩌다가 무림문파에 양녀로 들어가 그 세계와는 떼어낼 수 없는 관계가 되었지만 단설리는 무림과는 어울리지 않는 여인이었다.

싸움은 막바지에 치닫는 듯했다.

병장기 부딪치는 소리가 점차 줄어들고, 격한 움직임을 보이던 단여랑의 거친 숨소리도 누그러들었다.

타닥!

공중에서의 발길질이 끝나고 땅에 착지하는 느낌이 전달되었다. 단설리는 여전히 눈을 꼭 감고 있었다.

"상대도 안 되는 것들이 자꾸만 덤비네."

단설리는 단여랑의 등이 울리는 것을 느꼈다.

“이봐, 이제 그만 떨어지지 그래? 무거워 죽겠어.”

그녀는 단여랑의 목을 감았던 팔을 천천히 풀었다. 그때,

“단여랑!”

싸움이 이는 소리를 듣고 놀라 달려온 막부동이 멀리에서 크게 소리쳤다. 그의 음성에는 다급함 대신 보지 못할 것을 본 것처럼 놀람이 깃들어 있었다.

“너, 너, 너 머리가!”

“앗!”

조심스럽게 눈을 뜨던 단설리는 월영문에 공격을 당했을 때보다 더 당황해 비명을 질렀다.

“아, 이거? 그러니까 그게…….”

단여랑은 머쓱한 듯 아직도 은빛으로 빛나는 머리카락을 손으로 벅벅 긁었다.

막부동은 점심을 먹기 위해 잡아 온 토끼 두 마리를 손에서 놓치고 말았다.

“정확한 원인은 몰라. 진기를 끌어올리면 변하더군. 나도 이 사실을 알게 된 건 얼마 되지 않아.”

“정말 놀라워요. 사람의 머리카락이 이렇게 변할 수 있다니…….”

단설리는 점차 흑색으로 되돌아가고 있는 단여랑의 머리카락에서 눈을 뗄 수가 없었다.

"언제부터 그렇게 된 거냐?"

"글쎄, 아마도 무저지갱에서 나온 이후로 그런 것 같아. 그 때 요수와 사공필도 내 머리카락에 대해 이야기를 했었지. 아무래도 나중에 다비활의께 찾아가 봐야 할 것 같아. 그분이라면 알 수 있을 거야."

막부동의 굳어진 안색은 좀처럼 풀어지지 않았다.

마냥 신기해하는 단설리와는 달리 막부동의 얼굴은 어딘지 어두웠다. 무저지갱에서 기연을 얻고, 음한지기 덕분에 변색되어 가는 머리카락. 이 정도면 축하를 해줘야 마땅하지 않겠는가.

"전주, 얼굴 좀 펴. 누가 보면 꼭 화난 사람 같잖아?"

"단여랑… 북해빙왕이 타계하신 이유를 혹시 알고 있나?"

"그거야 모르지. 사람들은 북해빙왕의 업적만을 기억하고 신화적인 존재로 치켜세울 뿐, 정작 그의 죽음에 대해 언급하는 사람은 없잖아. 그런데 왜?"

"아니다. 아무것도."

"싱겁긴."

막부동은 남몰래 깊은 한숨을 내쉬었다.

"그나저나, 아까는 정말 고마웠어요."

단설리의 말에 단여랑은 피식 웃었다.

"설마했는데 정말 널 죽이려 작정하다니… 월영문은 인간들이 아니야."

“공격한 자들이 월영문인가?”

“이 계집애를 죽이려고 난리가 났더만.”

“그들이 쉽게 물러났나?”

“장난 좀 쳤지. 알다시피 월영문은 날 건드리지 못하잖아. 단설리를 향해 검을 뻗는 족족 내 목을 갖다 디밀었거든. 어쩔 거야? 지들이 날 죽일 거야? 결국엔 물러나더군.”

“……!”

단설리는 두 눈을 동그랗게 뜨고선 단여랑을 바라봤다.

“단설리, 안심한 표정 짓지 마. 저들은 언제고 널 죽일 기회만을 노릴 테니까. 잠잘 때랑 뒷간 갈 때 특히 조심해.”

“괜찮아요. 전… 천무심결 파훼법을 알아요.”

단여랑과 막부동의 시선이 단설리에게로 향했다.

“묻지는 마세요. 가르쳐 드리지 않을 거예요. 그동안 월영문에서 날 거둬주고 기른 데 대한 고마움을 이렇게만이라도 갚아야 하지 않겠어요?”

단설리는 옷을 툭툭 털고는 자리에서 일어섰다. 그녀는 크게 한숨을 내쉰 뒤, 아직도 앉아 있는 단여랑과 막부동을 보고 목에 힘을 주며 말했다.

“이제 가야죠. 빙옥조를 찾으러.”

왠지 힘이 솟는 단설리였다.

2

파라락—!

눈처럼 흰 옷자락이 나풀거렸다.

나무와 나무 사이를 자유자재로 넘나드는 가녀린 체구의 여인은 마치 하늘에서 내려온 선녀를 연상케 했다.

절정에 다다른 날렵한 신공을 선보이는 여인은 재빠르게 숲을 가로질러 달려갔다.

그녀의 뒤를 이어 십여 명의 흑의복면인들이 아주 은밀하게 움직였다. 노루 한 마리를 궁지로 몰아넣으며 잡기 위해 눈을 희번덕이는 승냥이 떼처럼.

그리고 이 광경을 멀리서 지켜보는 자들이 있었다.

"저 여인이 예서하인가요?"

"예, 그렇습니다."

묘선은 멀찍이서 예서하를 바라보며 감탄을 토해냈다.

"정말 예쁜 여자네요. 표정이 절대 변하지 않는 여인이라……. 오히려 그런 서늘함이 매력이군요."

묘선은 예서하의 모습을 잊지 않겠다는 듯 그녀의 모습이 멀리 사라질 때까지 뚫어져라 바라봤다.

"아가씨가 더 아름다우십니다."

"호호! 그런 말씀은 하지 않으셔도 돼요."

그러나 윤효광의 칭찬이 싫지 않은 듯 묘선은 입을 가리며 웃었다.

“보리마군의 벽파일월편법의 진전을 이은 여인입니다.”

“벽파일월편법… 들어본 적은 있어요. 백편 하나가 필요하겠군요. 준비해 주세요.”

“또 하나, 예서하는 듣지도 말하지도 못합니다.”

“장애인가요?”

“그렇습니다.”

“참, 주문도 많은 아가씨네. 오히려 잘됐네요. 말을 못하니 목소리가 들통 날 염려도 없고, 듣지 못하니 곤란한 질문 따위를 피할 수도 있고.”

“정말 괜찮으시겠습니까?”

“일만 처리하고 바로 빠져나올 생각인데요, 뭐. 길어야 사흘쯤 걸리겠죠.”

준비는 차근차근 되어갔다. 마라궁에서 만든 탄기분을 단여랑이라는 자에게 흡입시킬 준비.

접근은 용이치 않았다. 그래서 선택한 것이 단여랑의 측근으로 위장하는 것. 역용술의 지고한 경지에 다다른 묘선에게는 그리 어려운 일이 아니었다.

예서하의 얼굴을 보았고, 그녀의 생김새 하나하나까지 이미 머릿속에 저장되어 있다. 이제 남은 건 행동으로 옮기는 일뿐.

“그런데 저 여자가 단여랑이라는 자의 정인인가요?”

“사실 두 사람의 관계에 대해서 아는 바가 없습니다. 하지만 단여랑이 보리마군에게 빙백신공을 전수받을 때 그녀도 곁에 있었을 겁니다."

"흐음……. 뭐, 어차피 단여랑이라는 자가 대하는 태도를 보면 알 수 있겠죠."

"언제 떠나시렵니까?"

"백편이 구해지는 대로 바로 가도록 하죠. 망설일 필요가 있겠어요?"

"보고에 따르면 단태붕과 단우인이 예서하를 납치하려 한 다는군요."

"그거 잘됐네요. 진짜 예서하가 납치당하는 동안 가짜 예 서하라는 걸 들킬 염려는 없으니까. 밀당에 마라궁의 세작(細 作)을 심어놨다는 사실을 그 능가연이라는 여자는 죽었다 깨 어나도 모를 거예요. 호호!"

능가연뿐만이 아니다. 야현, 단태붕, 단우인, 그리고 밀당 의 사람들조차도 마라궁의 세작이 있을 것이라고는 꿈에도 상상하지 못하리라.

묘선이 빙옥조와 북해빙궁의 돌아가는 상황을 모두 전해 들으면서 쉽게 움직일 수 있는 이유였다.

"그런데 세 소궁주가 탐낼 정도로 저 여자가 가치가 있는 지 모르겠네. 빙백신공 때문에 그런 거라면 단여랑에게서 알 아내려는 게 목적이 아니었나요?"

"그건 저도 잘 모르겠습니다. 워낙 복잡한 인간들이라서."

"부모 자식 간이지만 어쩐지 단태붕과 능가연은 따로 노는 것 같은 기분이 들어요. 그것도 아니라면 단태붕과 둘째 소궁주, 단우인? 그 둘 사이에 문제가 있을 수도 있겠죠. 이만 내려가죠. 백편을 마련해야 하니까."

묘선은 몸을 돌려 마을로 향했다.

*　　　*　　　*

진도주(辰島主) 마영조(麻英棗)는 심성이 온화하고 어디에서도 잘 나서지 않는 조용한 사람이다.

북해 십이도주들 중에서도 그와 같이 온화한 성품을 지닌 자는 없었다. 남에게 싫은 말 한 번 내뱉지 않고, 피해 한 번 주지 않았다.

이상한 건 오백여 명이나 되는 진도 주민들도 대부분이 차분한 성격을 지녔다는 것이다. 오죽하면 진도 사람들은 도주를 닮았다는 말이 나돌았겠는가.

그러나 성품과는 다르게 마영조는 무공 실력이 뛰어났고, 무공이란 어느 때에 써야 하는지 잘 알고 있는 사람이었다.

일파의 군주로서는 제격. 장로회의 의견을 묻지도 않고 태상궁주가 직접 도주의 직위를 내린 자이기도 했다.

그는 매일 아침마다 녹차를 마시며 서책을 읽는 것을 즐겼다. 혼란스러운 북해도와는 대조적인 풍경을 자아내며 오늘도 마영조는 이른 아침의 편안한 휴식을 취했다.

서책의 말미를 읽어가던 그는 다른 서책을 꺼내기 위해 책장으로 다가갔다.

오늘따라 유독 책장 귀퉁이에 꽂혀 있는 낡은 서책에 눈이 갔다. 마영조는 그것을 꺼내기 위해 책장에 손을 얹었다.

"진도주 마영조, 나이 마흔다섯. 빙백한지의 달인이더군. 맞나?"

낮게 가라앉은 목소리. 살갗을 파고드는 찌를 듯한 살기.

마영조는 뒤돌아볼 수가 없었다.

낯선 자가 서재에 들어올 때까지 눈치를 채지 못했다는 점. 침입자는 마영조보다 한 수 위의 고수임이 분명했다.

"뒤로 돌아."

마영조는 천천히 뒤로 돌았다. 낡은 서책을 손에 든 채.

침입자는 단 한 사람이었다. 흑의 복면을 깊게 눌러써서 누구인지는 파악되지 않았지만 마영조는 복면인이 북해 무인이라는 사실을 알 수 있었다.

두꺼운 옷을 입지 않고서는 한시라도 버티기 힘든 이곳 북해. 얇은 흑의 한 장을 걸치고도 몸에 아무런 이상을 보이지 않는 사람이니 필시 북해의 인물. 옆구리에 검을 차고 있는 것으로 보아 그가 어디 소속인지는 어렴풋이 짐작할 수 있었다.

"같은 북해 사람인 것 같은데 복면을 한 이유가 뭔지 궁금하구려."

"훗! 괜히 떠볼 생각은 하지 마라. 넌 내 질문에 대답만 하면 돼."

"대답하는 것은 어렵지 않으나, 매일 서책이나 들여다보는 자에게 무엇이 궁금한 게요? 해박한 지식을 가지진 않았으나 역사에 관한 질문이라면 얼마든지 대답해 주리다."

"질문에 똑바로 대답만 한다면 목숨은 살려주겠다."

"허허! 목숨을 걸어야 할 만큼 공부가 중요한 게요? 대단한 열성을 지닌 분이시구려."

복면인은 마영조의 말에 눈썹 한 올 까닥하지 않았다.

"석 달 전, 진도를 비운 적이 있더군."

"가끔 일이 있을 적에는 비우곤 합니다만?"

"빙옥조를 어디에 두었는지 말해라."

"빙옥조라니… 우리 북해빙궁의 영물이 아니오? 그걸 내가 어디에 감춰두기라도 했다는 말이오? 무슨 소리인지 도통 모르겠소이다."

복면인은 빙옥조의 위치를 캐내기 위해 마영조를 찾아왔다. 마영조가 빙옥조를 옮긴 장본인이라는 사실을 어떻게 알았을까.

태상궁주에게 명을 받아 빙옥조를 옮기는 데에는 여러 가지 부수적인 요소가 따른다.

첫째, 목숨을 걸어야 한다는 것.

마영조는 북해 무인. 북해를 위해서라면 언제라도 목숨을 바칠 각오가 되어 있다.

둘째, 입이 무거워야 한다는 것.

고문받을 때를 대비해야 하기 때문에 입은 천 근 무게의 쇳덩이라도 달아놓은 듯 무거워야 한다. 비밀을 죽을 때까지 안고 갈 수 있는 자.

태상궁주의 신임을 받은 마영조다. 차분하고 조용한 성격의 그는 부러질지언정 구부러질 사람은 아니었다.

그리고 마지막은 가족이 없어야 한다는 것.

마영조는 부모를 일찍 여의고, 일가친척 하나 없다. 혼인도 하지 않았으니 지켜야 할 가족 또한 없었다.

세 가지 조건을 모두 충족시키는 마영조는 빙옥조를 옮길 수 있는 사람으로 아주 적합했다.

"후후! 그렇게 나올 줄 알고 조사를 좀 했지. 빙소화(氷素花)라는 여자를 알고 있나?"

'……!'

마영조는 하마터면 고함을 내지를 뻔했다.

"연공실로 끌고 가 겁간. 충격에서 헤어 나오지 못한 빙소화는 자결을 택했더군. 한 여인의 인생을 무참히 짓밟고 결국 죽음까지 몰고 간 당신은 살인자야."

'어떻게 그것까지!'

스물일곱, 늦은 나이에 찾아온 첫사랑.

빙소화는 마영조의 모든 것이었다.

어렸을 때부터 가깝게 지내며 싹터온 우정은 어느새 사랑으로 변했다. 그러나 불행하게도 사랑의 열병은 마영조에게만 해당하는 것이었다. 빙소화는 그를 친구 이상으로 생각하지 않았다.

혈기가 왕성한 나이. 강제로 겁탈이라도 하면 빙소화가 자신을 사랑하게 될 줄로만 알았다.

비뚤어진 사랑이었다.

단 한 번의 그릇된 판단은 가장 소중하고 사랑하는 사람을 자결로 몰아넣는 결과를 낳았다.

죄책감에 못 이겨 오랫동안 술로 방탕한 세월을 보내던 마영조는 마침내 자결할 마음을 먹었다. 죽은 빙소화를 따라가 저승에서라도 용서를 구하고 싶었다.

그때 북해도 절벽에서 죽으려 했던 마영조를 발견한 사람은 다름 아닌 태상궁주 단학설이었다. 단학설의 거듭된 회유과 권유로 다시 마음을 바꾼 마영조는 그날 이후로 무공에만 매진했다.

술을 끊고 책을 들었다. 말문도 닫았다. 아무리 화가 나는 일이 있어도 웃었다.

그랬는데……. 그 일은 태상궁주만이 알고 있다고 생각했었는데!

"흐, 흐흐! 흐하하하!"

마영조의 허탈한 웃음소리가 서재에 울렸다.

"착한 사람인 양 거짓의 탈을 쓰고 진도 주민 오백여 명을 농락했지. 이 사실을 알게 되면 주민들이 과연 어떠한 표정을 지을지 궁금하군."

마영조는 웃음을 뚝 멈추곤 복면인을 직시했다.

"내가 빙옥조의 위치를 말해줄 것 같소?"

"말을 하면 넌 두 가지를 얻게 되지. 빙소화의 일이 영원히 묻혀지는 것. 그리고 네 목숨."

"이보시오, 복면인 양반. 내가 빙옥조를 옮긴 장본인이라는 걸 알고 찾아왔다면 내가 어떻게 빙옥조를 옮기는 사람이 되었는지도 알겠구려."

"……?"

"빙옥조를 옮기는 사람은 죽음을 두려워하지 않지. 빙소화의 일이 영원히 묻힌다고 하셨소? 그렇다면 내가 거절하겠소이다. 그토록 사랑한 여인인데 어찌 영원히 묻히게 하겠소이까? 그러므로 당신이 내건 흥정은 아무런 소용이 없구려."

"어리석은……!"

복면인은 손을 검으로 가져갔다.

스르릉—!

피할 수 없는 죽음. 목숨 따위엔 미련이 없다. 아니, 오히려 잘되었다. 이제라도 빙소화에게 갈 수 있으니까. 그녀에게 용서를 구할 기회가 주어질 테니까.

그동안 새로운 삶을 살게 해줬던 태상궁주가 고마웠다. 그리고 그에게 죽는 순간까지 충성을 다하기로 맹세했다.

서책을 움켜쥔 그의 얼굴엔 편안한 미소가 떠올랐다.

순간 두 눈을 부릅뜬 마영조는 복면인을 직시했다. 복면인은 검을 허공에 휘둘렀다. 검이 베고 간 자리에 빛이 이는가 싶더니 곧 투명한 얼음막이 생성되었다.

찌직! 찌지직…… 파앙!

‘……!’

무수한 얼음 조각들이 마영조의 몸에 틀어박혔다. 전신이 불에 덴 듯 뜨거웠다. 그리고 머지않아 차디찬 일호의 강물에 알몸으로 빠진 것처럼 한기가 몰아닥쳤다.

마영조의 몸은 금세 허물어졌다. 손에는 여전히 서책을 들고.

마영조의 서재를 빠져나온 복면인은 의외의 인물과 마주쳤다.

구부정한 허리, 앙상한 얼굴에 검버섯이 덕지덕지 있는 한 노인. 복면인이 알기론 그는 오도의 얼음 깎는 노인이 분명했다.

“쯧쯧!”

홍자경은 복면인을 보며 혀를 찼다.

복면인도 피하지 않았다. 자신을 본 인물이 있다면 죽여 버리면 그만.

스릉!

한기가 채 가시지 않은 검이 검집에서 몸을 드러냈다.

"날 죽이게 되면 밀령은 받지 못할 걸세."

순간 복면인이 멈칫했다.

"지혜… 원주?"

오로지 태상궁주와 장로들만이 알고 있는 지혜원주.

변절한 장로들은 홍자경이 지혜원주라는 사실을 떠벌리고 다니지 않았다. 그것은 서로 간의 약속이기도 했지만, 홍자경의 정체가 발각되면 지혜원 또한 흔들리게 된다.

빙옥조를 겨루기 위해선 지혜원의 머리가 절실히 필요할 터. 장로들은 자신들의 무덤을 스스로 파는 행동을 하지 않았다.

복면인은 의외라는 듯 눈살을 좁혔다.

"인과응보(因果應報)라. 자네가 누구인지는 모르나 언젠가는 오늘의 죗값을 톡톡히 받을 걸세."

철컹!

복면인은 다시 검을 집어넣었다.

"운이 좋군, 늙은이. 지혜원주라는 방패가 언제까지 유용한지 두고 보도록 하지."

그는 뚜벅뚜벅 걸어가 지혜원주의 곁을 스쳐 지나갔다.

홍자경은 복면인이 그대로 가도록 내버려 두었다.

더는 자신이 지혜원주라는 사실을 숨기지 않았다. 알릴 필요가 있었다.

북해빙궁에 남아 있는 귀령전과 빙령전 무인들이 많이 알면 알수록 좋았다. 그래야 밀당부주 탁산이 해도에서 마음 놓고 활동할 수 있으니까.

오늘부터 귀령전과 빙령전 무인들의 이목은 오도의 홍자경에서 떨어지지 않으리라.

홍자경은 문이 활짝 열려져 있는 마영조의 서재에 들어섰다.

"쯧쯧쯧!"

그는 서재 한구석에 싸늘한 시신이 되어버린 마영조를 바라보며 고개를 가로저었다.

마영조의 몸에 틀어박혔던 얼음 조각은 이미 녹아내렸기에 홍자경은 복면인이 어떠한 수법으로 마영조를 죽였는지 파악할 수 없었다. 물론 빙령전 또는 귀령전, 둘 중에 하나겠지만.

홍자경은 마영조의 시신을 반듯하게 눕혔다. 두 손을 가슴께로 얹어 편안한 자세로 만들었다.

"이왕 죽을 거면 싸워 보고나 죽을 것이지, 죽는 마당에 서책은 왜 이리 움켜쥐었누."

마영조의 손에 들린 서책을 빼내려던 홍자경의 두 눈이 크게 뜨였다.

"으음! 이것은!"

낡은 서책의 겉면은 뻥뻥 뚫렸다. 너덜너덜한 탓에 무심코 스칠 수도 있었다.

그러나 홍자경은 뻥뻥 뚫린 구멍들이 무엇인지 알았다.

귀(鬼).

서책의 겉면엔 '귀'라는 글자 하나가 음각되어 있었다. 그리고 그것은 빙백한지의 달인이었던 마영조가 지법으로 남긴 글자라는 것.

"귀… 귀령전. 유리빙천검에 당했군. 죽는 순간까지도 이렇게……. 자네는 북해빙궁의 진정한 무인이었네. 편안히 가게나."

홍자경은 부릅 뜨여진 마영조의 두 눈을 감겨주었다.

*　　　*　　　*

"헤헤! 이것 좀 보시구랴. 오늘 나온 물건인데 질이 좋아서……."

단여랑 일행이 다시 저자로 나왔을 때 한 사내가 그들의 앞을 막았다.

머리 높이까지 오르는 봇짐을 잔뜩 등에 진 그 사람은 노점없이 길거리에서 행인을 붙잡고 물건을 파는 비단 장수였다.

좁고 뾰족한 턱의 염소수염이 마치 간신배처럼 자라 사람 등이나 쳐먹고 다니는 전형적인 사기꾼의 인상이었다. 등에 멘 비단은 만져 보지 않아도 나쁜 재질로 만들어졌다는 걸 한눈에 알 수 있었다.

"저리 비키시오. 갈 길이 바쁘오."

막부동이 전면으로 나섰지만 사내는 물러서지 않았다.

"한번 보시고 결정하시구랴. 닷 냥에 드리겠수다. 내 거저 주는 것이나 마찬가지라니까."

사내는 막부동의 두꺼운 팔뚝을 잡으며 매달리는 지경에 이르렀다.

모르는 사람이 본다면 돈 좀 있어 보이는 손님을 놓치지 않기 위해 필사적으로 매달리는 것 같았지만 사내의 입에서는 의외의 말이 튀어나왔다.

"누가 단여랑이오?"

귀를 기울이지 않으면 듣지 못할 아주 작은 음성이었다. 순간 막부동의 눈동자가 단여랑에게 돌아갔다.

"일단 보기나 하시라니까! 품질을 보장하오이다."

사내는 다시 언성을 높였다. 그리고는 바닥에 봇짐을 내려놓고 가장 맨 위에 있던 비단을 단여랑에게 건넸다.

"보아하니 연인 같은데, 여자 분에게 하나 사주시구랴. 한 번 보서! 이걸로 말할 것 같으면……."

사내는 단여랑의 두 팔 위에 있는 비단을 펼쳤다. 비단 속에 누런 종이 한 장이 보이는가 싶더니 단여랑의 소매 속으로 사라졌다. 너무 순식간에 일어난 일이라 곁에 있던 단설리조차도 알아채지 못할 정도였다.

종이가 소매 안으로 들어간 것을 확인한 사내는 비단을 접으며 다시 큰 목소리로 외쳤다.

"흥! 돈이 없으면 보여 달라고나 하지 말지. 됐수! 가보쇼. 이거야 원, 일진이 이렇게 사나워서야."

봇짐을 다시 등에 짊어멘 사내는 투덜거리며 다른 쪽으로 발길을 돌렸다.

"손이 빠른 걸 보니 배수(扒手:소매치기)인가 봐요. 뭐라고 적혀 있어요?"

단여랑은 소매에서 종이를 꺼내 펼쳤다.

깨알 같은 작은 글씨는 요수에게서 전해진 마지막 서신. 다른 때보다 많은 내용이 적혀 있었다.

단여랑은 서신의 내용을 쭉 훑어보다가 마지막 글귀에 시선을 가져갔다. 그의 안색이 급격히 어두워졌다.

궁금증을 참지 못한 단설리가 그의 손에 들려 있는 서신을 빼앗아 소리 내어 읽어나갔다.

"단태붕과 단우인이 있는 장소는 연안……. 성검문이 일을 꾸미고 있으니 조심하라? 그건 당연한 것 아니에요? 흐음! 빙옥조를 옮긴 사람은 진도주 마영조. 귀령전에 피살… 헉!"

단설리는 놀라 손으로 입을 막았다.

사람이 죽었다. 그것도 북해 내에서.

진도주는 그녀도 익히 알고 있는 사람이었다. 빙옥조를 직접 옮긴 사람이라는 사실도 놀라웠지만 그의 죽음은 또 다른 의미를 안겨주었다.

빙옥조는 소궁주 세 사람만의 일이 아니라는 것을. 궁주 하나를 뽑기 위해 북해빙궁의 모든 사람들이 빙옥조에 가담하고 있고, 그 첫 번째 희생자가 나왔다. 희생자는 앞으로 더 많이 나오게 될 것이며, 죽음이라는 말은 이제 남의 일이 아니었다.

직접 피부로 느껴본 죽음의 공포. 싸움은 시작되었다.

단설리는 격하게 떨려오는 심장을 지그시 누르며 계속 서신을 읽어 나갔다.

"밀당부주 구출. 부주는 해도로… 엇!"

밀당의 이야기가 나오자 잠자코 듣고 있던 막부동이 귀를 세웠다.

"무슨 이야깁니까?"

"변절하지 않은 밀당의 인원들을 찾고 있대요. 모이기만 하면 밀당의 힘을 빌릴 수 있을 것 같아요."

좋은 소식이었다. 이제는 요수와 노대호의 힘을 빌리지 않
고서도 쉽게 움직일 수 있다.

막부동은 안도의 한숨을 내쉬었다.

단설리는 아직도 굳어진 얼굴을 한 단여랑을 보며 고개를
갸웃거렸다.

"진도주의 일은 안됐지만 밀당부주… 이렇게 좋은 소식이
들어왔는데 표정이 왜 그래요?"

"……."

"정말 이상한 사람이야."

서신의 맨 아래 글귀로 시선을 가져간 단설리는 의아함을
감추지 못했다.

"예서하 위치 파악 불가… 예서하? 예서하가 누구죠?"

처음 들어보는 낯선 여인의 이름에서 단설리는 왠지 모를
불안함을 느꼈다.

"보리마군의 딸입니다."

"보리마군의 딸이라고요? 그런데 왜……!"

단설리는 말을 이을 수 없었다.

단여랑이 벌써 저만치 걸어가고 있었기 때문이다.

第七章

의문의 여인

1

섬서성 북동과 남서를 경계 짓는 낙하(洛河).

단여랑 일행은 요수에게서 마지막 전서를 받고 열흘이 지나서야 이곳에 도착할 수 있었다.

그들의 목적지인 호첨산으로 가려면 낙하를 반드시 건너야 한다. 육로로 통하는 길도 있긴 하지만 북서쪽 끝까지 올라가 돌아가야 하니 배를 이용하는 편이 훨씬 빨랐다.

낙하를 건너면 단태붕과 단우인이 있는 연안 지역에도 갈 수 있다. 호첨산과 연안의 거리는 불과 이백오십 리. 부지런히 이동하면 오 일 안에 갈 수 있는 거리다. 단여랑 일행은 북서쪽으로 방향을 잡았다.

단여랑은 강가에 서서 선착장을 벗어나는 배들을 바라봤
다.

시선은 강에 두었지만 그의 머릿속엔 요수가 보내온 마지
막 전서의 내용으로 가득했다.

밀당의 도움.

조금은 어려운 일이 아닐까 생각도 했었다.

본디 빙옥조가 시작되면 밀당은 빙옥조 참가자 모두에게
공평한 정보를 전달해 주어야 마땅하다. 그러나 세 사람에게
주어지는 정보는 모두 달랐다. 자신에게는 정보조차 보내지
않았다.

밀당부주가 밀당의 그런 부정적인 행위를 지켜보고만 있
었을까? 여기엔 알지 못할 속사정이 숨어 있다.

자의로 혹은 타의로 탁산의 관심이 자신에게 향했지만
그러기까지 참으로 많은 우여곡절을 넘겼을 것이라 짐작한
다.

탁산이 도와준다면야 두말할 나위 없이 좋겠지만 흩어져
버린 밀당원들을 찾는 것은 아마도 힘든 일이 될 게다.

그리고 첫 번째 희생양이 등장했다.

단지 빙옥조를 옮겨놨다는 이유로 죽임을 당한 진도주 마
영조. 그의 죽음에 애도를 표한다. 앞으로 얼마나 많은 희생
자가 늘어나게 될지는 모르겠으나 억울하게 죽임을 당한 자
들을 위한 복수는 확실히 해둘 작정이다.

마지막으로 예서하. 그녀가 걱정이다.

예서하가 빙백신공을 알고 있는지 모르고 있는지는 알 수 없다.

삼 년의 세월은 예서하라는 존재가 단태붕과 단우인의 귀에 들어가고도 남을 시간이다.

밀당의 눈이 따라다니고 있기에 안심할 수 없다. 설혹 그녀가 빙백신공을 모르고 있다 하더라도 그들은 최소한 고문을 가하고도 남을 인간들이다.

스승으로 생각하는 보리마군의 딸이 놈들의 손에서 놀게 놔둘 수는 없다. 그렇게 된다면 보리마군의 희생이 아무런 의미가 없게 되지 않겠는가.

동정? 동정이면 어떤가. 사람 목숨이 달려 있는데 이것저것 잴 여유가 어디 있는가.

예서하의 표정 없는 얼굴을 떠올리면 가슴이 아파온다. 자신의 아비가 죽을 것을 뻔히 알면서도 애써 담담한 척했던 그녀가 가엽다.

요수에게 한 부탁 중에 가장 기대했던 것이 바로 예서하의 소식이었거늘……. 정녕 그녀를 찾을 수 없는 것일까.

"연안은 피할 거죠?"

단설리가 조심스럽게 물었다.

"단태붕과 단우인은 연안에서 한 발자국도 움직이지……."

"그래서?"

"네?"

"그게 나와 무슨 상관인데?"

단여랑의 싸늘한 시선에 단설리는 순간 할 말을 잃었다.

"아니… 제 말은, 만약 혹시라도 부딪치게 된다면……."

"부딪치면? 난 나고, 녀석들은 녀석들이야. 볼일이 있다면 연안으로 가겠지만 안타깝게도 난 녀석들에게 볼일이 없어."

단여랑은 차가운 말을 내뱉고는 선착장이 있는 곳으로 걸어갔다.

"저 사람, 도대체 왜 저러는 거예요?"

원래 냉담한 사람인 줄은 알고 있었지만 단설리가 보기에 요 며칠 사이 단여랑의 행동은 변해 있었다.

심경의 변화라도 있는 걸까.

생각해 보았지만 답은 찾을 수 없었다. 오직 걸리는 게 있다면 요수가 보내온 전서의 마지막에 적힌 예서하 이야기.

단여랑이 여자 때문에 심경이 변화했다?

웃기는 소리였다. 적어도 단설리가 알고 있는 단여랑이라면 자신의 앞날을 위해 달려갈 사람이지, 여자에 얽매일 사람은 결코 아니었다.

"원래 저렇다는 건 잘 알고 계시지 않습니까?"

"아니에요. 무엇 때문에 그런지 모르겠지만 지난 열흘 동안 좀 이상해요. 사나워졌다고 해야 할까요?”

“곧 괜찮아지겠지요.”

그렇게 말했지만 막부동도 의아하긴 마찬가지였다.

단여랑은 자신이 정작 중요한 일을 신경 쓰고 있지 않다는 것을 깨달았다.

성검문이 사라진 것은 단지 월영문 때문일까? 아니면 단여랑을 죽이는 일을 포기한 건가?

둘 다 아니다.

단태붕의 성격이라면 성검문도들을 모두 동원하는 한이 있어도 단여랑을 죽이려 할 게다. 월영문의 천무심결이 지고한 경지의 은신술이라 해도 성검문의 광참검법을 무시하지는 못한다.

단여랑을 죽이기에 앞서 그 두 문파 역시 서로를 공격해야 하는 상황.

그런데 성검문이 물러났다는 이야기는 다른 무언가 속셈이 있다는 말과도 같았다.

‘성검문은 월영문을 피한 후 모습을 감췄다. 능가연은 가만히 보고만 있을 여자가 아니지.’

능가연은 빙옥조보다 빙백신공에 관심이 많았다.

빙백신공을 알고 있는 사람은 태상궁주와 단여랑 단둘. 그리고 추측이지만 또 한 사람, 예서하.

능가연은 태상궁주를 건드릴 수 없다. 그렇다면 태상궁주에게 겨누어질 화살이 단여랑에게 돌아와야 마땅하지만 성검문은 사라졌다. 그렇다면 남은 한 사람은 예서하뿐.

아니다. 만약 예서하가 빙백신공을 알고 있다면 태상궁주가 그녀를 순순히 놓아주었을 리 없다.

단여랑은 그렇게라도 생각하고 싶었지만 마음이 불편한 것은 어쩔 수 없었다.

'능가연, 그 여자에게 다른 속셈이 있을 게 분명해. 과연 어떤 방법으로 접근하려는지 지켜보도록 하지.'

단여랑은 배를 타기 위해 줄 서 있는 사람들의 뒤에 가 섰다.

저만치에서 자신을 바라보곤 뭐라 중얼거리며 다가오는 단설리와 막부동의 모습을 본 단여랑은 고개를 돌렸다.

선착장은 많은 사람들로 붐볐다.

분주하게 움직이는 모습이지만 단여랑에게는 느린 영상처럼 느껴졌다.

무거운 짐을 배 안으로 옮기는 사람들, 조금이라도 더 깎아보려 선주와 뱃삯을 흥정하는 사람들, 선착장 부근에 노점을 세워놓고 장사를 하는 사람들. 만남과 헤어짐. 작다면 작다고 할 수 있는 이 공간 안에서 많은 일들이 벌어지고 있었다.

무의식적으로 고개를 돌린 단여랑의 눈에 무언가가 잡힌 것은 그때였다.

눈부시도록 흰옷을 펄럭이며 배에 오르는 아름다운 여
인…….

흰옷? 여인?

'……!'

단여랑의 눈이 번쩍 뜨였다.

눈에 익은 체구와 뒷모습, 전혀 낯설지 않은 얼굴. 단여랑
은 한눈에 그 여인이 누구인지 알 수 있었다.

'예서하!'

심장이 덜컥 내려앉았다.

가슴이 방망이질을 거듭했다. 더는 생각할 여유가 없었다.
머릿속으로 요수가 보낸 전서의 내용이 빠르게 스쳐 갔다.

예서하, 위치 파악 불가.

하오문조차도 찾지 못했던 여인.

파앗!

단여랑은 자리를 박차고 섬전처럼 몸을 날렸다.

"이봐요! 그 배는 연안 방향으로 가는 거란 말이에요!"

뒤에서 단설리가 고함을 질렀지만 단여랑의 귀에는 들리
지 않았다.

'예서하가 분명해!'

선착장과 이십여 장의 거리가 단숨에 좁혀졌다.

예서하라 짐작되는 여인은 단여랑이 빠르게 뛰어오는 것
도 모르는지 차분한 행동으로 배에 올랐다.

"이, 이보쇼! 배를 타려면 돈을……!"

딸그랑!

단여랑은 선주에게 뱃삯을 던지듯 내주고 배 위로 뛰어올
랐다.

"……."

가쁜 숨을 몰아쉬는 그의 두 눈에 갑판에 기대어 서 있는
여인이 들어왔다. 숨을 고른 단여랑은 여인을 향해 뚜벅뚜벅
걸어갔다.

'서하가 맞아!'

뒤로 돌아 갑판에 기대고 있는 여인의 뒷모습이 예서하와
많이 닮았다. 아니, 그녀가 맞다. 점점 가까워질수록 예서하
가 맞을 거라는 생각은 점차 확신이 되어갔다.

단여랑은 여인의 뒤에서 우뚝 걸음을 멈췄다. 팔만 뻗으면
그녀를 만질 수 있다.

"예서하?"

묵묵부답. 아무런 반응이 없었다. 여인은 들리지 않는 듯
하염없이 강만 바라보고 있었다.

예서하가 맞다.

찾을 때는 없더니 포기하려 하자 그의 앞에 나타났다. 중원
의 무수한 사람들 속에서, 평생 어깨 한 번 스칠까 말까 하는

게 인연이라던데…….

한번 맺은 인연은 쉽게 끊어지지 않고, 만날 사람은 반드시 만난다더니 결국은 만나게 되었다.

다행이었다, 단태붕보다 예서하를 먼저 발견할 수 있어서.

단여랑은 여인의 어깨를 잡았다. 깜짝 놀란 여인이 고개를 획 돌렸다.

"……!"

눈과 눈이 마주쳤다.

무척이나 놀란 듯 몸을 뒤로 바싹 붙인 그녀의 얼굴에는 당혹함과 놀라움이 가득했다.

"드디어 찾았군. 예서하."

단여랑의 입술이 열렸고, 예서하의 두 눈동자는 마구 흔들렸다.

"연안으로 가지 않겠다고 하더니……."

단설리는 불만이 가득했다. 결국 그들은 연안 쪽으로 향하는 배를 타버렸다.

"선착장에 도착하면 호첨산으로 가는 데 더 오랜 시간이 걸릴 텐데."

단설리는 혹여나 단여랑이 마음을 바꿔 연안으로 가려고 하는 게 아닐지 걱정했다. 그녀는 가고 싶지 않았다. 연안에는 두 번 다시 마주하고 싶지 않은 단태붕이 있을 테니까.

단설리의 시선은 갑판 위에 서 있는 두 남녀에게서 떨어지지 않았다.

"저 여자가 예서하인가요?"

막부동은 고개를 끄덕였다.

결국엔 예서하를 찾고 말았다. 보리마군의 딸이고, 빙백신공을 익혔을지도 모르는 여자.

단설리는 과연 그녀를 찾은 것이 복인지 화인지 구분할 수 없었다. 복이라면 단태붕에게 빙백신공이 넘어가지 않게 되었다는 것, 화라면 단태붕이 단여랑을 적극적으로 노리게 되었다는 것.

단여랑과 예서하는 아무런 말도 주고받지 않고 그냥 나란히 서서 허공을 응시하기만 했다. 하기야, 예서하가 말을 할 수가 없으니 대화를 주고받는다는 게 불가능하겠지만.

"저 두 사람… 무슨 관계예요?"

"단여랑은 보리마군의 제자뻘. 예서하는 보리마군의 딸입니다."

"그뿐이에요?"

"……?"

"그런 건 이미 알고 있는 사실이잖아요. 좀 더 구체적인 둘 사이의 관계를 묻는 거예요."

"그건 저도 잘 모르겠습니다."

단설리가 본 예서하는 같은 여자임에도 불구하고 질투가

날 정도로 예뻤다.

가늘고 여린 체구는 남자들로 하여금 보호 본능을 자극했다. 하얗고 표정 없는 얼굴이 청초해 보이기도, 서늘해 보이기도 했다.

"분위기가 야릇해."

막부동은 단설리를 흘끔 바라봤다. 여자의 직감이 남자보다 정확하다는 것을 그도 잘 알고 있었다.

두 사람은 제법 잘 어울렸다. 나이는 예서하가 네 살 위였지만 나이 차를 느낄 수 없었다. 강과 어우러져 마치 한 폭의 그림 같은 그들의 모습을 보며 막부동은 한숨을 내쉬었다.

'연민은 그냥 연민으로만 끝내야 할 뿐 연모로 바뀌면 안 돼. 적어도 궁주가 되기 전까지는.'

단여랑도 한 사람의 몫을 하는 사내. 더 이상 어린아이가 아니었다.

막부동은 단여랑을 믿지만 여자라는 족속들은 믿지 못했다. 바람이 있다면 예서하가 보리마군의 일로 단여랑을 잡고 늘어지지 않았으면 한다는 것.

만약 예서하가 막부동의 우려대로 행동한다면 단여랑에게는 큰 짐이 생기게 될 것이 분명했다.

"휴! 난 모르겠어요. 중요한 게 무엇인지 잘 아는 사람이니 뭐, 스스로가 알아서 하겠죠."

단설리는 마음 한구석이 텅하니 비는 듯했다.

단여랑은 무슨 말을 어떻게 꺼내야 할지 막막했다.

만나면 하고 싶은 말이 너무나도 많았는데 막상 만나고 나니 기억이 모두 지워져 버린 듯 아무런 생각도 나지 않았다.

예서하는 삼 년 전과 달라진 게 없었다. 생김새도, 분위기도 모두 같았다.

허리춤에 채여 있는 백편을 보니 문득 보리마군과 함께했던 기억이 떠올랐다. 고작 한 달이라는 짧은 시간이었지만 단여랑의 기억에 가장 많이 남는 한 편의 추억이었다.

예서하의 무공은 얼마나 늘었을까. 북해빙궁을 나간 후로도 벽파일월편법을 계속 연마했다면 지금쯤은 아마 상당한 수준을 갖췄을 게다.

구름 한 점 없는 하늘을 응시하던 예서하가 그를 향해 고개를 돌렸다.

단여랑은 상념을 접었다. 미처 정리되지 않았지만 해야 할 말은 있었다.

"보리마군의 일… 유감이야."

예서하는 여전히 무표정했다.

말이라도 할 수 있다면 좋으련만.

차라리 화를 냈으면 좋겠다. 욕설을 내뱉고 감정에 못 이겨 울기라도 하면 더 나을 것 같았다.

그녀의 감정없는 눈빛은 단여랑에게 더욱 큰 미안함을 안

겨줬다.

또다시 침묵이 찾아들었다.

둘 사이의 어색한 침묵은 배가 낙하를 가로질러 섬서성 북동쪽의 선착장에 다다를 때까지 계속되었다.

2

단여랑은 예서하에게 나뭇가지를 건네줬다.

"지난 삼 년간 어디에 있었나?"

예서하는 손에 들린 나뭇가지를 한참이나 바라봤다. 그녀는 곧 몸을 낮게 숙여 흙바닥에 글자를 적어 나갔다.

"맥적산? 흐음… 그렇군."

예완평의 묘가 있는 그곳. 단여랑이 찾아갔을 때도 예서하는 그곳에 머물렀다는 소리다. 하기야, 맥적산에 있는 동굴이 한두 개였어야지. 같은 장소에 있었으면서도 쉽게 찾지 못한 두 사람이었다.

단여랑은 그것을 끝으로 삼 년간의 일에 대해 이야기하지 않았다.

예서하는 다시 바닥에 나뭇가지의 뾰족한 부분을 갖다 댔다.

글자를 읽는 단여랑의 눈에 기이한 빛이 떠올랐다가 금세 사라졌다.

단여랑은 예서하를 바라봤다. 예서하도 단여랑을 마주 보았다. 순간 단여랑의 얼굴에 한가닥 작은 웃음이 맺혔다.

그때 잠시 다녀오겠다며 어디론가 사라졌던 막부동과 단설리가 빠른 걸음으로 단여랑에게 다가오고 있었다.

"네 번째 밀령이 나왔…… 어? 이봐요!"

단설리의 말이 끝나기도 전에 단여랑은 황급히 자리를 벗어났다.

"아니, 저 사람 정말 왜 저래?"

투덜거리던 단설리의 시선이 예서하에게로 향했다. 예쁘긴 하지만 왠지 거부감이 드는 여자였다.

문득 단설리는 예서하를 시험해 보고 싶은 충동을 느꼈다.

천천히 기운을 끌어올린 단설리는 염혼색무를 펼쳤다. 남자를 유혹하는 염혼색무지만 같은 여자를 상대할 때는 달랐다.

'언제까지고 표정이 변하지 않는지 보자.'

보통 여자라면 끈끈한 기운에 불쾌한 표정을 짓기 일쑤였다.

그러나 어찌 된 일인지 예서하의 표정에는 아무런 변화가 없었다. 오히려 시간이 지나갈수록 단설리는 심한 현기증이 나는 듯했다.

'이 여자 무공이……!'

예서하는 단설리가 생각하는 수준보다 더 높은 무공을 지

니고 있음이 확실했다. 단설리는 상대를 잘못 만났다는 생각
이 들었지만 너무 늦었다. 그래도 질 수 없어 이를 악물었다.

'우욱! 토할 것 같아!'

속이 울렁거리더니 금방이라도 신물이 넘어올 것 같았다.

그러나 다행히도 볼썽사나운 모습을 간신히 넘길 수 있었
다. 예서하 역시 등을 돌려 단여랑이 간 방향으로 발걸음을
옮겼기 때문이다.

기운 대 기운. 여자의 싸움은 예서하의 승이었다.

"우엑!"

예서하가 멀어지고 나서야 단설리는 토악질을 해댔다.

"괜찮으십니까?"

"뭐, 저런 여자가 다 있어요?"

입가에 묻은 침을 소매로 닦던 단설리의 두 눈이 크게 뜨여
졌다.

"만나고 싶었… 다?"

흙바닥에 적힌 글귀였다.

막부동과 단설리의 걱정은 기우에 불과했다.

예서하를 찾았지만 단여랑의 행동엔 변화가 없었다. 지도
를 펼쳐 놓고 막부동과 의논을 벌이는 단여랑의 모습은 그 어
느 때보다 진지했다.

예서하는 멀찍이 떨어져 앉아 바닥만 바라보고 있었다.

'서로 만나고 싶어 했던 사람들 맞아?'

단설리는 예서하에게 눈길도 주지 않는 단여랑을 이해할 수 없었다. 그토록 찾길 바랐던 건 언제고.

'내가 왜 이런 생각을!'

단여랑이 빙옥조에 대해 조금 더 진지하길 바랐다. 그 바람이 이루어지고 있는 데도 이 찝찝한 기분은 무엇이란 말인가.

"……리."

"……."

"단설리!"

"네, 넷?"

단설리는 재빨리 정신을 수습했다.

"무슨 생각을 하기에 바로 옆에서 부르는 데도 몰라?"

"죄송해요. 잠시 다른 생각을 하느라……."

"네 번째 밀령이 뭐라고 했지?"

"아! 네 번째 밀령은 한(寒)이에요."

"뭔지 알 수 있겠어?"

단설리는 고개를 끄덕이며 미리 준비해 두었던 생각들을 털어놨다.

"그전에 미리 해둘 말이 있어요. 제 의견은 지극히 주관적이기 때문에 틀릴 수도 있다는 사실을 명심하세요."

"계속해."

"한은 달리 말하면 음(陰)이에요. 강줄기는 위가 음이고,

아래가 양이죠. 반대로 산은 아래가 양이고, 위가 음이에요."

"무정하(无定河)가 시작되는 곳이 호첨산 근처."

"산 위가 음이니 호첨산 정상일 가능성도 있고요."

단설리는 많은 도움이 되었다.

"호첨산까지의 소요 시일은?"

"원래대로라면 삼 일인데, 누가 배를 잘못 타는 바람에 이틀이나 더 허비해야 해요."

"원망하지 마. 예서하를 찾은 게 우리에겐 더욱 중요해. 밀당 소식은?"

단여랑은 막부동에게 질문을 던졌다.

"부주 휘하에 있던 자들 중 너에 대한 정보를 듣지 못한 자를 세 명 찾았다. 그자들의 휘하에 속한 사람들을 추려내는 것도 시간문제."

"어려울 거라 생각하지만 너무 서두르는 것도 좋지 못해. 유령전이 수고를 해줘야겠군."

"걱정하지 마라. 그것보다 예서하는 이제 어찌할 생각이냐?"

막부동은 조금 떨어진 곳에 혼자 앉아 있는 예서하를 턱짓으로 가리켰다.

"이런 말, 해도 될지 모르겠지만 좀 이상한 게 있다."

"뭐가 이상해?"

"네 말대로라면 예서하는 감숙 맥적산에 삼 년 동안 있었다고 했는데 지금은 섬서에 와 있다. 그것도 우리가 생각하는 빙옥조의 위치와 가까운 곳에."

"예서하가 작정하고 빙옥조를 찾으러 가다가 날 만난 거라고 생각해?"

단설리는 두 사람의 말에 귀를 기울이며 예서하를 바라봤다.

막부동의 말에도 일리는 있었다.

우연이라고 하기에는 아귀가 딱딱 맞아 들어가는 이상한 일. 찜찜한 기분을 떨칠 수가 없었다.

하오문의 눈은 중원 전역에 깔려 있다.

북해빙궁의 일이 아닌 단여랑 개인이 직접 요수에게 부탁한 것이니만큼 요수는 하오문도들의 도움을 구할 수 있었다. 그런 하오문도들조차도 찾지 못한 예서하.

요수에게 아무런 전갈도 전해 받지 못했는데 예서하가 단여랑 앞에 나타났다는 점이 조금 이상하지 않은가.

그러나 단여랑은 의심할 필요가 없다는 눈치였다.

밀당이 예서하를 눈여겨보고 있었더라면 가능한 일이다. 예서하는 보리마군이 북해빙궁에서 어떻게 죽었는지 잊지 않고 있다. 그녀의 심중을 대변한다면 북해빙궁에 뼈저린 원한이 사무쳐 있을지도 모르는 일이었다.

'막 전주의 말이 맞아. 분명 단여랑은 믿어주지 않을 거야. 주시할 필요가 있겠어.'

단설리는 예서하에게 눈길을 거뒀다.

그때였다.

츄리릿―!

귓가에 파공성이 울렸다.

파바밧!

가만히 앉아 있던 예서하가 허공으로 몸을 날린 것은 순식간이었다. 그 행동이 너무 빨라 단여랑과 막부동도 미처 몸을 일으키지 못했다.

가느다란 한 마리 백사가 이무기처럼 허공에서 날갯짓을 한다고 느낀 순간,

"커헉!"

풀숲 한곳에서 격한 신음과 함께 핏무리가 솟구쳤다. 그리고 풀숲이 마구 흔들리며 누군가가 자리를 벗어나는 소리가 들렸다.

"월영문!"

단설리는 자리에서 벌떡 일어섰다. 동시에 예서하도 바닥으로 착지했다.

바람에 펄럭이는 하얀 무복과 허공에 잔재를 남겨놓은 백편. 예서하는 경계 어린 눈빛으로 풀숲을 두리번거렸다. 숲에선 더 이상의 움직임은 없었다.

바짝 신경을 곤두세웠던 막부동과 단여랑도 조금씩 긴장을 풀었다.

‘워, 월영문의 기운이 아니었어!’

단설리는 이상한 생각이 들었다.

그녀는 월영문의 천무심결이 지니는 기운을 알고 있다. 월영문의 눈은 여전히 따라다니고 있지만 단여랑과의 한 번의 접전 이후론 가까이서 느껴지지 않았다. 그리고 지금도 마찬가지다.

예서하의 백편에 맞아 비명을 터뜨렸던 월영문 살수.

월영문은 죽는 순간까지도 비명이나 신음을 내뱉지 않는다. 살수들은 죽으면서도 자신들의 존재 여부를 남에게 알리지 않는 것은 물론, 고난이도의 훈련을 거듭하며 비명을 안으로 삼키는 것 또한 그들이 해야 할 일이다.

밀당일 수도 있다. 하나 월영문이 따라다니고 있다는 사실을 알면서도 밀당이 나설 리가 있을까.

‘저 여자… 뭐지?’

단설리는 몰래 숨어 염탐하던 자도 궁금했지만 정작 아무도 느끼지 못한 기운에 혼자 반응하며 공격을 행한 예서하도 이상했다.

재빨리 단여랑을 바라본 단설리는 흠칫 놀랐다.

예서하를 직시하고 있는 단여랑의 눈이 묘하게 빛났다. 막 부동이 생각하고 있는 연모의 감정도, 연민의 감정도 한 올 담겨 있지 않은 눈빛이었다.

묘선이 느낀 단여랑의 첫인상은 차가움이었다.

생김새가 그런 것은 아니었다. 그녀를 바라보며 반가워하는 두 눈은 마치 어린아이의 그것처럼 맑았다. 성격이 그런 것은 더 더욱 아니었다.

그 차가움이 어디에서 느껴진 것인지는 그녀도 정확히 알지 못했다.

키가 크고 떡 벌어진 어깨, 남자답게 생긴 얼굴. 꽤나 매력적인 용모였으나 묘선에게 그다지 끌리는 남자는 아니었다.

예서하로 가장하여 접근하였으니 우선은 예서하와 단여랑이 어떤 관계인지 알아야 할 필요가 있었다.

그전에 위기가 찾아왔다.

단여랑이 삼 년 동안 어디에 있었는지 물었다. 예서하에 대한 조사를 끝마친 상태였으니 대답하는 것은 어렵지 않았다. 하지만 문제는 흙바닥에 글을 적어 나가는 것이었다.

'나뭇가지를 주었으니 이런 식으로 대화를 한다는 것. 그렇다면 필체 또한 알고 있을 터.'

묘선은 손에 힘을 풀고 글자를 제대로 알아볼 수 없도록 휘갈겨 썼다.

뛰는 가슴을 억누르며 간신히 떨림을 참고 있는데, 다행히도 단여랑은 필체에 대해 이야기하지 않았다.

첫 번째 고비를 넘겨 가슴을 쓸어내린 묘선은 내친김에 관계를 알기 위해 흙바닥에 만나고 싶었다는 말을 적었다. 도박이지만 가장 확실한 방법이었다.

단여랑의 반응이 궁금했다. 이상하게 여겨도 어쩔 수 없었지만 오히려 단여랑은 작게 웃었다. 하지만 묘선은 간담이 서늘해지는 것 같았다. 그 웃음은 분명 비웃음이었기에.

'위험!'

위험하다고 느낀 순간, 막부동과 단설리가 나타났다.

이후로 단여랑은 묘선에게 눈길조차 주지 않았다. 빙옥조에 대한 이야기를 나누는 그의 모습은 심각했다. 묘선은 자꾸만 불안해지는 기분을 떨칠 수가 없었다.

단여랑이 설마 의심을 하고 있는 것은 아닐까.

궁리 끝에 생각한 것이 벽파일월편법. 묘선은 단여랑의 앞에서 백편을 휘두를 계기가 필요했다.

때마침 마라궁에서 데려온 무인은 그녀의 명령대로 그들의 뒤를 따랐고, 풀숲에 잠입해 있었다.

무공에 뛰어난 재능을 가지지 않은 그녀였지만 단여랑을 찾아오는 내내 벽파일월편법을 익혔다. 물론 수박 겉핥기식의 간단한 동작과 요령들만을 터득한 가짜 벽파일월편법.

단여랑 일행에게 자신이 진짜 예서하라는 사실을 각인시킬 필요가 있었기에 무인에게 백편을 휘두르는 모습을 보임으로써 무공을 입증한 묘선은 마음을 한시름 놓을 수 있을 거라 생각했다. 그런데… 자신을 바라보는 단여랑의 눈빛이 이상했다.

'잘못되었어!'

묘선은 쿵쾅거리는 가슴을 진정시킬 수가 없었다. 그러나 다행히도 단여랑은 그녀에게서 눈길을 거뒀다.

그뿐이었다.

지단(志丹) 관도를 따라 섬서성 북서쪽으로 오는 동안 쉬어 갈 곳을 찾기 위해 이름도 모르는 작은 산에 오를 때까지도 단여랑은 그녀에게 한마디 말도 건네지 않았다.

'어차피 상관없어. 일이 끝나는 대로 이곳을 떠나면 돼.'

묘선은 소매 속, 탄기분이 담긴 목갑을 만지작거렸다.

탄기분을 단여랑에게 흡입시키는 일도 솔직히 쉬운 일은 아니다.

탄기분은 다른 독분들과 달라 허공에 뿌리기 무섭게 바닥으로 가라앉는다. 때문에 상대의 면전 바로 앞에서 뿌려야 하며, 그러려면 단여랑에게 좀 더 가까이 다가가야만 했다.

'단둘이 있을 시간이 필요한데……'

기회는 생각보다 빨리 찾아왔다.

"아주 적당한 장소야. 오늘은 여기서 묵고 간다."

빈 초가들이 옹기종기 붙어 있는 작은 화전민(火田民) 마을은 황량하기 그지없었다.

산사태가 일었는지 밭은 온통 망가져 있었고, 더 이상 화전을 일굴 수 없게 된 마을 주민들은 살길을 모색하기 위해 산 아래로 떠나간 모양이었다.

"아쉬운 곳이네요. 다시 밭을 일군다면 그럭저럭 살 만한 곳일 텐데."

다 쓰러져 가는 초옥들 사이에서 그래도 제법 집 형태를 띠고 있는 곳을 발견하여 그곳으로 향했다. 다른 사람들을 따라 초옥으로 발을 옮기던 단설리는 우뚝 걸음을 멈췄다.

'오늘이……'

단설리가 북해빙궁에서 빠져나온 지 이십여 일이 지났다.

얼추 계산을 해보면 이쯤에 미리 부탁해 놓은 사람에게 연락이 떨어질 때가 되었다.

"막 전주, 저 좀 도와주시겠어요?"

"무슨 일이십니까?"

"산을 올라오기 전에 미처 생각을 못했어요. 마을에 좀 다녀와야 할 것 같은데 같이 가주세요."

"마을에 무슨 볼일이 있나?"

단여랑이 물었다.

"부탁해 놓은 일이 있거든요."

"오늘 밤 안에는 돌아와."

"늦어도 내일 정오 안에는 올게요. 꼭 가져와야 할 물건이 있어서요."

막부동이 단여랑을 바라보자 단여랑은 고개를 끄덕였다.

"다녀와."

"괜찮겠나?"

막부동은 어쩔 수 없이 단설리를 보호하는 입장에서 따라
가야 하지만, 단여랑과 예서하 단둘만 남겨놓고 가기가 마음
에 걸렸다.

"괜찮지 않으면?"

"아니다, 아무것도."

막부동과 단설리는 다시 산을 내려갔다.

묘선은 단여랑과 단둘이 남게 되어 기뻤지만 자신이 행한
어리석은 행동들이 생각나 불안하기도 했다.

그녀는 마당 한구석에 놓여 있는 커다란 돌 위에 앉아서 수
풀이 우거진 산속을 응시하며 단여랑이 먼저 다가오길 기다
렸다.

그리고 얼마 안 있어 그녀의 생각대로 뒤에서 단여랑이 다
가오는 소리가 들려왔다.

"이제 여름이야. 북해에서는 절대 볼 수 없었던."

'후훗! 서장에선 매년 볼 수 있었지.'

단여랑의 깊은 한숨 소리가 바로 옆에서 느껴졌다. 그는 묘
선에게 자신의 말이 들리지 않는 것을 아는 모양인지 그녀의
앞으로 다가와 앉았다.

"빙백신공을 알아?"

묘선은 고개를 가로저었다.

"그랬군. 보리마군이 전수해 주었을 리가 없을 텐데… 잠시나마 그를 의심했던 내가 바보였어."

묘선은 눈을 반쯤 내리깔았다. 긴 속눈썹 사이로 가려진 검은 눈동자에 슬픔을 가득 담고.

"날 봐."

단여랑은 숙여진 그녀의 턱을 들어 자신을 바라보게 했다.

"하나만 물을게. 낙하에서 연안 쪽으로 가는 배를 탔으면 분명한 목적지가 있었을 터. 어디로 가는 길이었지?"

묘선은 단여랑의 물음에 아랫입술을 잘근 깨물었다.

말하기 곤란한 질문은 회피해 버리면 그만. 그러나 대답을 재촉하는 단여랑의 눈빛을 이기지 못한 그녀는 나뭇가지를 들어 바닥에 대었다.

'뭐라고 적지?

손이 부르르 떨렸다.

단태붕이 있는 곳으로 데려가려 했기에 연안 방향 배를 탔다는 걸 어떻게 말한단 말인가.

그녀는 아무런 글자도 적지 못하고 나뭇가지를 잡은 손에 잔뜩 힘을 주었다.

"혹시 빙옥조를 찾기 위함인가?"

"혹!"

묘선은 자신도 모르게 숨을 몰아 내쉬었다.

단여랑의 얼굴이 너무 가까워 그의 숨결마저 느껴졌다.

'지금이 기회야, 지금이!'

묘선은 목갑을 손에 쥐었다.

"빙옥조… 후후! 빙옥조를 찾기 위해서라……."

단여랑의 얼굴이 다시 멀어졌다.

"기억할지 모르겠지만 예전에 너에게 이런 말을 한 적이 있지. 북해를 빠져나가게 해주겠으니 빙궁을 향해 어디 한번 복수의 칼날을 갈아보라고."

"……."

"빙옥조를 찾으려는 목적이 무엇인지 모르겠지만, 빙궁에 복수를 하려는 마음은 아직 남아 있는 듯하네. 맞아?"

묘선은 질문을 외면하려 했지만 또다시 단여랑의 손에 의해 고개를 돌리지 못하게 되었다.

"누구지? 누가 너에게 밀령을 가르쳐 주었지?"

묘선은 침을 꿀꺽 삼켰다. 그리고선 나뭇가지로 글자를 적어 나갔다.

"밀당……. 밀당의 감시와 함께 도움을 받고 있었다는 말이군. 서하, 깊게 생각해 봐. 밀당이 너에게 밀령을 가르쳐 준 데에는 반드시 이유가 있어."

'높은 경지의 무공. 섣불리 행동하면 큰 낭패. 좀 더 가까이…….'

묘선은 두 무릎을 오므리고 얼굴을 앞으로 내밀었다.

고작 일 척도 안 되는 단여랑과의 거리. 탄기분을 뿌리고 발로 땅을 구르면 그녀는 피할 수 있다.

나뭇가지를 땅에 놓고 소매 속에 들어갔던 묘선의 오른손이 막 빠져나오려는 찰나,

"……!"

묘선은 목갑을 꺼내지 못했다.

단여랑이 팔을 뻗어 그녀의 어깨를 잡았다. 그리곤 그녀를 껴안았다.

묘선은 기습적인 단여랑의 행동에 온몸이 딱딱하게 굳어 버렸다.

"넌 지금 위험에 빠져 있어, 서하."

단여랑의 목소리가 귓가를 간질였다.

소매 속에 들어간 묘선의 손은 빠져나올 생각을 않았다.

단여랑의 숨결이 바로 코앞에서 느껴지는 데도, 지금이 아니면 탄기분을 뿌릴 기회가 언제 올지 모르는데…….

남자의 가슴이 이렇게 따뜻했던가.

'이 향기는……!'

단여랑에게서는 맑은 향기가 났다.

이상한 사람이다. 처음 봤지만 왠지 오래전부터 알고 지낸 사람처럼 편안하다. 그의 음성이, 행동이, 눈빛이…….

소름 끼칠 정도로 냉랭했던 표정에 얼어붙었던 마음이 봄

눈 녹듯 스르르 녹아내렸다. 맑은 향기와 섞여 나는 땀 냄새마저 향기롭게 느껴졌다.

'나는 일을 하러 온 거야. 괜히 사내 따위에게! 감정에 휘말려서는 안 돼!'

하지만 몸은 마음먹은 대로 움직여지지 않았다. 처음 느끼는 종잡을 수 없는 감정이 전신을 감쌌다.

묘선이 이를 악물고 목갑을 꺼내려는 순간, 어깨에 둘러졌던 단여랑의 팔이 느슨해졌다.

또다시 벌어진 거리.

"보리마군에게 입었던 은혜, 널 통해서 갚을 기회를 줄래?"

진심이 가득 담긴 단여랑의 눈에선 예서하로 분한 묘선에 대한 걱정이 절절이 흘러나왔다. 그 눈빛은 묘선이 스무 해를 살아오면서 접하지 못했던 종류의 것이었다.

'이 사람……'

묘선은 헷갈리기 시작했다.

차갑게 던지던 비웃음. 감정이라고는 한 올 배어 있지 않던 눈빛은 어디로 갔단 말인가.

"빙옥조가 끝날 때까진 내 곁에서 떨어지지 마. 원하는 것이 있다면 미리 생각해 둬도 좋아. 그것이 무엇이든 은혜를 갚을 수 있는 일이라면 뭐든지 해줄 테니까."

단여랑은 자리에서 일어섰다.

결국 묘선은 끝까지 소매에서 손을 빼낼 수 없었다.

*　　　*　　　*

'단여랑이 방향을 바꿨다?'
단우인은 계획에 조금 차질이 생김을 느꼈다.
그의 앞에 펼쳐진 지도 한 장.
분명 연안 쪽으로 향하던 단여랑이 섬서성 북서쪽으로 방향을 돌렸다.
관도를 쭉 따라 올라가면 예상되는 곳은 호첨산.
'북, 하, 왕, 한. 북쪽의 산. 뒤로는 무정하. 양옆으로는 왕태와 왕성자라는 지역. 한… 음기라면 산 정상이 되겠군. 역시 호첨산. 설아… 네 머릿속에서 나온 생각인가?'
단태붕에게 빙옥조의 위치를 알려주어야 하는가, 말아야 하는가. 단여랑이 연안으로 온다면 굳이 알려줄 필요가 없지만 상황이 역전되었다.
호첨산으로 방향을 잡은 단여랑이 만약 그곳에서 빙옥조를 찾게 된다면 일이 틀어진다.
단태붕은 길길이 날뛸 게 자명하다. 빙옥조를 찾기 위해 그 둘을 붙여놓으려고 했건만.
'이렇게 되면 선택은 한 가지뿐이군.'
그러나 한 가지 문제가 더 있었다.

빙백신공을 얻을 수 있을 거라 확신했지만 얻지 못했다. 그 이유는 지금 단우인의 방 한구석에 시체처럼 누워 있는 한 여인으로 인해.

며칠 동안 정신적인 고문을 가했다. 그러나 그녀는 아무런 단서도 제공하지 않았다.

예서하는 빙백신공을 모른다. 단우인은 확신할 수 있었다.

그녀의 몸에서 흐르는 기운은 놀랍게도 극음빙한공. 북해무공을 익히고 있었다는 것은 전혀 예상치 못한 바였다.

단태붕에게 빙백신공을 전수해 주려던 첫 번째 계획이 물거품이 되었으니 단우인은 다시 머리를 굴려야만 했다.

'어쩌면 저 계집이 미끼가 될 수도 있겠어.'

양손과 발이 꽁꽁 묶인 채 쓰러져 있는 예서하를 보며 단우인은 희미한 미소를 지었다.

'무우착료마경전(無牛捉了馬耕田). 꿩 대신 닭이라……'

육체적인 고문을 가하지 않은 까닭은 예서하를 처음 보자마자 그녀에게 진한 탐욕의 눈길을 거두지 않았던 단태붕 때문이기도 했지만, 훗날에라도 쓸모가 있을 거라는 단우인의 계획 중 하나이기도 했다.

의미 모를 표정을 짓던 단우인은 곧 웃음을 거뒀다.

뚜벅뚜벅.

점점 가까워지는 발소리의 주인이 누구인지 알고 있었다.

자신감있게 내뻗는 발소리는……

콰!

문이 거칠게 열렸다.

"잘되가나?"

단태붕은 문가에 비스듬히 섰다. 그는 단우인에게 눈인사조차 건네지 않고 오직 쓰러져 있는 예서하에게만 관심을 돌렸다.

"그 계집은 빙백신공을 몰라."

"흥! 모사를 자처할 때부터 알아봤지. 네 머리가 그럼 그렇지."

단태붕은 여전히 탐욕이 이글거리는 눈으로 예서하만 바라봤다.

"이런 계집이 보리마군의 딸이었다니. 북해에 있었다는 것을 진즉에 알아차렸어야 했는데."

단태붕은 빙백신공에 대한 관심을 접은 듯했다. 그렇지만 빙옥조에 대해 포기하지는 않았다.

"빙옥조의 위치에 대해선 알아냈나?"

단우인은 지금이 말해야 할 적절한 시기라고 판단했다.

"섬서 북쪽의 호첨산. 이곳에서부터 약 오 일 정도가 걸려."

"확실해?"

단우인은 고개를 내저었다.

“확실치는 않지만 가장 유력하다고 할 수 있지. 단여랑이 그쪽으로 향하는 것을 보면.”

“그놈이 거기로 간다고?”

단태붕의 고개가 홱 돌려졌다.

세 마리 토끼.

빙옥조, 단여랑, 그리고 예서하. 단태붕에게는 꽤나 유혹적인 말로 들렸을 게다.

“준비를 해야 하니 적어도……..”

“지금 바로 간다.”

“……..”

그렇게 나올 줄 알았다. 단태붕은 역시나 단우인의 기대를 저버리지 않았다. 단여랑은 이미 그곳으로 향해 있고, 빨리 따라가지 않으면 늦는다.

“계집은?”

“이 계집을 데려가는 것도 나쁘진 않겠군. 단여랑이 어떠한 표정을 지을지 궁금해지는데? 하하하!”

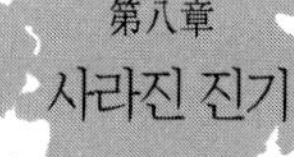

第八章
사라진 진기

1

“아무래도 자꾸만 이상한 기분이 들어요.”
단설리는 불안한 듯 한시도 가만히 있지 않았다.
“무엇이 불안하십니까?”
“그 예서하라는 여자, 좀 이상하다고 생각하지 않으세요?”
단설리는 손톱을 잘근잘근 깨물었다.
“생각해 보세요. 우리가 네 번째 밀령에 대해 의논하고 있을 때 염탐하고 있던 무인 말이에요. 분명 월영문은 아니었거든요.”
“밀당일 수도 있지 않습니까?”
“월영문이 있다는 걸 알면서 밀당이 굳이 감시를 할까요?

보고는 모두 단우인에게 들어갈 텐데……. 그 여자의 무공도 어딘지 심상치 않아 보이고."

"예서하가 펼친 무공은 벽파일월편법이 맞습니다."

"괜한 우려인가요?"

단설리의 안색은 좀처럼 풀어지지 않았다.

북해빙궁에서 전해 받기로 한 물건만 아니었다면 두 사람을 두고 오는 짓은 하지도 않았을 것이다. 그러나 그 물건이 너무도 중요한 것이기에 이렇게 나올 수밖에 없었다.

마을로 들어선 뒤 밤이 지나고 아침이 밝았다.

단설리는 한잠도 자지 않았다. 덕분에 막부동까지 뜬 눈으로 밤을 새야 했다.

"빨리 와야 할 텐데……."

점차 시간이 지나가자 단설리는 초조한 마음으로 발을 동동 굴렸다.

"아가씨, 누구를 기다리십니까?"

"단여랑에게 줄 물건이 있어서요. 조금만 더 기다려 보다가 오지 않으면 그냥 산으로 돌아가요. 왠지 자꾸만 불안한 기분이 들어서……."

"어리석은 녀석이 아니니 괜찮을 겁니다."

"자고로 여자라는 동물은 믿을 게 되지 못해서 말이죠… 아! 저기 오네요!"

멀리서 사람의 모습이 작게 보이자 단설리가 소리쳤다. 그제야 그녀의 얼굴에 화색이 맴돌기 시작했다.

또르르르……!
졸졸 흐르는 시냇물이 청량한 음향을 토해냈다.
'후후! 북해빙궁의 소궁주들이라……. 서로가 서로를 해하지 못해 안달이군.'
마라궁에서는 있을 수도 없는 일이다.
묘선은 북해빙궁을 이해할 수 없었다. 무공 실력이 낮아도 남들과는 다른 재능이 있다면 들어갈 수 있는 곳이 바로 마라궁. 사람들에게서 소외받고 현실과 동떨어져 생활하는 외로운 자들의 집단이기도 했다.
마라궁의 궁주는 절대적이다.
궁주의 대를 자손이 잇지 않는다. 섭혼술, 용안술 등의 실력만 출중하다면야 궁주가 될 수 있는 자격이 주어진다.
빙백신공처럼 궁주만이 가져야 하는 무공도, 빙옥조 같은 난관도 필요없다. 마라궁의 모든 직위는 오직 궁주만이 정할 수 있으니까.
사회로부터 외면받은 사람들이 서로를 위로하며 옹기종기 모여 사는 마라궁에 반해 혈육 간에도 피 터지는 혈전마저 불사르는 북해빙궁은 잔인하고 냉혹한 자들의 세력이다.
그렇기 때문에 사대궁 중 지존의 자리에 올라 군림하게 되었을지도. 진정 강한 자들만을 위한 곳. 그런 곳의 궁주가 되려면 얼마나 강해야 하는가.

묘선이 보기에 단여랑은 절대 궁주가 될 인물이 아닌 듯싶었다. 역용을 했다고 해도 친분이 있던 사람을 못 알아보다니……

능가연이 너무 경계하는 게 아닌가 하는 생각도 들었다. 이런 자 따위가 뭐가 무서워서.

'정오까지 온다고 하였나? 시간이 얼마 남지 않았어.'

묘선은 다급한 마음이 앞섰다.

어제는 확실히 기회가 있었지만 탄기분을 뿌리지 못했다. 명백한 실수였다. 사내가 한번 안았다고 감정이 흔들리다니. 처음 보는 자이고, 말도 한마디 나눠보지 않았는데……

어리석은 자신을 질책했다.

주어진 시간이 이젠 얼마 남지 않았다. 마을로 내려간 막부동과 단설리가 정오쯤에 온다고 하니 일을 깔끔하게 처리할 수 있는 기회는 지금뿐이었다.

다시 접근을 하는 방법은 간단했다.

예서하라는 여자에 대한 단여랑의 마음을 알았다. 연모의 감정이라고 성급히 확신을 내릴 순 없지만 보리마군의 딸이기 때문에 다른 사람들과 대하는 행동부터가 달랐다.

그 점을 이용하기만 하면 된다.

"벽파일월편법은 많이 늘었나?"

"……!"

요선은 깜짝 놀라 저도 모르게 등을 돌렸다.

언제 다가왔단 말인가. 아무리 생각에 골몰해 있었다고 하더라도 다가오는 기척조차 감지하지 못했다니.

오늘 본 단여랑은 또 달랐다.

어제는 한없이 자상한 듯 보였는데 지금은 아무런 생각도 읽을 수 없는 표정이었다.

"네 편법을 보고 싶어. 보여줘."

단여랑의 시선은 묘선의 허리춤에 꽂혀 있는 백편으로 향했다.

'뭐지? 왜 갑자기 무공을!'

묘선은 불안했다.

일전에 편법을 시전하였을 때 냉랭하던 단여랑의 눈빛이 다시금 떠올랐다.

무공을 보이면 절대 안 된다는 생각이 강하게 떠올랐지만 묘선의 손은 이미 백편을 잡아가고 있었다.

'다시 생각해 보자, 다시…….'

내공은 무시했다. 보리마군의 벽파일월편법의 동작들만을 익혔다. 교묘한 눈속임으로 가릴 수 있다면……!

'아!'

묘선의 눈이 반짝였다.

너무 신경 쓴 탓일까. 자신의 재능이 역용술 말고도 또 있다는 사실을 잠시 잊고 있었다.

'걱정하지 않아도 되겠군.'

촤라랏!

요선은 편을 활짝 펼쳤다. 예리한 편극이 시냇물의 수면 위를 때리며 물보라를 일으켰다.

'지금부터 환상의 세계를 만끽해라.'

츠츠츠츠!

백편이 움직이기 시작했다.

마치 뱀 한 마리가 혀를 날름거리며 먹잇감을 노리는 듯 때로는 유연하면서도 때로는 날렵하게.

팔짱을 낀 채 편의 움직임을 주시하고 있던 단여랑의 얼굴엔 여전히 아무런 변화가 없었다.

휘익! 휙!

묘선은 거침없이 편을 휘둘렀다.

편법에 일가견이 있는 것은 아니다. 묘선은 단지 벽파일월편법의 기초적인 동작들만 구사하고 있을 뿐.

그녀가 휘두르는 편에는 잔재가 없었다. 진정한 벽파일월편법은 뚜렷한 잔재를 남겨 적게는 수십, 많게는 수백여 개의 편을 동시에 휘두르는 것처럼 보인다.

그러나 묘선은 걱정하지 않았다.

단여랑의 눈에는 완벽한 벽파일월편법으로 보일 게다.

그의 반쯤 풀어진 듯한 눈이 그것을 증명하고 있었다. 최면(催眠)은 그가 보고자 하는 것을 눈앞의 현실로 만들어줄 테니까.

'차라리 이 방법이 더 빠를 텐데.'

탄기분을 굳이 사용하지 않더라도 단여랑은 그녀의 마음대로 쉽게 요리할 수 있다. 그러나 능가연과 한 거래는 단여랑의 내공을 완전히 없애는 것. 죽일 수는 없으니 반드시 탄기분을 사용해야만 했다.

묘선은 차라리 단여랑에게 가까이 접근하기 위해 최면을 쓰는 것이 훨씬 낫다고 보았다. 진즉에 생각했더라면 쉬웠을 것을.

편을 휘두르던 묘선이 조금씩 거리를 좁혀가고 있을 때, 단여랑이 팔짱을 풀고 입을 열었다.

"뇌전격타(雷電擊打)는 그런 식으로 하는 게 아니지. 그냥 무턱대고 허공에 휘두르기만 하면 끝?"

'……!'

묘선은 심장이 멎을 뻔했다.

'이럴 수가! 최면이… 통하지 않았나? 이런 말도 안 되는!'

처음이었다. 능가연조차도 깜빡 속아 넘어가게끔 만든 묘선의 최면술이 통하지 않은 자는. 역용술을 제외한 그녀의 유일한 특기가 바로 최면이었거늘.

단여랑은 고개를 내저으며 묘선에게 천천히 다가왔다.

타닥!

팔에 힘이 탁 풀리고 허공에 날리던 편극이 바닥을 쳤다. 묘선은 딱딱하게 굳어진 채로 두 눈동자만으로 단여랑의 움직임을 좇았다.

그런데 의외롭게도 단여랑은 그녀의 등 뒤로 돌아가 백편을 잡고 있는 그녀의 손목을 움켜쥐었다.

"손목을 움직이라고 일전에 이야기했었지? 무공에 진전이 조금 있을까 했더니만 지난 삼 년 동안 대체 뭘 한 거야?"

단여랑은 묘선이 듣지 못할 것을 뻔히 알면서도 그녀의 귓가에 대고 속삭였다.

츄리릿!

단여랑에 의해 잡힌 손목이 빠르게 움직였다.

묘선은 자신의 손에 들린 백편이 아까와는 다른 위력으로 움직이는 장면을 목격했다. 초식만 같은 무공이 아닌 진짜 벽파일월편법.

"이제 감을 좀 잡겠어?"

단여랑이 그녀의 손목을 놓았고, 그녀는 백편을 바닥에 떨어뜨렸다.

'지금이다. 지금 이 순간을 넘기면 위험해져. 등만 돌리면 바로 그의 얼굴!'

묘선은 소매 속에 담긴 목갑을 꺼내 손에 쥐었다. 그리고 곧바로 등을 돌렸다. 아니, 돌리려 했다.

'헉!'

묘선은 손목에 전해지는 강압적인 힘에 한 번 놀랐고, 강제로 등이 돌려져 마주한 단여랑의 표정에 또다시 놀랐다. 단여랑의 얼굴에 걸려 있는 웃음은 비소가 확실했다.

"지금쯤이면 벽파일월편법을 자유자재로 구사할 줄 알았더니 요상한 짓거리나 하고. 지난 삼 년간 사술만 연구했나?"

'이, 이자는 도대체!'

가끔 최면이 통하지 않는 자도 있지만, 그런 자들은 정작 상대가 최면술을 펼쳤다는 것을 모른다. 하나 단여랑은 묘선이 최면을 시도했다는 것을 알고 있었다.

"예서하, 너 많이 변했다? 네가 언제부터 날 만나고 싶었다는 말을 할 수 있었지?"

'……!'

"필체가 조금 달라 의심하고 있었지. 어제 시험해 보니 확실히 알 수 있더군. 네게서는 설련초의 향기가 나지 않아. 그리고 아까, 분명 들리지 않을 텐데 내가 나타난 소리를 듣고 놀라 뒤돌았지. 예서하의 가면을 뒤집어쓴…… 넌 누구냐?"

살을 저미는 듯한 단여랑의 낮은 음성이 귓가에 파고들었다.

그랬었나. 설련초의 향기를 맡기 위해 묘선을 품에 안은 것이었나.

연극은 끝났다. 들통 난 이상 더는 예서하의 행세를 할 수 없게 되었다.

"후후! 생각보다 예리한 소궁주군."

묘선 특유의 비아냥거리는 말이 흘러나왔다.

단여랑은 예서하와 똑같은 용모의 여자가 말을 한다는 사실에도 별로 감흥이 없어 보였다.

"내가 예리한 것이 아니라 네가 어설펐던 것. 누구의 사주를 받고 왔나?"

"그딴 걸 말해줄 것 같으냐!"

묘선은 손에 들려 있던 목갑을 여는 것과 동시에 단여랑의 얼굴을 향해 확 뿌렸다.

잿빛 가루가 두 사람의 얼굴 사이에 흩날렸다.

'벗어나야 해!'

묘선은 단여랑에게 잡힌 손목을 뿌리치려 했다.

'헉!'

그러나 그녀는 도망가지 못했다.

손목을 잡고 있던 단여랑이 갑자기 팔을 뻗어 그녀의 목을 거세게 움켜쥐었다.

"요상한 사술에 이제는 독분이라? 혼자 죽을 수는 없지."

말과 함께 그는 팔에 힘을 주어 그녀의 얼굴을 가까이 잡아당겼다.

'아, 안 돼!'

미처 가라앉지 못한 탄기분이 그녀의 호흡을 통해 몸 안으로 침투했다.

순간 몸 안의 힘이 쭈욱 빠져나가는 듯했다. 그나마 얼마 되지 않던 내공들이 일시에 사라지는 기분을 느꼈다.

경악스러워하는 묘선과는 달리 단여랑은 침착했다. 아직도 비소를 머금고 있는 얼굴은 잔인한 악마를 연상케 했다.

"켁! 켁!"

요선은 단여랑이 잡고 있는 목이 아파왔다.

손가락 하나 까딱할 수 없을 정도로 강한 힘, 최면이 통하지 않은 자. 설마 탄기분마저 무용지물이 되어버리는 게 아닐까.

"멀쩡한 걸 보니 독분이 아닌가? 이제 네 정체를 밝혀야 할 때인 것 같군. 넌 누구냐!"

"켁! 켁! 이것 좀!"

묘선은 대답할 수 없었다. 목을 잡고 있는 단여랑의 손아귀 힘이 점점 더 강해지고 있었다.

그때였다, 마을로 내려갔던 막부동과 단설리가 모습을 드러낸 것은.

"단여랑!"

돌아가는 상황이 심상치 않음을 눈치 챈 막부동은 단여랑을 향해 신법을 펼쳤다.

"오지 마!"

"……!"

막부동은 깜짝 놀라 달려오다가 우뚝 신형을 멈춰 세웠
다.

"커헉! 이, 이 손 좀……!"

묘선은 더 이상 숨을 참기가 힘들었다.

얼굴이 벌게지고 숨이 가빠왔다.

점점 가물가물해져 가는 의식 속에서 묘선은 분명히 느낄
수 있었다. 단여랑의 손에서 힘이 점차 빠져나가고 있다는 사
실을.

"거봐요. 제가 불안하다고 했잖아요."

단설리는 혼절한 묘선의 팔다리를 밧줄로 칭칭 동여매며
투덜거렸다. 어쩐지 이상한 여자라고 생각했는데 딱 들어맞
을 줄이야.

"이 여자의 외모가 예서하와 일치한다면 이건 역용을 한
거예요. 정말 감쪽같이 얼굴을 바꿨네요. 이 정도의 역용술이
라면 중원에선 유명할 텐데. 이 여자는 대체 누굴까요?"

단설리는 묘선의 얼굴이 마냥 신기하기만 했다.

막부동은 초옥 문설주에 기대어 서서 마당 쪽을 응시했다.
단여랑이 오지 말라는 소리가 왠지 불길했다. 목소리 안에 담
긴 감정은 다급함이었다.

묘선의 목을 움켜잡고 있던 사람은 단여랑이었는데 다급
할 이유가 있었을까?

“그래도 어떻게 용케 알아냈네요? 이 여자가 좀 이상했던 탓도 있었지만. 근데 단여랑은 왜 안 들어온대요?”

“나가보겠습니다.”

막부동은 문을 밀치고 초옥에서 나와 단여랑이 있을 시냇가로 발을 옮겼다.

단여랑은 시냇가에 가부좌를 틀고 앉아 눈을 반개했다. 시간이 지나감에 따라 그의 얼굴이 미미하게 일그러졌다. 가만히 앉아 있는 데도 이마에는 굵은 땀방울이 송골송골 맺혔다.

그러다 순간 단여랑의 두 눈이 부릅뜨여졌다.

“허억! 헉!”

가쁜 숨이 터져 나왔다.

‘이런 말도 안 되는……!’

단여랑의 경악 어린 두 눈동자가 마구 흔들렸다.

몸에 변화가 생겼다.

진기가… 진기가 모이지 않는다.

사 년 동안 북해에서 익혔던 모든 음기도, 홍자경을 통해 익히게 된 태음양화도, 보리마군이 전수해 준 빙백신공까지도…….

진기는 몸 안에 한 줌도 남아 있지 않았다.

어찌 된 영문인가.

단여랑은 눈을 떠 묘선이 떨어뜨린 목갑을 계속 바라봤다. 목갑 안에서 터져 나온 독분은 고스란히 그의 콧속으로 스며들었다.

미처 피하지 못했다. 작정하고 얼굴에 뿌리는 독분을 무슨 수로 피할 수 있단 말인가.

산공독인가? 그럴 리 없다. 산공독 따위를 흡입시키기 위해 역용술까지 감행하면서 단여랑에게 접근했을 리는 만무했다. 차라리 산공독이면 다행일까 싶지만.

당황스럽다. 진기가 없이는 무공을 펼칠 수 없다. 그토록 쌓아왔던 내공이 한순간에 무너져 버린 꼴이라니?

'능가연…….'

불현듯 단여랑의 뇌리에 능가연의 웃는 얼굴이 떠올랐다.

그 여자가 계획한 일이 분명하다. 예서하로 분한 여자도 분명 능가연이 보낸 사람일 게다.

'일시적인 현상이야.'

그렇게 스스로를 위로하려 했지만 마구 뛰는 가슴을 진정시킬 길이 없었다. 이대로 진기를 영원히 살릴 수 없다면? 불안한 마음이 전신을 옥죄어왔다.

"쿨럭!"

진기도 없는데 무리하게 운용을 하려 해서인지 검은 핏덩어리가 입에서 튀어나왔다. 단여랑은 마음을 추스를 여유도 없었다.

"별일 없는 게냐?"

등 뒤에서 갑자기 들려오는 막부동의 목소리. 단여랑은 흙으로 입에서 튀어나온 핏덩이를 재빨리 덮었다.

아직은 정확히 알 수 없는 일. 정말 그의 생각대로 일시적인 현상에 불과할 수도 있으니 막부동에게는 말할 수 없다.

단여랑은 얼굴을 일그러뜨리며 웃었다.

막부동은 창백해진 단여랑의 얼굴을 유심히 들여다보더니 곧 관심을 접었다.

"혹시 도망갈지 몰라 계집을 묶어두었다."

다행이었다. 독분을 뿌린 여인은 분명 해독약도 가지고 있을 게다.

"누구의 계략일까? 역용술을 쓰면서까지 나에게 접근하려 했던 것은 분명 저 목갑 속에 담겨 있던 독분을 사용하기 위함이었겠지."

단여랑이 손가락으로 가리킨 곳에는 작은 목갑 하나가 딩굴고 있었다.

막부동은 목갑 쪽으로 조심스럽게 다가갔다. 아직도 남아 있을지 모를 독분에 대비하면서.

목갑을 든 막부동은 그것을 이리저리 둘러보았다. 목갑 안에는 더 이상의 가루가 남아 있지 않았다.

"이것, 그 여인이 사용한 것인가?"

"내 얼굴에 뿌리곤 필사적으로 벗어나려 하더군. 결국 같이 흡입하고 말았지만."

"몸에는 아무런 이상이 없는 게냐?"

"……어, 그런 것 같아."

단여랑은 힘겹게 대답했다.

"아무 일 없다면 다행이구나. 예서하의 일은……."

막부동은 한숨을 내쉬었다.

"결국 예서하를 만나지 못했다는 것. 우리는 인연이 없나 봐. 그녀를 통해 보리마군에게 은혜를 갚아야겠다고 생각한 건 진심이었는데."

"만나야 할 사람이라면 반드시 만나겠지. 지금은 신경 쓰지 마라. 궁주가 된 후에 그녀를 찾아도 늦지 않아."

"그녀가 빙백신공을 모른다는 전제하에서."

"……."

단여랑은 몸을 일으켰다. 핑 하고 현기증이 일었다.

"깨워."

"혼절했어요."

"혼절한 척하고 있는 거야. 깨워."

단설리는 깨우러 갈 필요가 없었다. 혼절한 척하고 있다는 단여랑의 말에 묘선의 두 눈이 번쩍 뜨였다.

"호호호호!"

묘선의 눈동자가 가늘어지며 사이한 웃음을 토해냈다.

“어서 날 풀어주는 게 좋을걸?”

예서하의 눈, 예서하의 코, 예서하의 입술.

차가운 것과 표독스러운 것은 차원이 달랐다. 분명한 예서하의 얼굴이지만 표독스러움이 가득 깃들어 있었다.

“순순히 말하지 않을 거란 건 안다. 누가 시켰는지 말하지 않아도 돼. 넌 누구고, 예서하를 어떻게 알고 있지?”

“누가 시켰는지 밝히면 날 풀어주겠어?”

“누가 시켰는지는 보지 않아도 알 수 있지. 능가연, 아니면 야현. 자, 내가 한 질문에 대답할 차례다.”

“머리는 좀 돌아가는가 보네? 대답하지 않으면 어떻게 할 건데?”

“지금 이 자리에서 험한 꼴을 당하게 할 수도 있지.”

묘선은 단여랑의 진지한 얼굴을 보더니 픽! 하고 웃음을 터뜨렸다.

“어깨에 잔뜩 힘만 들어가서는… 호호! 진기가 모두 사라져 버렸을 텐데 아무렇지도 않은가 보지?”

“……!”

“……!”

막부동과 단설리가 동시에 단여랑을 바라봤다.

“내가 뿌린 게 탄기분이거든. 영원한 진기 소멸. 알겠어? 넌 진기 한 줌 없는 겉모양만 무인이 된 거야. 호호!”

“사실이냐!”

막부동과 단설리는 단여랑의 입에서 어떠한 말이 튀어나올지 궁금했다. 제발 아니길 바라는 그들의 기대 어린 눈빛을 단여랑은 말 한마디로 처참하게 무너뜨렸다.

“해독약은?”

“단여랑!”

“아!”

단설리의 두 눈이 절망으로 물들었다.

“해독약? 그런 게 있을 리가 없지. 보기보단 순진한 면이 있……?”

쫘악!

경쾌한 소리와 함께 묘선의 고개가 홱 돌아갔다. 그녀의 고개가 다시 원위치 되는 데는 촌각의 시간도 소요되지 않았다.

“계집, 지금 날 때렸어? 무공으로는 일초지적도 안 되는 게 감히 날 때려?”

묘선의 두 눈이 독기로 이글거렸다.

아직도 분기가 풀리지 않는지 단설리는 또다시 묘선을 때리려 손을 높이 치올렸다.

“설리, 그만.”

단여랑의 말에 단설리는 손을 거뒀다. 격한 감정으로 인한 그녀의 어깨가 부들부들 떨렸다.

“당신이 지금 무슨 짓을 했는지 알아?”

"호호! 나와는 상관없는 일이지. 안 그래?"

단설리의 물음에 묘선은 싸늘하게 웃을 뿐이었다.

"너 역시 나와 같이 그 독분을 흡입했을 터. 그렇다는 말은 네 진기 또한 모두 사라졌다는 말인가?"

"안타깝게도 그렇게 됐지. 하지만 괜찮아. 이 대가는 모두 그 능가연이라는 여자에게 받을 테니까."

표독스러운 말투 속에는 은근한 자신감이 가미되었다.

능가연을 그 여자라고 부르는 여인. 그녀의 사주를 받았다면 절대 수하쯤 되는 인물은 아닌 것이다. 이쯤에서 단여랑은 묘선의 정체에 대해 알아야 할 필요가 있었다.

"넌 누구냐?"

"나에게 어찌할 생각을 한다면 네 신상에 좋은 일은 없을 거야. 그러니 이거나 풀엇!"

묘선은 막무가내였다.

그녀 역시 진기를 모두 잃었다. 게다가 도망가지도 못하고 잡혀 버렸다. 그녀는 살기 가득한 막부동과 단설리의 시선을 견딜 수가 없었다.

궁지에 몰린 쥐가 빠져나갈 수 있는 방법은 죽을 각오로 대드는 것. 그러나 이미 그녀도 풀려날 수 있을 거란 생각은 포기하고 있었다.

"누구냐고 물었다. 여러 번 말하게 하지 마."

"후후! 역용술과 최면. 이거면 되지 않아?"

듣고 있던 단설리의 두 눈이 점점 크게 뜨였다.

"마라… 궁?"

"으음!"

단설리와 막부동도 마라궁에 대해 잘 알고 있는 터. 아! 왜 진즉에 생각지 못했을까. 역용술이라면 마라궁을 따라갈 사람이 없을진데.

사대궁이 개입될 거라고는 생각지 못했기에 간과했다.

삼 년 전, 혈궁이 중원에 모습을 드러냈다는 말을 들었을 때부터 사대궁에 심상치 않은 기류가 번져 나가고 있다는 것을 알아차렸어야 했다.

"다시 한 번 말하지만 내가 돌아가지 않으면 네 신상에 큰 위기가 닥쳐올지도 모를걸?"

단여랑은 피식 웃으며 묘선의 말을 받았다.

"빙옥조에 마라궁이 개입되었다는 사실이 중원 전역에 퍼진다면 마라궁의 형편도 그리 좋을 건 없겠지."

묘선 또한 지지 않았다.

"그건 북해빙궁이 망했을 때나 문제지. 내 입으로 떠벌리고 다닐 수도 있어. 지금 북해빙궁에서 벌어지는 내분을……호호! 과연 혈궁과 남해태양궁이 가만히 있을까?"

"넌 여기서 죽어야겠군."

참다못한 막부동이 자리에서 벌떡 일어섰다. 그는 일장에 때려죽일 기세로 묘선을 향해 저벅저벅 걸어갔다.

“어, 어딜!”

묘선의 두 눈이 공포로 물들었다.

“전주, 그만둬.”

“말리지 마라. 어디 마라궁 따위가 감히 북해빙궁을 농락한단 말인가!”

휘익!

감당할 수 없는 위력이 담긴 막부동의 손이 허공을 갈랐다.

“아악!”

묘선은 비명을 지르며 두 눈을 질끈 감았다.

“그만둬!”

“……!”

막부동의 손이 묘선의 머리 위에서 일 촌 간격을 남겨둔 채 뚝 멈췄다. 묘선은 머리를 통해 전달되는 차디찬 한기에 몸을 부르르 떨었다.

“전주, 풀어줘.”

“단여랑!”

“풀어주다니, 그게 무슨 말이에요!”

“안 풀어주면 내가 풀어주지.”

“그건 안 돼요!”

단설리는 두 팔을 벌려 단여랑의 앞을 가로막았다.

“절대 풀어줄 수 없어요.”

"단설리, 비켜."

"왜 그래요? 어떻게 이런 여자를 그냥 보내려고 해요?"

"해독약이 없다잖아. 풀어줘."

"해독약이 없으면 만들게 해야죠! 절대 안 돼요."

"비키라면 비켜!"

단설리는 단여랑의 고막을 찢을 듯한 높은 언성에 깜짝 놀라 움찔했다. 단여랑의 두 눈은 그 어느 때보다 차갑게 가라앉아 있었다. 보기만 해도 소름이 오싹 돋을 정도로.

"후! 설리, 비켜줘."

'단여랑, 정말!'

단설리는 옆으로 몸을 옮겨 앞길을 비켜줬다. 목에서 울컥하고 치미는 울분을 참기 위해 그녀는 어금니를 악물었다.

조용한 정적이 주위를 맴돌았다.

단여랑이 몸을 수그려 묘선의 손과 발에 묶인 밧줄을 모두 풀 때까지 아무도 말을 하지 않았다.

"호호! 진즉에 그렇게 나왔어야지!"

묘선은 자리에서 벌떡 일어서 단여랑 일행과 멀찍이 떨어져 섰다.

"흥! 북해빙궁 소궁주라는 사람을 잘못 봤어. 배짱깨나 두둑할 줄 알았……."

"마라궁 따위가 무서워서 널 놓아주는 줄 아나?"

"……?"

“착각하지 마라. 마라궁은 유령전만으로도 하루아침에 몰락시킬 수 있다.”

“흥! 뚫린 입이라고 말은 잘…….”

“다시는 빙옥조에 관여하지 마라. 경고다.”

“…….”

“한 번만 더 내 눈에 띄면 너를 포함한 마라궁도… 모두 죽인다.”

묘선은 아무 말도 할 수 없었다.

진기 하나 없는 단여랑의 기도는 태산을 눌러 버릴 듯 압도적이었다. 그의 말이 사실이 될 것 같은 불안한 예감은 송곳이 되어 피부를 찔러왔다.

묘선은 뒤도 돌아보지 않고 그 자리에서 벗어났다.

2

“단여랑의 몸이 심상치 않아 보여. 아까 그 정체를 알 수 없는 가루 때문인 것 같은데…….”

“그 계집이 보리마군의 딸로 둔갑했다는 게 더 미칠 노릇이구나. 역용술이라니… 쯧쯧!”

취신개는 생각할수록 기가 막힌 듯 혀를 찼다.

“아무래도 안 되겠네. 직접 몸 상태를 확인해 봐야겠네.”

“뭐? 방금 뭐라고 했어, 이 늙은이가! 저기가 어디라고 껴

들겠다는… 어, 어!"

적하난선은 이미 신형을 날리고 있었다. 취신개도 신법을 이용해 간신히 적하난선을 따라잡았다.

"헹! 내기에 질까 봐 그러냐? 이건 엄연한 반칙이야. 정정당당하지 못하다고!"

"반칙은 마라궁 쪽에서 먼저 하지 않았던가."

"빙옥조는 처음부터 관여하면 안 되는 일이야. 누가 죽는 한이 있어도 우리와는 전혀 상관이 없는 일이라니까!"

"어찌 도인 된 자가 사람의 불행을 보고도 방관할 수 있겠단 말인가?"

"이젠 별의별 핑계를 다 대시는구만. 내기에 질까 봐 그러는 걸 내가 모를 줄 알고?"

"무량수불!"

"얼씨구?"

취신개가 말릴 틈도 없었다. 적하난선은 이미 단여랑 일행이 머무는 초옥으로 쏜살같이 달려가고 있었다.

무거운 침묵이 흘렀다.

단여랑, 막부동, 단설리, 세 명 중 누구도 먼저 입을 열려하지 않았다.

호첨산이 앞으로 삼 일 거리밖에 남지 않았거늘. 떠날 준비는 이미 모두 끝난 상태였다.

단설리는 울분을 안으로 삼켰다.

하늘이 무너지는 것 같았다. 북해빙궁을 어떻게 빠져나왔던가. 단여랑에게 마음을 돌리기까지 얼마나 많은 생각을 했었는가.

단여랑이 진기를 잃었다고 말하는 순간 그녀가 계획하고 추진하려 했던 일들은 모두 물거품이 되어버렸다. 다시는 돌이킬 수 없는 물거품.

막부동은 전신에서 힘이 쭈욱 빠져나가는 듯한 기분이 들었다.

궁주가 되기 위해 반드시 지녀야 할 무공. 내공이 없으면 빙백신공은 불가능하다. 한마디로 단여랑에게 더 이상 궁주로서의 희망은 없어졌다.

그가 취할 수 있는 방법은 간단하다.

이 길로 곧장 북해로 돌아가 유령전을 이끌고 먼 곳으로 떠나든지, 아니면 능가연과 야현에게 맞서 싸우는 방법뿐.

단여랑이 회생 불가능하다면… 냉정하지만 빙옥조는 이미 그의 몫이 아니었다.

막부동과 단설리는 약속이라도 한 듯 동시에 단여랑을 흘끔 바라봤다.

단여랑은 무슨 생각을 하는지 허공만 응시했다.

무인의 생명이나 다름없는 진기를 모두 잃어버리고도 그는 아무렇지도 않은 걸까? 어쩌면 저리도 담담할 수 있는 거냔 말이다.

두 사람이 단여랑을 이해 못하는 것은 아니었다.

그들도 이렇게 걱정하고 있는데 정작 당사자인 단여랑의 기분은 어떻겠는가.

빙옥조에 대한 부담이 컸을 게다. 어린 나이에 궁주라는 직책을 떠안아야 하는 부담감이 압박이 되어 그의 심신을 짓눌러 왔을 게다.

오히려 홀가분해 보였다. 진기를 모두 잃은 단여랑의 얼굴은 진정 편안해 보였다.

단설리는 자리에서 일어났다.

"후, 이제 어떻게……."

"해가 지기 전에 어서 출발하는 게 좋겠어."

단여랑은 단설리의 말허리를 단번에 잘라 버렸다.

"어디를요?"

"어디긴 어디야, 호첨산이지."

"단여랑, 그건……."

"그러고 보니 여태 나한테 이름을 불러왔네? 엄연히 나도 네 오라버니인데 계속 이름만 부를 건가?"

"미안해요, 오라… 버니."

단설리는 단여랑의 시선을 외면했다.

그의 얼굴에는 어떠한 절망이나 두려움도 없었다. 그토록 무공을 갈구하고 좋아했는데… 진기를 잃은 슬픔은 그 누구보다도 클 텐데……. 그의 얼굴에 맺힌 웃음은 정말 가슴속에서부터 우러나오는 것이 아닌 가식적인 행동인 것이 분명했다.

그때였다.

비둘기 한 마리가 단설리의 손으로 날아들었다.

다리에 전통이 매달린 전서구였다. 전서구들은 회귀본능이 강해 훈련되어진 장소로만 이동한다.

느닷없는 전서.

단설리는 생각해 볼 것도 없이 전통을 열어 그 안에 담긴 종이를 펼쳤다.

"밀당이에요."

밀당의 전서가 도착했다. 이는 곧 밀당이 지금부터 단여랑에게 정보를 제공한다는 말이기도 했다.

그러나 단설리의 얼굴은 좀처럼 펴지질 않았다.

"뭐라고 적혔지?"

"귀령전이 움직이고 있대요. 단태붕… 일행이 호첨산으로 이동 중……."

단설리의 눈썹이 가늘게 떨렸다.

"잘됐군. 어차피 한 번은 부딪쳐야 하니까."

단설리는 전서를 접고 단여랑을 직시했다.

"단태붕은 유리빙천검을 십성까지 익혔어요. 나이에 비해 훌륭한 성과를 거뒀죠. 만약 부딪친다면…… 승산이 있나요?"

단설리는 이런 질문을 하는 자신이 너무 싫었다. 이는 대놓고 단여랑을 무시하는 것이 아니던가. 진기가 없다는 것을 다시 한 번 일깨우려 하는 게 아닌가.

그러나 단여랑은 그녀의 질문에 별로 신경 쓰는 기색을 보이지 않았다.

"승산은 두고 봐야겠지."

'두고 볼 필요가 없어요, 단여랑. 진기가 없는 이상…… 후! 생각하고 싶지 않네요.'

단설리는 목구멍까지 튀어나오려는 말을 간신히 삼켰다.

"이거 받으세요."

단설리는 모포에 둘둘 말린 길쭉한 물건을 단여랑에게 건네며 말했다.

"이것은……?"

모포를 한 겹 한 겹 풀던 단여랑의 두 눈이 크게 뜨였다.

"좋은 친구를 두었더군요. 이건 그녀가 당신에게 보내는 선물이에요."

"빙옥검(氷玉劍)……."

검은 강철이나 쇠로 만든 보통 검과는 달랐다.

검신은 초록빛을 띤 옥이었고, 스며져 있는 기운은 보기만 해도 치를 떨리게 할 만큼 시렸다. 냉화각 여인들만이 만들 수 있는 북해빙궁의 무기였다.

"보통 빙옥검이 아니에요. 육십 년마다 한 번씩 나올까 말
까 한 검이죠. 당신 친구는 목숨을 걸었어요."

'구화용⋯⋯.'

단여랑은 구화용의 서늘한 눈매를 떠올렸다.

냉담하지만 속정이 깊은 오랜 지기. 그녀가 단여랑을 위해
냉화각에서도 가장 귀중한 물건인 빙옥검을 보내왔다.

단설리의 말대로 구화용은 목숨을 걸었다. 두근거리는 마
음으로 빙옥검을 훔쳐 보내는 구화용의 모습을 생각하니 고
마움과 함께 걱정이 앞섰다.

"왜 이런 바보 같은 짓을."

"당신이 원하던 것 아니었나요? 북해를 빠져나오기 전에
구 소저를 찾아갔다는 걸 알고 있어요. 그녀가 냉화각이기 때
문에 언제라도 도움이 필요할 거라는 걸 알고 있었죠. 제 말
이 맞죠?"

"후훗! 그랬었지. 도움이 필요했어."

"그런데 지금은⋯⋯."

단설리는 침을 꿀꺽 삼키고 다시금 입을 열었다.

"솔직하게 말할게요. 너무 언짢아하지 말아요. 지금 오라
버니의 상태로는 도저히 단태붕을⋯⋯."

"이길 수 없다고?"

"그래요. 거의 불가능하다고 봐야겠죠."

"거의가 아니야. 불가능하지."

단설리는 고개를 들어 단여랑을 바라봤다. 그의 눈동자가 웃고 있었다.

"그런데 왜 웃어요?"

"누가 죽기라도 했어? 세상 다 산 사람 같은 표정을 짓고 있는 게 너무 우스워서."

"농담하지 마라, 단여랑."

막부동이 다가왔다.

언제나 단여랑의 곁에 있어주겠노라 약속했던 유령전주. 단여랑을 위해서라면 목숨까지 바칠 각오를 한 사람.

그는 중원에 나와서 이제껏 단여랑에게 별로 도움이 되지 못했다. 오히려 짐이 되지 않았을까 혼자 걱정하고 있던 터였다.

그런데 결정적으로 이번만큼은 천하의 유령전주라 하더라도 단여랑에게는 아무런 도움을 줄 수가 없었다.

"잠시 동안만 멀리 떠나 있어라. 단태붕과 단우인은 내가 어떻게 해볼 테니까, 그때까지만이라도 몸을 피하도록 해라."

친동생이나 다름없는 단여랑이었기에 그렇게 말했다. 진기가 사라졌다곤 해도, 그래서 무인으로서 아무런 가치가 없어졌다고 해도 단여랑은 그가 아끼는 사람. 위험 가득한 곳에 밀어 넣을 수는 없었다.

"전주, 이제 그만 한다 싶더니만 아직도 애 취급이야?"

“빙옥조는 내가 대신 찾아주마. 널 궁주로 만들겠다는 내 마음은 변함이 없다.”

“전주, 왜 자꾸만 사람을 비굴하게 만들어?”

“미안하지만 네 몸 상태로는 도저히…….”

“진기를 잃어서? 그게 뭔 대수라고.”

“…….”

“그 마라궁 계집이 거짓을 말했어. 탄기분이라고 했었나? 사람의 진기를 영원히 소멸시킨다고? 하하하! 거짓말이지. 진기가 없는 사람은 이미 사람이 아니야. 무공을 하나도 모르는 범인도, 아파서 병상 신세를 지고 있는 환자들도 모두 진기를 가지고 있어.”

“…….”

“나도 북해빙궁에 들어가기 전까지는 그저 보통 사람들과 같은 미미한 진기만 가지고 있었지. 그 진기가 이렇게 커져서 빙백신공도 익히고 그랬던 거지만.”

“여랑아.”

“뭐, 처음부터 다시 시작한다고 생각하면 되지. 시간이 조금 걸리기야 하겠지만, 내가 누군데? 단여랑이잖아.”

단여랑은 오히려 마음이 홀가분해졌다.

그동안 쌓여 있던 무거운 짐들이 한번에 썰물처럼 밀려 나가는 듯 시원했다.

진기를 잃은 것은 아깝지 않다. 없으면 그만인 진기인 것을.

노력해서 안 되는 법은 없다. 하늘은 꼭 노력한 만큼의 보상을 준다. 과도한 욕심은 화를 부를 뿐이다. 적당한 노력으로 보상만 받으면 된다.

없어진 진기는 다시 모을 생각이다. 빙옥조를 구하지 못한대도, 그로 인해 궁주가 될 기회를 놓치게 된다고 하더라도 몸을 원래의 상태대로 만들 것이다. 오랜 시일이 걸려도 반드시 이루어내고 말 게다.

능가연… 그 여자만은 절대로 용서할 수 없기에.

"정말 호첩산으로 갈 계획이에요? 단태붕이 그리로 향하고 있다고요. 접전은 나중에 해도 늦지 않아요."

"나 때문에 위험에 빠진 사람이 있어. 그 사람은 구하러 가야 할 것 아냐?"

"누구……?"

"예서하."

"네? 하지만 그 여자는 못 찾았… 아!"

단설리는 자신의 이마를 손으로 탁 쳤다.

마라궁의 묘선이 예서하의 모습으로 역용하고 나왔다는 사실은 능가연이 이미 예서하의 존재를 알고 있다는 말과 상통.

밀당의 눈은 항상 예서하를 따라다니고 있고, 그녀는 아마도 지금쯤이면…….

'단태붕, 도저히 용서할 수 없는 인간!'

단설리는 생각만 해도 이가 갈렸다.

"일단 출발하자. 대책이 있겠지. 나에겐 유령전주도 있고, 단설리도 있으니까."

단여랑은 빙옥검을 옆구리에 차고 행낭을 짊어 멨다.

그리고 막 초옥에서 빠져나오려는 순간,

"이 늙은이가 정말! 이건 엄연한 반칙이라고!"

"무량수불!"

늙은 거지 하나와 도인 하나가 그들 앞에 모습을 드러냈다.

도인은 단여랑 일행을 보곤 손을 올려 반장을 취했다. 단여랑도 얼결에 도인을 향해 꾸벅 머리를 숙였다.

단설리의 행동은 빨랐다.

그녀는 두 노인의 등장이 심상치 않다 여겼고, 마침 늙은 거지의 허리춤에 달린 일곱 개의 매듭이 눈에 들어왔다.

단설리는 재빨리 막부동을 바라보며 턱짓을 했다.

막부동은 단여랑보다 한발 앞서 그들을 향해 정중한 태도로 물었다.

"송구하지만, 누구신지……?"

"나? 나 거지지. 이쪽은 도사. 딱 보면 몰라?"

몰라서 묻는 말이던가.

한눈에 보아도 범상치 않은 기운을 가진 노인들. 칠결이면 개방의 장로, 그와 함께 다니는 도인 역시 구파일방의 문파들 중 하나에 귀의한 사람이리라.

"보아하니 구파일방의 분들 같은데 이곳엔 어쩐 일이십니까?"

"아, 몰라! 이 늙은이한테 물어봐. 그러기에 내가 그냥 가만히 감시나 하자니까!"

감시라는 말에 단여랑 일행은 귀를 쫑긋 세웠다.

북해빙궁 빙옥조의 감시를 맡은 구파일방의 인물들이 그들의 앞에 나타나다니. 감시는 감시에서 끝나야 하는 것이 아니던가.

"무량수불! 빈도는 청성의 적하난선이라 하오이다. 무례를 범하게 된 점 우선 사과드리는 바이외다."

"그렇게 소개하면 나도 해야 하잖아! 쩝! 난 취신개라고, 그냥 거지야. 낄낄!"

단여랑을 비롯한 세 명은 적하난선과 취신개를 향해 깊숙이 허리를 숙였다.

앞에 있는 두 사람은 중원의 난다 긴다 하는 후기지수들도 만나길 간절히 소망하는 무림 명숙이었다. 그들을 직접 앞에서 보았다는 자체만으로도 뭇 무림인들의 질시를 사기에 충분했다.

"두 노선배님들을 알아뵙지 못해 송구하옵니다. 소녀는 북해빙궁의 단설리라 합니다. 그리고 이쪽은……."

"알고 있어. 단여랑, 막부동. 뭘 또 소개까지 하고 그러나.

그냥 넘어가!”

취신개는 때가 꼬질꼬질한 손톱으로 머리를 벅벅 긁으며 말했다.

“그런데 어쩐 일로 이곳에는……?”

“빈도가 그대들을 계속 지켜본바, 신변에 곤란한 일이 생긴 것 같아 궁금증을 참지 못하고 이렇게 나타나게 되었소이다.”

취신개는 예의란 예의를 꼬박꼬박 갖추는 적하난선을 못마땅하게 바라보다가 크게 외쳤다.

“아, 그냥 내기에서 질까 봐 걱정되서 나왔다고 해! 빙빙 돌려서 말하기는! 그런다고 하늘에서 밥이 나와, 떡이 나와, 돈이 나와?”

“내기라니요?”

단여랑 일행은 서로를 바라보며 어깨를 으쓱했다.

평온한 신색을 잃지 않던 적하난선은 얇은 입술을 조그맣게 씰룩이며 취신개를 흘겨봤다.

“그것이 사실은…….”

“허허허허!”

적하난선은 허탈한 웃음을 토해냈다.

점검해 본 결과, 단여랑의 몸속에는 범인과 다름없는 진기만 남았을 뿐 무인이 갖춰야 할 기운은 하나도 남아 있지 않았다. 단여랑의 몸 상태는 무공에 갓 입문하여 기본공(基本功)을 연마하는 사람과도 같았다.

"진정 방도가 없는 것인지요?"

단설리는 지푸라기라도 잡고 싶은 심정이었지만 적하난선은 그저 고개만 가로저을 뿐이었다.

"심법을 처음부터 익히지 않는 한 가망이 없소이다."

"걱정해 주셔서 감사하나 염려치 마시길."

단여랑은 웃옷을 입으며 툭 내뱉듯 말했다.

그는 적하난선과 취신개의 등장이 썩 마음에 내키지 않았다.

마라궁이 관여한 것에 모자라 이제는 구파일방까지 끼어들려고 하는 것인가.

물론 자신의 상태를 염려해 면전에 나섰다지만 어디까지나 단여랑 개인의 일일 뿐, 그들과는 전혀 상관없는 일이었다.

"낄낄! 거봐, 늙은이. 이 녀석은 더 이상 가망이 없어. 어서 적하검을 나에게 넘기라고."

"지금 가망이 없다고 하셨습니까?"

말을 받은 사람은 단여랑이었다.

"어? 이 녀석이 이제는 막 눈을 똥그랗게 뜨고 쳐다보네? 왜 임마! 내가 내 입으로 내 하고 싶은 말을 한다는데 보태준 거 있냐?"

"길고 짧은 건 대봐야 알지요. 가망이 없다고 하시기에는 너무 이른 판단인 것 아닙니까? 막말로 선배님이야말로 제가 빙옥조를 먼저 찾게 될까 지레 겁부터 드신 것 아닙니까?"

"어, 어……!"

단여랑의 비꼬는 듯 정곡을 찌르는 말에 취신개는 대꾸할 말을 잃고 입만 뻥긋거렸다.

배분으로 따지자면 어려도 한참 어려 밑바닥이 보이지 않는 후배에 불과한 녀석이 취신개의 입을 막아버리다니. 취신개 역시 이런 대접을 받아본 것은 처음이었다.

"허허허! 바른말을 하셨소이다. 하나 어른에게는 예의가 필요한 법이지요."

"송구합니다."

단여랑은 적하난선을 향해 고개를 숙였다.

"이런 말씀을 드리긴 건방지다 생각하실지 모르나, 이만 저희의 일에 관여하지 않으셨으면 합니다."

적하난선의 두 눈이 반짝 빛났다.

"빙옥조는 오직 북해빙궁만을 위한 일입니다. 북해빙궁 사람들이 참여하고, 그 안에서 북해를 이끌 궁주를 뽑는 의식입니다. 그러니 외부에서 간섭하는 것은 그리 환영할 만한 일이 못 됩니다."

"허허허! 그렇소? 그렇다면 왜 중원에서 하시오? 굳이 궁주를 뽑는 의식이라면 그 넓은 북해 땅에서도 하면 될 일을……. 중원은 우리 구파일방의 영역이오. 그 안에서 세외 세력이 일을 벌이는데 우리가 가만히 있으면 말이 안 되지. 우리가 허수아비는 아니지 않소."

단여랑은 적하난선을 직시했다.

한없이 맑고 깊은 눈을 가진 노인이다. 마음 또한 넓고 온화한 줄 알았는데 말속에 가시가 박혀 있다.

"저희 북해빙궁의 전통이라 어쩔 수 없이 중원에서 의식을 거행하지만, 될 수 있는 한 피해를 주지 않으려 합니다."

"피해는 이미 줬지. 우선 중원 문파가 움직였잖아? 월영문, 성검문. 게다가 사대궁까지 끼어들었어. 우리는 뭐, 네가 좋아서 위에 보고하지 않은 줄 아냐?"

단여랑의 고개가 취신개에게로 돌아갔다.

취신개는 흙바닥에 몸을 뉘인 채 한 손으로는 머리를 받치고, 다른 손으로는 코를 후볐다. 그는 단여랑의 따가운 시선에도 아랑곳하지 않았다.

"솔직히 말해서 지금 그 몸으로 빙옥조를 한다는 것 자체가 무리지. 진기 하나 없는 인간을 죽이기 위해 혈안이 되어 있는 성검문과 월영문을 생각해 봐. 아니면 그냥 알아서 죽던가. 낄낄!"

"……."

"소협, 우리가 소협의 앞에 나타난 것은 북해빙궁을 도우려는 생각도, 관여하고 싶은 마음도 없기 때문이라는 점을 명심해 주시오. 우리는 단지 내기를 하였을 뿐이고, 빈도가 선택한 사람은 바로 소협이오. 그런 소협의 신변에 이상이 생기면 빈도 또한 곤란하지 않겠소이까?"

어떻게 들으면 너무 뻔뻔한 말이지만 적하난선의 입을 통해 나오니 그럴듯하게 들렸다.

"단도직입적으로 물어보도록 하겠소이다. 소협, 단태붕을 만나면 어찌할지 대책은 세워두셨소이까? 대책도 없이 뛰어든다면 빈도는 소협을 무모한 자라 칭하겠소이다."

"푸훗!"

조금씩 일그러지는 단여랑의 얼굴을 보며 단설리는 웃음을 참아내지 못했다.

"꽤나 쓸 만한 검을 지니셨구려."

적하난선의 눈은 단여랑의 허리춤에 차여 있는 빙옥검에게로 돌아갔다. 특이한 모양에, 보통 검에서는 뿜어져 나오지 않는 한기를 지녔으니 눈길을 돌리지 않을 수 없었을 게다.

"빈도가 한번 보아도 되겠소이까?"

단여랑은 검을 풀어 적하난선에게 건넸다.

"좋은 검이외다!"

적하난선은 진심 어린 감탄을 토해냈다.

"으음! 검에서 한기가 느껴지다니… 북해에서 만든 무기들은 모두 이렇소이까?"

"모두가 그런 건 아닌 걸로 알고 있습니다."

"조금 더 특별하다는 말이로군. 알겠소. 이걸 어떻게 만드는지에 대해선 소협도 모르는 것 같으니 굳이 묻지는 않겠소. 그런데… 검법을 익힌 적은 있소이까?"

단여랑의 고개가 저절로 막부동에게로 향했다.

극음빙한공을 익히기 전, 청설원에 올라갔을 때 가장 먼저 수련하는 것이 내공과 무기술(武器術)이다.

무기술이라고 해봤자 빙궁 무인들에게 보편화된 검이 다였지만 검법만큼은 중원에서도 흔히 배울 수 없는 상당한 경지에 속했다.

그것이 바로 북해빙검법(北海氷劍法).

"빙백신검."

모두의 고개가 단설리에게로 돌아갔다.

"빙백신검이죠. 빙백신공을 익힌 자가 펼치는 검법이니 빙백신검 아니겠어요?"

"단설리, 하지만 지금은 진기가……."

"진기가 돌아온다고 하던 사람이 누구였죠? 노력한다면서요? 노력해서 펼쳐 봐요, 빙백신검을."

"허허허! 어린 소저가 아주 당차시구려."

"그게 당찬 거야? 겁을 상실한 거지. 계집아, 세상이 그리 만만한 줄 알아?"

단여랑은 빙옥검에서 한동안 눈을 떼지 않았다.

빙백신검.

북해빙검법의 초식은 알고 있다. 빙백신검법이 따로이 존재하는 것은 아니다. 북해빙왕이 처음 빙백신공을 만들었을 때 빙백신검도 탄생되었다고 봐야 한다.

빙백신검, 빙백신장, 빙백한지.

모두가 빙백신공을 바탕으로 펼치는 무공.

그 흔하디흔한 삼재검법이라도 빙백신공의 기운을 담는다면 빙백신검이 된다. 달리 빙공이겠는가.

"소궁주, 빈도가 하나 생각해 둔 것이 있는데 한번 들어보시겠소?"

적하난선은 날카로웠던 인상에서 다시 편안하고 정 많은 노인의 모습으로 돌아왔다.

"빈도는 북해빙궁의 일에 전혀 관여하고 싶지 않소이다. 빈도가 듣기로는 소궁주는 북해에서 거의 내놓았다고 하던데…… 험험!"

말이 과했는지 헛기침을 터뜨리는 적하난선이었다.

"맞습니다. 계속 말씀하시지요."

"그래서 말인데… 호첨산에 도달할 때까지 빈도가 소궁주의 검법을 봐줘도 되겠소이까?"

"……!"

단여랑 일행의 고개가 동시에 적하난선에게로 향했다.

일파의 원로가 한참 어린 후배를 위해 시간을 쪼개어가며 수련을 돕겠다니. 정말 파격적인 제안이 아닐 수 없었다.

　그러나 적하난선이 그런 제안을 한 이유도 분명 있었으니…….

"또, 또, 머리 굴린다. 그냥 내기에서 지기 싫어서 그런 거라고 솔직하게 말하면 어디가 덧나냐! 어이, 소궁주! 자네는 제안을 거부하지 못할걸? 적하난선, 저 늙은이가 얼마나 고집이 똥고집인데. 나도 감당 못한다고!"

　단여랑 일행은 어이가 없어서 아무런 말도 하지 못했다.

"무량수불, 무량수불!"

　도호를 외는 적하난선의 음성만이 초옥 주위에 울려 퍼졌다.

第九章

빙백신검

묘선은 빨리 달리지 못했다.

힘이 풀린 다리는 연신 휘청거렸고, 샘솟는 갈증은 현기증마저 동반했다.

그래도 그녀는 걸어야만 했다. 금방이라도 막부동과 단설리가 뒤따라와 자신을 죽일 것만 같았다.

죽기 살기로 초옥을 빠져나온 그녀는 산에서 내려오다 큰 나무를 발견하고는 그쪽으로 뛰어갔다.

"흐흑!"

나무에 몸을 의지한 묘선은 울음을 터뜨렸다.

이를 악다물며 단여랑에게 대들었지만 가장 속이 타 들어가던 사람은 묘선이었다. 어디서 그런 용기가 나올 수 있었는지…….

너무 무서웠다. 화난 남자가 그렇게 무서워 보이긴 처음이었다.

마라궁도가 아니었으면, 아니, 단여랑이 아니었으면 벌써 황천길을 걷고 있을지도 모르는 그녀였다.

긴장이 풀리니 억눌려 있던 울음이 터져 나오고, 다리에 완전히 힘이 풀려 바닥에 털썩 주저앉고 말았다.

눈물 콧물 다 흘려가며 한참이나 어깨를 들썩거리던 묘선은 누군가 옆에 다가옴을 느끼곤 소매로 얼른 눈물을 훔쳤다.

"괜찮으십니까?"

윤효광이 자상한 말투로 물었다.

마라궁 내에서 도도하고 콧대 높아 궁도들을 아래로 깔아보는 것은 기본. 역경 한 번 없이 곱게 자란 묘선이 우는 모습은 처음 보았다. 그것도 공포에 잔뜩 질려서.

하지만 묘선은 윤효광에게 나약한 모습을 보이는 것조차 수치스럽게 여겼다.

그녀는 울음을 뚝 멈추고 안색을 굳혔다.

"성공했어요."

촉촉이 젖은 눈에선 단호한 기색마저 엿보였다.

"고생하셨습니다."

묘선은 크게 숨을 들이마시며 윤효광을 흘끔 바라봤다.

“해독약은 여기 있습니다.”

윤효광은 안주머니에서 작은 목갑을 꺼냈다. 목갑의 뚜껑을 열자 푸른색 단환 두 개가 모습을 드러냈다.

그는 단환 한 개를 꺼내 묘선에게 건넸다.

쉬운 일이 아닐 거라 생각했기에 준비한 단환이었다. 탄기분을 뿌리기 위해선 상대에게 가까이 접근해야 하는 것은 당연지사. 같이 흡입하지 않을 거라 장담할 수 없었다.

묘선은 군말 없이 단환을 받아 입속에 집어넣었다.

약간 쓴 맛에 얼굴을 찌푸리던 묘선은 곧 속이 편안해지는 듯 혈색이 정상으로 돌아왔다.

탄기분의 해독약.

마라궁은 절대 해독약 없이는 독약을 만들지 않았다. 아니다. 유일하게 해독약이 없는 것이 있긴 있다.

그것은 바로 환혼분. 뇌에 강한 충격을 주는 환혼분은 해독약이 아예 존재치 않았다.

한 줌도 남아 있지 않던 진기가 단전 안에서 다시 생성되며 묵직하던 몸이 서서히 가볍게 느껴지고 있었다.

“내가 중독될 것이라는 건 어떻게 아셨죠?”

‘세상이 아가씨가 보는 것만큼 만만한 것은 아닙죠.’

“만일을 생각해서 준비해 두었습니다.”

묘선은 눈꺼풀을 다른 쪽으로 낮게 내리깔았다.

“그자는 진기를 모두 잃었어요.”

"만족하십니까?"

"만족하고말고요. 그런 사람은 당해도 싸요."

"그렇다면 대답해 주시지요. 주관적으로 보지 말고 객관적으로 보았을 때, 단여랑이란 자는 궁주가 될 재목입니까?"

"왜 물어보시죠?"

묘선의 눈썹이 상큼 올라갔다.

"소인도 솔직히 궁금하긴 했습니다. 어떠한 자이기에 빙궁의 대부인이 그리도 경계하며 우리까지 끼어들게 했는지……. 아가씨께서 판단해 보시지요. 화근이 될 자를 미리 없앴다는 것은 본 궁에 도움이 될 수 있는 일이기도 합니다."

"그건……."

묘선의 눈두덩이에 경련이 일었다.

"그자는… 최면이 통하지 않는 자였어요."

윤효광의 눈에 이채가 떠올랐다.

그도 마라궁의 최면술에 자부심을 갖는 인물임은 분명할 터. 묘선의 말이 사실이라면 특이한 인물 하나를 제거한 셈이나 마찬가지였다.

단여랑에게 탄기분을 흡입시키기까지 묘선이 고전했을 것은 눈으로 보지 않아도 뻔했다.

중원에 처음 나온 마라궁 소공녀의 첫 임무는 성공적으로 끝났다. 그러나 묘선의 기분은 그리 좋지 않았다.

한동안 말을 않던 그녀의 입술이 부들부들 떨리더니 조심스럽게 열렸다.

"사실은… 그자에게 잡혔었어요."

"으음!"

"못 빠져나오는 줄 알았어요. 정말 죽을 거라 생각했거든
요."

"그자가 아가씨의 정체를 알게 되었습니까?"

묘선은 고개를 끄덕이다가 이내 가로저었다.

"제가 마라궁에서 왔다는 사실은 알아요. 능가연, 그 여자
가 꾸민 일이라는 것까지 모두 알고 있더라고요."

"그런데도… 아가씨를 풀어주었다는 말입니까?"

"……."

묘선은 다시금 단여랑이 했던 마지막 말들을 상기했다.

그가 그녀를 풀어준 이유를 정확히는 알 수 없었다.

만약 묘선이 단여랑의 입장이라면 자신을 해한 자를 죽이
고도 남았을 게 분명했다. 눈앞에 다 잡은 먹이가 있는데, 손
만 뻗으면 죽일 수 있는 데도 묘선을 풀어주었다.

묘선이 북해빙궁의 내분을 빌미로 협박을 해서였다. 그는
자신의 진기가 사라진 것보다 북해빙궁의 안위를 먼저 생각
한 자였다. 그 점에서 묘선은 비겁했다.

단여랑이 마지막에 내뱉은 말은 거짓이 아니다. 마라궁 따
위는 북해빙궁에 조족지혈도 되지 않을 만큼 약한 존재다.

단여랑에겐 어떠한 두려움도 없어 보였다.

진기를 잃은 충격도, 자신을 해하려는 자가 있었다는 배신
감도 전혀 아랑곳하지 않는 눈치였다.

'내가 과연 잘한 짓일까?'

묘선은 갈피를 잡지 못하는 감정을 추스르기가 힘들었다.

"궁으로 돌아가서서 쉬도록 하시죠."

"장로님, 궁금한 게 있어요."

"말씀하십시오."

"숙부의 뜻을 제가 알아도 될까요?"

윤효광은 묘선을 물끄러미 바라보다 허허롭게 웃었다.

"허허! 무슨 뜻을 말입니까?"

"숨기려 하지 마세요. 대개 문파의 수장들이 그렇듯 숙부
또한 포부가 대단한 사람이라는 걸 알고 있어요. 단지 북해빙
궁의 무공이 탐나서 이 일을 하려 한 건 아닐 거예요."

그녀의 숙부 되는 마라궁주는 사술로써 대가를 이룬 자다.
직접 견식한 적은 없지만 무공 또한 대단한 실력을 지녔다 들
었다.

마라궁주는 이번 일로 북해빙궁에 극음빙한공과 현음한빙
공이라는 무공을 받을 생각이었다.

그것으로 무얼 하려는 걸까. 북해빙궁과는 이미 다른 길을
가고 있는 마라궁이 북해 무공으로 다시금 강자의 반열에라
도 오를 생각이던가.

천만의 말씀.

남의 무공을 익힐 시간이면 좀 더 사술에 대해 연구하는 사람이 바로 마라궁주다.

중원 구경도 할 겸, 경험 삼아 단여랑에게 탄기분을 흡입시키는 일을 그녀 자신이 하겠노라 나섰지만 뒷일까지는 생각해 보지 못했다.

분명 무슨 계획이 있을 게다. 그녀가 모르는…….

"제가 아가씨께 무엇을 숨기려 하겠습니까? 아가씨가 모르시는 일이라면 저 또한 모르는 것을……."

묘선은 윤효광이 마라궁주의 계획을 숨기려 한다는 걸 알아챘다. 하기야 이제 갓 스무 살이 된 어린 계집에게 궁의 존폐 여부가 달려 있는 계획을 말해줄 리가 있겠는가.

"이제 그만 궁으로 돌아가시지요."

"돌아가지 않겠어요."

"궁에서 걱정하고 계실 겁니다."

"중원에 나올 수 있는 기회가 매번 찾아오는 것도 아니잖아요. 아직은 돌아가고 싶지 않아요."

윤효광은 묘선의 당돌한 말에 조금 난처했지만 달리 질책하지는 않았다.

"유람차 중원을 돌아보시는 것도 좋은 경험은 되겠지요."

"난… 빙옥조가 어떻게 돌아가는지 직접 내 두 눈으로 봐야겠어요."

"위험합니다. 호위 무인들을 붙여드릴 테니 중원을 한 바퀴 돌아보다 오십시오.”

휘익—!

묘선의 손이 재빠르게 움직였다. 윤효광의 손에 들려 있던 해독약의 목갑이 눈 깜짝할 새에 묘선의 손으로 옮겨져 왔다.

“장로님이 말리셔도 어쩔 수 없어요. 계획을 듣지 못한 이상, 저도 제 마음대로 행동할 것이니까요.”

“허허허! 그 해독약은 어디에 쓰실 작정이십니까?”

“이건 혹시나 있을지 모를 일에 대비한 대비책이에요. 날 능멸한 단여랑… 그자에게 쓸 미끼이기도 하고요.”

“숙고하심이…….”

“걱정하지 마세요. 전 그저 멀찍이 떨어져서 구경만 할 생각이에요. 궁으로 돌아가서 그리 알려주세요.”

“허허허……!”

묘선의 고집은 꺾을 수 없었다.

한번 결정한 일은 염라대왕이 내려와도 마음을 바꾸지 않는 강한 고집.

윤효광은 남몰래 한숨을 내쉬었다. 그 역시 묘선이 돌아가지 않는 한, 궁으로 돌아갈 수 없기에.

*　　　*　　　*

단여랑 일행은 호첨산을 향해 천천히 이동했다.

관도를 따라가면 삼 일밖에 걸리지 않는 시간이지만 그들의 행보는 아주 더뎠다.

동행을 자처한 두 사람 때문에 사람이 많이 지나다니는 곳으로 갈 수가 없었다. 개방의 장로와 청성파의 원로가 북해빙궁의 소궁주를 따라다닌다는 소문이 퍼지면 안 될 테니까.

"검법을 수련하려면 여유를 갖고 이동하는 편이……."

"시간이 지체되어서는 안 됩니다. 저 때문에 위험에 빠진 사람이 있어서."

단여랑은 단호했다.

적하난선의 힘으로는 말릴 수가 없었다. 빙옥조에 참여한 사람이 움직인다는데 무슨 수로 말릴 수 있겠는가.

초옥으로 날아든 전서구 이후로 밀당의 소식은 접하지 못했다. 밀당도 섣불리 움직일 형편은 되지 않는 듯싶었다.

단설리의 말수는 극히 줄어들었다.

빙옥조의 위치가 호첩산이라 예상만 하고 있을 뿐 정확하지는 않기에 그녀는 하루를 지도와 지혜원주로부터 받은 밀령에 파묻혀 살았다.

성검문이 종적을 감춘 이후로 열흘 뒤, 월영문도 완전히 모습을 감췄다.

단설리를 죽이는 것을 포기한 것은 아닐 게다. 단설리는 언제든 마음만 먹으면 죽일 수 있는 대상이다. 그 시일이 조금 늦춰졌을 뿐.

막부동은 달리 할 일이 없었다. 일행의 식사와 잠자리를 책임지는 것이 그의 유일한 몫이었다.

단여랑은 틈만 나면 운기조식에 몰두했다.

몇 시진 동안 한 자세로 가만히 앉아 있다가 일어나는 듯싶으면 온몸이 땀으로 흠뻑 젖어 있었다. 이렇다 할 만한 진전은 없어 보였다.

"느껴지는 게 없는가?"

적하난선은 자연스레 단여랑에게 말을 놓았다. 단여랑이 그렇게 해주길 원해서였다.

적하난선의 물음에 단여랑은 고개를 저었다. 오랜 수련을 거쳐 쌓아온 내공을 단 한순간에 모두 잃었다. 그것을 다시 원래대로 만들기는 쉬운 일이 아니었다.

그래도 단여랑은 노력을 아끼지 않았다. 촌각이라도 아쉬운 사람처럼 언제나 열심히 수련에 임했다.

"좌절할 줄 알았는데 의외로구먼."

취신개는 적하난선의 행동을 이해할 수 없었다. 아무리 내기가 걸려 있다고는 하나 적하난선이 단여랑을 대하는 태도는 제자에게 대하는 태도 이상이었다.

"다 늙어서 무슨 덕 좀 보겠다고."

"덕을 보려고 하는 건 아니지. 그냥 객기라 생각해 주게. 저 청년을 보면 자꾸만 호기심이 들어서……."

그렇게 얼버무렸지만 적하난선의 표정은 어딘지 밝아 보

였다.

"검을 들게."

단여랑은 머뭇거렸다.

"허허! 걱정하지 말게나. 내 이래 봬도 도(道) 하나로 평생을 살아온 사람일세. 설마하니 북해빙궁의 무공을 나쁜 일에 쓰려 하겠는가."

외부인의 앞에서 자신의 문파 무공을 시전한다는 것은 곤란한 일이었다.

단여랑도 그 사실을 알기에 꺼려했고, 적하난선 역시 마찬가지였지만 지금은 그런 것까지 따질 여유가 없었다.

"아직도 못 미더운 겐가? 걱정 말게. 나도 자네의 일에 개입되었다는 걸 본 문에서 알게 된다면 질책을 면하지 못할 터. 그저 같은 배를 탔다고 생각하게나."

적하난선은 될 수 있으면 단여랑을 편안하게 해주고 싶었다. 그러나 단여랑의 생각은 달랐다.

"그것이 아니오라……."

"그것이 아니라 함은?"

"과연 제 검법이 선배님께 어떠한 모습으로 비춰질지가 걱정입니다. 진기가 없으니 껍데기만 살아 있는 무공이 아니겠습니까?"

"허허! 그런 말은 무공을 보여준 후에나 하게. 그 말은 지금 하기에 너무 이른 것 같으이.”

“그렇다면 미흡하더라도 이해해 주시길 바라며…….”

단여랑은 검집에서 검을 뽑았다. 보통 검을 뽑을 때 흘러나오는 청명하거나 날카로운 소리는 들리지 않았다.

옥으로 만든 검. 단단하기는 강철을 능가하고, 빙궁의 한빙장도 무색케 하는 위력을 지녔다.

꺼내기만 하였는 데도 검신의 주위에는 안개처럼 하얀 기운들이 맺히기 시작했다. 빙옥검을 제작하는 냉화각만의 기술 때문이었다.

단여랑은 천천히 호흡을 시작했다.

공터에는 단여랑과 적하난선 두 사람이 마주 보고 서 있었지만 다른 세 쌍의 눈동자도 단여랑에게 향해 있었다.

지도를 들여다보던 단설리, 팔짱을 끼고 나무 밑둥에 기대어 고개를 숙인 막부동, 그리고 귀찮다는 표정으로 드러누운 취신개까지도. 모두가 숨을 죽인 채 단여랑을 주시했다.

스스스……!

단여랑의 검이 천천히 움직이기 시작했다.

진기는 없었지만 호흡은 필요했다. 한 번의 움직임은 역시 한 번의 호흡을 필요로 했고, 연이어지는 동작들은 끊임이 없었다.

‘어차피 진기는 끌어낼 수 없으니.’

단여랑은 눈을 감았다. 그리고 검을 휘둘렀다.

그의 손에 들린 빙옥검이 하늘 높이 솟아올랐다.

쉬쉬식!

육안으로 식별할 수 없을 정도의 빠른 손놀림 안에 빙옥검이 마치 날개를 단 듯이 춤을 췄다.

빙뢰낙화(氷雷落花).

번개와 같은 위력은 아무것도 없는 허공을 얼린다. 얼어버린 허공을 검으로 벤다. 부서져 나간 허공에서 깨어진 얼음 조각들은 무수한 꽃잎이 되어 사방으로 비산한다.

유리빙천검과 비슷하기도 하지만 본질은 다른 초식이다.

검으로 벤 허공 자체에서 생성된 얼음이 튀어 나가는 게 유리빙천검이라면, 허공을 벤 후 깨어진 얼음 조각들을 다루는 것이 빙뢰낙화.

단여랑은 상상했다. 빙백신공의 진기가 검으로 투영되며 펼쳐지는 빙백신검을.

이번에는 빙옥검이 커다란 포물선을 그리며 움직였다.

풍하만빙(風下萬氷).

바람 아래에 얼음들이 있으니.

풍하만빙은 얼음 조각을 만드는 단순한 기술이 아니었다. 진기를 끌어올린 후 바람을 일으켜 만물을 얼리는 초식이다.

천천히 곡선을 만들어내던 단여랑의 검이 어느 순간 미친 듯한 속도로 움직이기 시작했다.

빙뢰낙하에 비할 바가 아니었다. 묵직한 검에선 붕붕 소리만 날 뿐 눈으로 식별할 수 없는 빠르기였다.

"으음!"

누군가가 신음을 터뜨렸다.

막부동이었다.

단여랑이 펼치는 초식은 빙폭섬(氷暴閃).

한 자루의 빙옥검이 마치 수십, 수백 개로 보였다. 단여랑의 주위에 초록빛의 기운들이 둥둥 떠 있는 착각을 일으켰다.

검에 진기만 실어준다면 반경 삼 장 근처에는 얼씬도 하지 못한다. 진기가 실리지 않은 단여랑의 검이었지만 빠름으로썬 아무도 감당해 내지 못할 듯싶었다.

호흡은 일순간 정지되었다. 모두의 눈이 부릅뜨인 것도 동시였다.

빙옥검은 하늘과 맞닿아 수직으로 들어올려졌다.

모두가 쉬이 숨을 쉴 수가 없었다. 긴장된 눈들은 단여랑을 직시했다.

벌러덩 드러누웠던 취신개도 이미 몸을 반쯤 일으킨 상태였다.

단여랑은 움직이지 않았다. 마치 바닥에 다리가 달라붙어 딱딱하게 굳은 사람처럼.

'무얼 하려는 겐가?'

적하난선의 두 눈이 가늘어졌다.

적막의 기운이 맴돈다 싶은 순간,

휘이익!

빙옥검이 강풍과 같은 위력을 지니며 수직으로 떨어져 내렸다.

'태산압정(泰山壓頂)!'

적하난선의 눈이 부릅뜨였다.

파라라락!

주위에 있던 풀이 바람을 맞은 듯 흔들렸다. 흙바닥이 들썩이며 뿌연 먼지를 만들어냈다. 허공으로 솟아오른 먼지들은 오랜 시간이 지난 후에야 가라앉았다.

'태산압정이 아니다! 비슷한 검법이지만 진기를 실어 넣는다면 가히 산 하나를 쪼개고도 남을 위력이다!'

적하난선은 숨이 멎는 듯했다.

단여랑이 진기를 잃지 않았더라면 그의 바로 앞에 있는 적하난선의 몸은 이미 두 동강이 나 있을지도 몰랐다.

일순 주위가 침묵에 휩싸였다.

단여랑은 천천히 눈을 떴다.

"제법… 인데?"

어느새 취신개는 자리에서 일어나 있었다. 그의 눈에도 놀람이 가득했다.

"괜찮았습니까?"

단여랑은 자신이 어떤 짓을 했는지 전혀 알지 못하는 것 같았다. 그는 단지 머릿속으로만 그렸을 뿐. 진기를 잃은 상태에서도 이 정도의 위력을 보이리라곤 상상이나 할 수 있을까.

"허허! 정녕 진기를 잃은 사람이 맞던가?"

"……?"

"위협적이었네, 충분히."

"껍데기만 남은 무공입니다."

"그렇게 말하지 말게. 자신의 얼굴에 먹칠을 하는 게야."

"과찬이십니다."

"자네의 검법을 보고 조언이라도 해주려 했는데 이거야 원. 오히려 내가 고맙다고 해야겠군. 빙백신검을 견식할 기회를 주어서 말이야. 허허!"

적하난선은 진심으로 감탄했다. 하지만 안타까운 마음도 없잖아 있었다.

단여랑의 검법은 훌륭하다. 비록 초식만 살아 있는 무공에 불과하지만……. 그러나 그뿐이다. 저런 위력으로는 일파의 고수 한 명조차 감당하기 어렵다.

단여랑은 빙옥조를 찾으러 가는 것이지만 싸우러 가는 것이기도 했다.

소궁주들과의 충돌은 적하난선과 취신개 역시 짐작하고 있던바. 이미 단태붕을 본 적이 있는 그들은 단여랑이 그의 적수가 되지 못할 것을 예감했다. 진기만 있다면 상황은 역전되겠지만.

'자질을 타고났어. 근골 역시 무인이 되기에 적합하고. 진

기를 잃지만 않았더라면 북해빙궁주로서 전혀 손색 없는 무인이 되었을 텐데……'

적하난선은 안타까움이 가득 담긴 눈으로 단여랑을 바라봤다.

작은 희망을 안고 단여랑에게 조금이라도 도움이 될까 하여 모습을 드러냈는데… 도움은커녕 조언 한마디 하지 못하는 처지가 되었다.

적하난선은 옆구리에 찬 검을 손으로 매만졌다. 빙옥조가 끝나면 취신개에게 넘어갈 자신의 애병인 적하검을.

"전주, 궁금한 게 있어요."

불필요한 말을 삼갔던 단설리가 막부동에게 바싹 다가오며 말했다.

"아까 단여랑… 오라버니가 펼친 검법 말인데요."

"말씀하십시오."

"북해빙검법이 맞죠?"

"그렇습니다. 하지만 검법에 빙백신공의 기운을 담아내게 되면 북해빙검법과는 전혀 다른 검법이 되겠지요."

"그런 건 상관없어요. 저 북해빙검법… 전주도 익혔겠죠?"

막부동은 단설리를 물끄러미 바라봤다.

북해빙검법이라면 빙궁 무인들이 무공에 입문하며 기본공 다음으로 배우는 무기술 중 하나. 모르는 사람 또한 없고 배우지 않은 사람도 없었다.

그러나 예외는 언제나 있기 마련. 그의 앞에 있는 단설리는 북해빙검법을 익히지 않았다.

"검에 진기만 불어 넣으면 조금 위협이 될 수도 있겠는데……."

"단여랑이 어떠한 상태인지는 잘 알고 계시지 않습니까?"

"빙공의 좋은 점이 뭔데요?"

"……?"

"한빙장을 익혔다면 원거리에서도 한기를 뿜어낼 수 있지 않나요?"

"그렇긴 합니다만."

"저렇게 위협적이라면 어쩌면 승산이 있을 수도 있겠어요. 다만 원거리여야 가능한데……."

"무슨 말씀이십니까?"

"전주의 도움이 필요할 것 같아서요."

단설리의 두 눈이 반짝반짝 빛났다.

"홍! 냄새는 이곳에서도 나는구먼. 더러운 냄새."

"선배님한테서 나는 냄새가 아니고요?"

"뭐, 뭐얏!"

"호호호!"

단설리는 취신개가 어렵지 않았다. 며칠간 그를 대함에 있어 홍자경과 같은 편안함을 느꼈던 탓이다.

“우리가 갑자기 보이지 않더라도 그러려니 해.”

“떠나시게요?”

“떠나긴 어딜 떠나? 우린 너희가 빙옥조인지 뭐시기인지 끝낼 때까지 감시해야 돼.”

“으음! 감시받는다고 생각하니 기분이 썩 좋지는 않네요.”

취신개는 단설리를 한 번 흘겨본 후 말을 이었다.

“적하난선, 저 늙은이랑 오랜 지기라고 생각했는데 저런 모습을 보이는 건 처음이야. 너희는 운이 좋은 줄 알라고. 알겠어?”

“내기 때문에 그런 게 아니고요?”

“내기야 뭐, 다 늙어서 바랄 게 뭐 있다고. 너희도 그러는 거 아냐.”

“뭐가요?”

“방금 저 덩치랑 한 이야기 말이야.”

취신개는 지저분한 손가락으로 막부동을 가리켰다.

“승부는 정정당당히 해야지. 물론 저쪽에서 먼저 비겁하게 나왔다고는 하지만, 그래도 무인이 자존심이 있어야지. 어디서 수를 쓰려고 해?”

“제가 수를 쓰려고 하는지는 어떻게 아세요?”

“척보면 딱이야. 네 말뚱말뚱한 눈빛이 마음에 안 들어. 머리 하나만 믿고 설쳐 대는 인간들이 제일 재수가 없거든. 둘째 소궁주 녀석처럼.”

"우인 오라버니 말씀이세요?"

"우인인지 뭐시깽인지 알고 싶지도 않고. 에잉! 이번에 저 녀석이 궁주가 되면 빙옥조 전통 좀 바꾸라고 해. 왜 남의 땅에 넘어와서 다른 사람들을 귀찮게 만들어?"

"단여랑이 궁주가 될 거라는 생각을 하고 계신가요?"

단설리의 눈에서 장난기가 싹 가셨다.

취신개는 강호에서 몇십 년을 구르던 인물. 아무리 지혜가 뛰어나다 해도 연륜은 이길 수 없다. 사람 보는 안목 또한 마찬가지.

"이 징글징글한 후각이 말이지. 왠지 저 녀석에게선 알 수 없는 냄새가 나거든."

취신개는 코를 킁킁거리며 냄새 맡는 시늉을 했다.

"그렇게만 된다면 저희도 좋겠지요."

"적하난선이 저 녀석을 좋게 본 데에는 다 이유가 있는 법이야. 진기는 무인의 생명이나 다름없지. 그걸 잃었는데 좌절하기는커녕 순순히 받아들이는 자세에서 점수를 줬어. 그러니 한번 믿어봐."

취신개의 말은 희망이었다.

말투는 거칠었지만 진정이 배어 나오는 말 한마디 한마디는 단설리와 막부동의 축 처진 어깨에 힘을 주었다.

"선배님께… 어떻게 감사를 드려야 할지 모르겠어요."

"감사? 홍! 감사하거든 빨리 빙옥조나 끝내고 너희들 땅으로 돌아가. 다시는 중원에 얼씬거리지 말고."

단설리는 손으로 입을 가리며 곱게 웃었다.

그러다가 문득 무언가가 생각난 듯 예의 그 눈을 반짝이며 취신개에게 물었다.

"그런데 그 내기 말이죠. 선배님께서는 누구를 지목하셨나요?"

"나? 낄낄! 둘째 소궁주."

"……."

"떠나야 할 때가 온 것 같으이."

"그러시겠습니까?"

단여랑은 말리지 않았다. 어차피 적하난선과 취신개의 임무는 그들을 감시하는 것.

"떠난다 하더라도 우리가 자네를 계속 따라다니고 있다는 사실을 명심하게나."

"송구합니다."

"송구하긴 뭘……."

적하난선은 씁쓸하게 웃었다.

어쩌면 단여랑의 앞에 나섰던 게 경솔한 행동일 수도 있었다. 처음엔 내기 때문이었지만, 단여랑의 모습을 보고 도움이라도 될까 하여 조언을 건네려던 참이었다.

그러나 적하난선이 할 수 있는 일은 아무것도 없었다. 검법으로 논한다면 단여랑은 적하난선이 간섭할 단계를 훨씬 뛰어넘었기에.

하지만 후회하지 않았다. 무공에 열정을 가진 젊은이와 이렇게 마주 앉아서 이야기를 했다는 자체만으로도 큰 보람을 느꼈다.

"진기에 대해서 말인데… 내 도움이라도 필요하다면 주겠네."

"그러실 필요 없습니다. 그건 제가 원치 않는 일입니다."

단여랑은 적하난선의 말에 황급히 손을 내저었다.

적하난선은 추궁과혈을 이야기하고 있음이 분명했다. 자신의 진기를 단여랑에게 부어준다는 말이다.

말도 안 되는 소리. 어찌 아무런 상관도 없는 사람에게 도움을 받을 수 있겠는가.

적하난선의 성의는 말만이라도 고마웠다. 그만큼 단 며칠 사이에 단여랑을 좋게 봐주었다는 뜻이기도 했다.

"마라궁의 독제 능력은 당문과도 견줄 만큼 독보적이지. 자네가 흡입한 가루에 대해서 아는 바는 없지만, 하늘이 무너져도 솟아날 구멍은 있다 하지 않았던가. 자네의 사라진 진기에 대해 명쾌한 해답을 줄 수 있는 자는 중원에 단 한 사람밖에 없다고 생각하네."

"다비활의 말씀이십니까?"

"알고 있나?"

"그분이라면 가능하겠지요. 하지만 그분을 찾아갈 시간은 없습니다. 설사 잘못된다 하더라도 그것 역시 저의 운명일 뿐."

"그렇게 이야기할 줄 알았네."

"걱정해 주셔서 감사합니다."

적하난선은 가만히 단여랑을 응시했다.

욕심 한 점 담기지 않은 눈빛에선 나이 든 사람도 따라 할 수 없는 절개가 묻어 나왔다. 세상을 달관한 듯, 자신의 처지에 절망하지 않고 노력하려는 자세.

'이런 자가 청성에 있다면 얼마나 좋을꼬.'

"북해빙궁을 다시 봐야겠네."

"……?"

"예전에는 말일세. 아니, 그것보다 내 이야기를 먼저 해야 겠군. 나는 청성산에서 몇십 년을 살아왔네. 오로지 도에만 전전긍긍했지. 그러다보니 세상을 발아래로 굽어보는 눈을 가지게 되었고, 종래에는 모든 인간들이 덧없는 욕심을 부리는 것처럼 보이지 않겠나? 허허!"

"덧없는 욕심을 부리는 것, 인간이라면 누구나가 그러하겠 지요."

"그래, 그렇게 생각했네. 자신이 원하는 일이 있다면 그에 따른 대가도 필요하기 마련인데, 정작 노력하는 자는 없었지. 무인들은 더욱 그러하네. 진정 무공의 발전을 위해서 살아가 는 무인들이 과연 몇이나 될까? 남에게 과시하기 위해서 또는 그 힘으로 힘없는 자들을 핍박하기 위해서. 나도 무인이지만 무인들을 혐오했네. 특히 나이 든 자들 말일세."

"……."

"늙은이들이 더욱 심하지. 허허! 고인 물은 썩기 마련. 세상은 바뀌어야 해. 그 중심에 자네 같은 자들이 열 명, 아니, 다섯 명만 있어도 여한이 없을 것을."

적하난선은 옷을 털었다. 이제는 다시 원위치로 돌아가야 할 때가 된 듯했다.

"내기는……."

"……?"

"내기는 그만두시렵니까?"

"허허허! 자네에게 미안한 말이지만 이번 내기엔 가망이 없어 보여. 독설을 퍼부었다고 원망은 하지 말게나."

"그 내기, 아직 유효한 것입니까?"

"흐음!"

"한번 끝까지 해보시지요. 사람 일은 어떻게 될지 모르는 것 아닙니까?"

단여랑은 고개를 똑바로 들어 적하난선을 직시했다. 한동안 서로를 바라보던 두 사람은 씩, 하고 얼굴에 미소를 지었다.

"그러지. 내기는 아직 유효하다고 생각하겠네."

적하난선은 몸을 돌리려다 단여랑의 허리에 걸린 빙옥검

에 시선을 가져갔다.

묻고 싶은 것이 있었다.

"자네의 마지막 초식… 무엇인가?"

"빙백신검 말입니까? 마지막 초식명은 빙천하(氷天下). 얼음으로 세상을 지배한다는 뜻입니다."

"얼음으로 세상을 지배한다……. 허허! 좋네, 좋구먼. 잘될 걸세. 다 잘될 거야."

적하난선은 휘적휘적 걸어갔다. 그의 발걸음은 왠지 가벼워 보였다.

2

귀령전 무인 이십여 명이 동시에 움직이는 것은 많은 사람들의 이목을 한번에 사로잡는 희귀한 광경이었다.

귀기스러움이 풍기는 검을 하나같이 허리에 찬 무인들. 그중 오직 단우인만이 무기를 지니지 않았다.

급히 말을 달려 오 일이 채 되지 않는 시간에 호첨산에 도착한 그들은 곧장 정상으로 향했다.

산의 음기가 가장 두드러진 곳. 밀령 중 네 번째 밀령인 한(寒)은 바로 이런 곳을 가리킴이었다.

과연 정상은 달랐다.

햇볕이 쨍쨍 내리쬐는 여름인 데도 산 정상에는 으스스한 한기가 맴돌았다. 그 원인은 다름 아닌 커다란 폭포였다.

"호오! 역시 모사로서 자격은 있군. 이곳에 정말로 폭포가 있을 줄이야."

단태붕은 오 장이 거뜬히 넘는 폭포를 올려다보며 감탄을 토해냈다. 그러나 단우인의 안색은 딱딱하게 굳어 있었다.

"빙옥조를 찾으러 왔는데 왜 표정이 그따위지? 썩은 감이라도 베어 물었나?"

단우인은 곧 표정을 풀었다. 단태붕 앞에서는 가식이 담긴 표정이라도 지어야 했다.

단태붕은 단우인을 향해 비소를 한 번 지어 보인 뒤, 오른손을 높이 쳐들었다.

귀령전 무인들은 그의 신호에 따라 일사불란하게 움직이기 시작했다. 빙옥조의 위치를 찾는 것은 단우인의 몫. 폭포 어딘가에 숨겨져 있을 빙옥조를 찾는 것은 귀령전 무인들의 몫.

단태붕은 중원에 나온 후로 손가락 하나 까딱하지 않고 지금 이곳까지 온 셈이다.

"단여랑이 먼저 올 줄 알았는데, 왔다 간 건가? 아니면 아직 오지 않은 건가?"

단여랑은 오지 않았다.

호첨산 아래에 경계를 세워둔 밀당 무인들의 보고엔 단여랑은 아직 머리카락조차 보이지 않았다고 한다.

기실 단여랑이 먼저 이곳에 당도해야만 옳았다. 말을 타고 급히 달려왔다고는 하나 호첨산은 단여랑이 머물던 곳에서 더욱 가까운 위치.

오는 도중 무슨 일이 있었던 건 아닐까 궁금했다. 이럴 줄 알았다면 월영문의 추격을 거두지 않았을 텐데.

단우인은 빙옥조를 찾기 위해 움직이는 귀령전 무인들을 무심히 바라봤다.

흙탕물에 빠졌다가 나온 듯 찜찜한 기분이 전신을 감쌌다. 호첨산에 발길을 들여놓았을 때부터 그랬다.

단설리의 머리에서 나온 장소. 단여랑 일행이 향한다고 하기에 아무런 생각 없이 단태붕에게 말했는데.

뭘까, 이 찜찜한 기분의 정체는.

단우인이 생각에 골몰하자 단태붕이 차가운 웃음을 던졌다.

“왜? 겁나나? 내가 빙옥조를 찾게 되면 네 앞날이 어떻게 될지?”

“…….”

“장소를 찾아냈다는 것만으로도 네 역할을 끝났어. 하지만 얌전한 고양이처럼 내 발밑에서 수그리고 지낸다면 죽이지는 않으마. 계속 곁에 두어 모사로 쓰겠다는 말이지.”

단우인은 단태붕의 말을 곧이곧대로 믿지 않았다.

언제든 마음만 먹으면 자신을 죽일 수 있는 자. 생각을 할 수 있는 나이가 되었을 때부터 친형임에도 불구하고 정이 가지 않았다. 형제 간의 무정은 앞으로도 계속 지속될 것이고.

"그나저나 단여랑 녀석이 너무 보고 싶어 미치겠어. 하하! 누군가를 이렇게 그리워한 적은 없었는데 말이야. 내 손에 빙옥조가 들린 모습을 보면 과연 그 녀석이 어떻게 나올까? 무릎을 꿇고 내 발에 입맞춤이라도 하려나? 하하하!"

단태붕은 벌써 빙옥조를 찾아낸 듯 단꿈에 젖어 앙천광소를 내뱉었다.

단우인은 그가 무슨 말을 하는지 귀에 들어오지 않았다. 온몸의 신경은 찜찜한 기분의 정체를 찾는 데 주력했다.

물에 흠뻑 젖은 귀령전 무인 스무 명은 단태붕의 앞에 부복했다.

각자 구역을 정해 빙옥조를 찾기 시작한 지 두 시진. 이른 아침에 정상에 도착했으니 해가 중천에 높이 떠 있을 무렵이었다.

단태붕의 얼굴은 두 시진 전과는 판이하게 달랐다. 무표정한 얼굴에서는 살기마저 풀풀 피어올랐다.

"찾지 못했다는 말이지?"

한쪽 입꼬리가 서서히 말려 올라가는 모습은 귀령전 무인들에게는 공포로 다가왔다.

"찾지도 못해놓고 지금 내 앞에서 뭣들 하는 짓이냐!"

단태붕의 음성이 쩌렁 울렸다.

"일어나!"

귀령전 무인들은 순순히 그의 말을 따랐다. 보다 못한 귀령전주가 앞으로 나섰다.

"샅샅이 뒤진 지 벌써 두 시진이 지났습니다. 조금은 휴식 시간을 주시지요."

"귀령전주."

"……."

"지금 날 뭐라고 생각하나? 동료? 수하? 그도 아니면 그냥 앞에서 설치고 있는 어린애라 생각하나?"

"그럴 리가 있겠습니까."

"그런데 나에게 감히 명령 따위를 해?"

"송구합니다."

귀령전주는 재빨리 고개를 숙였다.

"하오나……."

이어지는 귀령전주의 말에 단태붕이 고개를 휙 돌렸다.

"빙옥조의 위치가 정말 이곳이 맞습니까?"

"무슨 소리를 하고 싶은 겐가?"

"북쪽의 있는 산 중 정상에 폭포를 가지고 있는 산은 중원에 산재해 있습니다. 게다가 왕이라는 지역이 근처에 있는 산도 여럿 됩니다. 진정 빙옥조가 있는 곳이 이곳, 호첨산이 확실합니까?"

단우인은 화살이 자신에게 돌아올 것을 예감했다. 그리고 적중했다.

"모사가 그렇다니 확실하겠지. 안 그러나, 모사 단우인?"

단우인은 침을 꿀꺽 삼켰다. 그리곤 귀령전주를 바라보며 말했다.

"귀령전주, 이곳이 확실하오. 내 말을 믿어도 좋을 게요."

하지만 귀령전주는 단우인의 말을 믿지 못하는 눈치였다.

모사를 자처하며 단태붕 밑에 있다지만 언제 등에 비수를 꽂을지 모를 단우인을 너무나도 잘 알고 있는 귀령전주였다.

"그렇다면 모사께서 한번 찾아보시는 게 어떻겠소?"

귀령전주는 분명 웃고 있었다.

'전주 따위가 감히 나에게……!'

단우인은 부들부들 떨리는 주먹을 등 뒤로 감추었다.

여기서 물러난다면 증명하지 못하는 셈이 되니 참으로 난감한 제안이 아닐 수 없었다.

그런 단우인을 구해준 사람은 다름 아닌 단태붕이었다.

"홍! 단우인을 폭포 속에 밀어 넣었다간 얼마 안 있어 시체 처리를 해야 할 거야. 저런 나약한 몸을 가지고 어떻게 빙옥조를 찾아. 안 그래?"

"큭큭!"

여기저기서 억지로 참는 듯한 웃음이 흘러나왔다.

'그게 아니겠지. 내가 빙옥조를 먼저 찾아낼까 걱정이 된

것이겠지.'

단우인은 단태붕의 속마음을 꿰뚫어 보았다.

"그렇다면 저는 어느 곳에 빙옥조가 있을지 고민해 보도록 하지요."

"들었나, 귀령전주? 모사께서는 귀하신 몸을 물에 적시고 싶지 않으신 것 같은데… 그렇다면 수고는 귀령전이 해주어야겠지. 뭣들 하나!"

귀령전 무인들은 다시 폭포 쪽으로 발길을 돌렸다.

십오 장 높이지만 폭포 위에서 떨어지는 물방울들은 옷에 튀기만 해도 따가울 정도로 거셌다.

그런 곳에서 두 시진도 모자라 앞으로 빙옥조를 찾아낼 때까지 있어야 한다니……. 하지만 불만을 입 밖으로 내뱉을 수는 없었다.

귀령전주는 자신의 수하들이 이런 일을 하고 있다는 게 못마땅했다. 그는 단태붕의 뒤에 서서 무서운 눈으로 노려보았다.

'능가연을 위해서다. 절대 너 따위를 위해서가 아니다.'

"계집을 데려와."

예서하를 데려오라는 말. 귀령전주는 읍을 취해 보인 후 몸을 돌렸다.

자리에 남은 사람은 단태붕과 단우인 둘뿐.

"빙옥조가 이곳에 없다는 게 밝혀지면 넌 어떻게 되는지 이미 알고 있을 터. 지금이라도 늦지 않았다. 이곳이 아니면 아니라고 확실히 말해.”

단우인은 고개를 돌려 폭포를 바라봤다.

‘이상하다. 이 기분은……’

여전히 기분이 좋지 않았다.

단태붕에게 협박을 받아서도 아니고, 귀령전주에게 조롱을 당해서도 아니었다. 왠지 모를 찜찜한 기분은 아직도 그의 뒷덜미를 부여잡고 놓아주지 않았다.

‘귀령전주의 말이 맞아. 북, 하, 왕, 한. 네 가지 밀령. 이곳에 해당하는 폭포는 중원에 산재해 있어. 무엇이지? 어디가 잘못된 거지?’

단우인은 두뇌를 빠르게 회전시켰다.

오늘은 다섯 번째 밀령을 받는 날, 밀당의 보고를 받으려면 아직 시간이 남아 있다. 밀령을 받으면 확실해지겠지만 그전까지는 단태붕의 눈밖으로 벗어날 수가 없었다.

아니면 그의 말대로 빙옥조가 이곳에 없을지도 모른다고 사실대로 토해내는 것도 그다지 나쁘지는 않을 듯했다.

단태붕 역시 폭포 쪽으로 눈길을 돌렸다.

“영원히 멈추지 않는 비는 바로 이 폭포를 말함이었군. 후후! 태상 영감이 머리를 쓰긴 썼어. 조잡스런 시어로 사람 헷갈리게 하는 재주는 뛰어나군. 그런데 백웅은 도대체 뭘 의미하는 거지?”

‘맞아! 백웅!’

단우인은 숨이 턱 막히는 듯했다.

‘백웅… 백웅!’

심장이 두근두근 뛰었다.

백웅(白熊) 한 쌍은 말없이 서로를 바라만 보는구나. 영원히 멈추지 않는 비가 둘을 갈라놓았으니, 그들의 사랑이 참으로 안타깝기만 하구나.

‘백웅은 바위를 말함이다. 폭포를 가운데 둔 하얀 바위 두 개.’

호첨산 폭포의 바위는 짙은 회색빛이었다.

‘하얀 바위… 겨울! 겨울이야! 겨울엔 바위에 눈이 쌓이지. 아! 아니야. 그렇다면 다른 폭포도 마찬가지야. 뭐지? 뭔가 더 있는데…….’

그때였다. 전서웅 한 마리가 힘찬 날갯짓을 하며 단태붕의 손에 착지한 것은.

단우인은 두 눈을 부릅뜨고 귀를 쫑긋 세웠다.

단태붕이 전서를 펴는 속도가 오늘따라 너무 느리게만 보였다. 그가 입을 열었다. 마치 느린 영상처럼 천천히 움직이는 입술.

그러나 단우인은 그의 말을 똑똑히 들을 수 있었다.

“다섯 번째 밀령이군. 도(島). 도?”

단태붕은 고개를 갸웃거렸다.

‘섬!’

단우인은 빠르게 정리를 시작했다.

‘북쪽의 섬과 강… 아니다. 강이라는 직접적인 표현은 아니었지. 하(河). 하는 곧 물을 지칭해. 그것이 바다도 될 수 있고, 호수도…… 헛!’

단우인의 심장 박동이 격렬해졌다.

‘빙옥조… 빙옥조의 위치는……!’

단우인은 놀랄 새가 없었다.

산 아래서 헐레벌떡 뛰어온 귀령전 무인 하나가 단태붕의 앞에 부복하며 소리쳤다.

“단여랑이 호첨산 초입에 들어섰습니다!”

『북해빙궁』 4권에 계속…

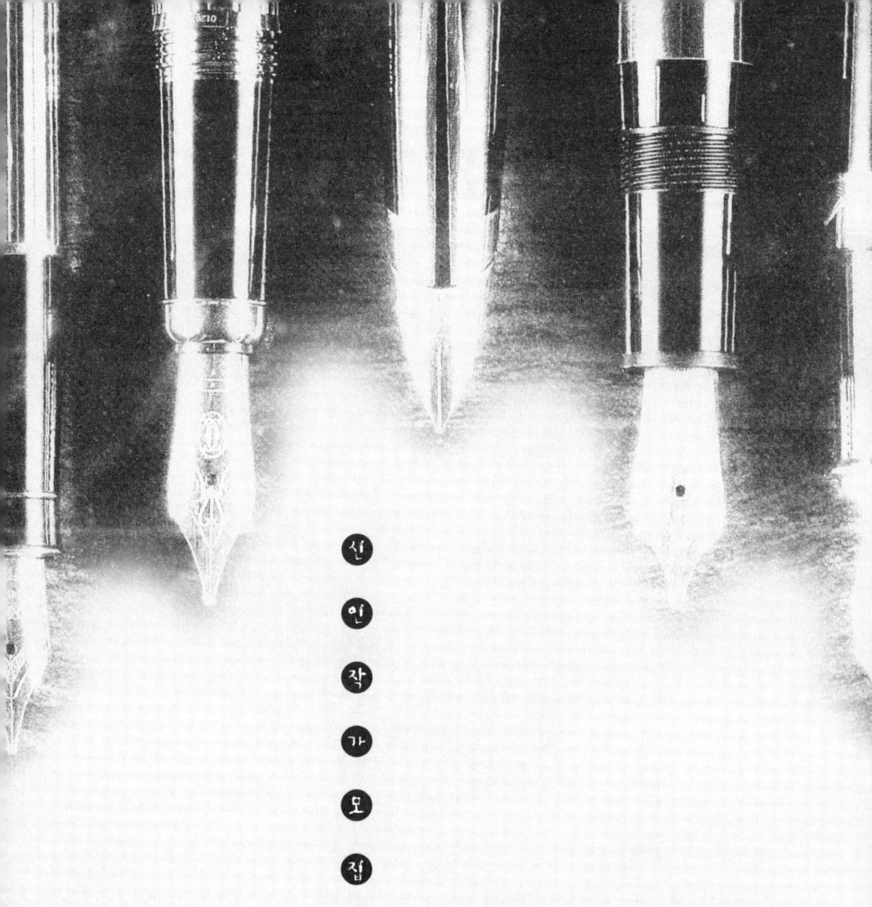

무한 상상 · 공상 세계, 청어람 신무협&판타지

『한백무림서』11가지 중 『무당마검』, 『화산질풍검』을
잇는 세 번째 이야기 『천잠비룡포』의 등장!!

천잠비룡포(天蠶飛龍袍) / 한백림 지음

천상천하 유아독존!!
새로운 무림 최강 전설의 탄생!!

『천잠비룡포』
(天蠶飛龍袍)

천잠비룡황, 달리 비룡제라 불리는 남자.

그는 누군가의 명령을 받고 움직이는 남자가 아니다.
그는 자신의 적을 앞에 두고 물러나는 남자가 아니다.
그는 자신의 이름 안에 있는 자들의 원한을 결코 잊는 남자가 아니다.

그 누구보다도 결정적이고 파괴력있는 면모를 지닌 남자.
황(皇)이며, 제(帝). 그것은 아무나 지닐 수 있는 칭호가 아니다.
그는 제천의 이름으로도 제어할 수가 없는 남자였다.

무적의 갑주를 몸에 두르고
가로막은 자에게 광극의 진가를 보여준다.

무한 상상·공상 세계, 청어람 신무협&판타지

「표사」, 「소환전기」를 뛰어넘는
참신한 재미와 쾌감을 선사한다!

잠룡전설(潛龍傳說) / 황규영 지음

청바지와 박스티 같은 무협 소설!
쉽고 재미있는, 편한 무협을 즐겨라!

『잠룡전설』
(潛龍傳說)

"주유성?
영웅이지. 하늘이 내린 사람이야.
그 사람 게으르다고?
에이, 난 그런 소문 안 믿어.
게으름뱅이가 어떻게 그런 엄청난 일들을 해?"

강호에 내린 희대의 겁난.
하늘은 엄청 센 놈을 영웅이랍시고 내린다.
하지만…….
젠장! 엄청난 게으름뱅이다!!

지금 유전자가 말하는 사랑과 성의 관한 솔직 대담한 진실이 펼쳐집니다!

남편의 후광을 등에 업는 것은 까마귀와 인간뿐…

모두에게 바보 취급받던 독신 암컷이 단번에 인생대역전을 해서
서열 1위인 수컷의 아내 자리를 차지하게 될 수도 있다는 말입니다.
모든 여성이 이상형의 남자와 결혼할 수 있는 것은 아닙니다.
적당한 선에서 타협하여 적당한 사람과 결혼하지요.
하지만 솔직히 말해서 당연히 멋진 남자가 더 좋지 않겠습니까?
따라서 여성은 생각합니다.
'그럼 어떻게 하지? 유전자만이라면 가질 수 있어!'
그리하여 장기계획형이나 단기승부형과 같은 여러 가지 방법의
외도가 생겨나는 것입니다.
물론 모든 여성이 이를 실행에 옮기지는 않습니다.

하지만 기회가 있다면 어떨까요?
다른 조건과 이미 타협을 봤다면?
남편이 사소한 일은 눈치 못 채는 둔한 남자라면?
뭔가 유전자의 음모가 느껴지지 않습니까?

실패를 모르는 남자 선택법!
「내 남자친구는 왼손잡이」 법칙

어째서 여성은 왼손잡이 남성에게 마음이 끌리는 걸까요?

여기서 기억해야 할 것은 몸의 좌우와 뇌의 좌우는 원칙적으로 반대 관계라는 점입니다.
따라서 왼손잡이 남성은 우뇌가 발달했습니다.
발달했다는 사실이 왼손잡이를 통해 반영된 것입니다.

그리고 두 번째로 생각해야 할 것은 우뇌는 남성 호르몬의 일종인 테스토스테론에 의해 발달한다는 점입니다.
요약하자면 왼손잡이 남성은 우뇌가 발달했는데, 그것은 테스토스테론 수치가 높기 때문입니다.
그것은 다름 아닌 생식 능력이 높다는 것을 의미하지요.

「내 남자 친구는 왼손잡이」에 감춰진 의미는… 내 남자 친구는 생식 능력이 높아… 인 것입니다.

초등학생이 반드시 읽어야 할 좋은 책 49권

각 학년별로 초등학생이 반드시 읽어야할 좋은 책을 선정하여 통합논술의 기본이 되는 '올바른 독서법'을 일깨워 줍니다.

교과서와 함께하는
초등학교 통합논술

초등1학년 | 값 12,000원 / 초등2학년 | 값 9,500원 / 초등3학년 | 값 11,000원 / 초등4학년 | 값 9,500원 / 초등5학년 | 값 9,500원 / 초등6학년 | 값 11,000원

♣ 혼자 할 수 있어요.

엄마가 책 읽는 방법을 가르쳐 주어도 좋아요.
독서지도하는 선생님이 가르쳐 주어도 좋답니다.
"초등 교과서와 함께하는 **통합논술 시리즈**"는
아이 스스로 독서할 수 있도록 꾸며진 책이에요.
엄마와 선생님은 요령만 가르쳐 주시면 된답니다.

♣ 교과서의 중요한 내용이 총정리되어 있어요.

각 학년별로 중요한 교과 내용이 함께 수록되어 있어요.
초등학생은 교과서 내용을 충실하게 공부해야 합니다.
아울러 그와 병행한 독서가 대단히 중요하지요.
"초등 교과서와 함께하는 **통합논술 시리즈**"는
두 가지 방법 모두 알려준답니다.

♣ 이 책은 훌륭하신 선생님들이 함께 쓰신 책이랍니다.

동화작가 선생님들이 쓰셨어요. 소설가 선생님도 쓰셨답니다.
국어 논술독서지도 선생님들도 함께 쓰셨지요.
"초등 교과서와 함께하는 **통합논술 시리즈**"는
엄마의 마음으로 모든 선생님들이 함께 꾸민 책이랍니다.

입소문을 통해 아는 분은 다 알고 계십니다!
올 한해 공인중개사 최고의 화제작!

1~2권 합본 | 이웅훈 지음
3~4권 합본 | 이웅훈 지음
5~6권 합본 | 이웅훈 지음
용어 해설 | 이웅훈 지음

수험생 기본 필독서
만화 공인중개사

제목 : 만화공인중개사 쓰신 분에게 감사드립니다.

학원을 두 달 다녔어요. 근데 과연 그 숫자 외우기 그런 게 몇 문제나 나올까 생각을 했어요.
아니라는 생각이 드네요. 학원강의를 뒤로하고 서점을 갔어요. 내 머리에 가장 이해될 수 있는
책이 없나 하구요. 거기서 만화를 발견했어요. 무조건 세 번 봤어요. 3개월 걸렸어요. 문제집을 보라고
했는데 그건 시행을 못했어요. 근데 합격을 했네요.
어떻게 감사의 말을 해야 될지……
도서관에서 만화책 들고 다니니까 사람들이 비웃더라구요. 만화책으로 공인중개사를 공부한다고
미친 사람처럼 보더라구요. 근데 그거 다 감수하고 했던 내가 자랑스럽습니다.
어떻게 감사의 말을 해야 할지… 정말 감사합니다.
부디 행복하세요. 제 나이 41살에 좋은 스승을 만난 것 같습니다.
엎드려 감사드립니다.

–본사 홈페이지에 독자분이 올린 메일 中에서 발췌–